Hijos de la ira

HIJOS DE LA IRA

Taicha Peñín

VERSÁTIL
narrativa

Título: *Hijos de la ira*
© 2024 Taicha Peñín

Diseño de la cubierta © Eva Olaya
Corrección a cargo de Rosa Sanmartín

1.ª edición: octubre 2024

Derechos exclusivos de edición en español
reservados para todo el mundo:
© 2024: Ediciones Versátil S. L.
Calle Muntaner, 423, piso 2
08021 Barcelona
www.ed-versatil.com

ISBN: 978-84-18883-96-5
Depósito legal: B 16940-2024
Impreso en España
2024 - Estilo Estugraf Impresores S. L.

A mi madre sublime.

PARTE I

Va despacio, arrastrando los pies,
desgastando suela, desgastando losa,
pero llevada
por un terror
oscuro, por una voluntad
de esquivar algo horrible.

Mujer con alcuza, Dámaso Alonso

ALBA
BILBAO

Cuando Sam tenía cuatro años dibujó en su cuaderno una tumba con una cruz, unas enormes siglas: RIP, y en letra más pequeña, su nombre. Dos figuras humanas de trazos simples, un hombre sonriente y una mujer sin rostro, contemplaban la lápida. De la boca del hombre salía un bocadillo en el que el niño había escrito: «¡Qué bien!»; la mujer permanecía en silencio. A los pies de la sepultura, un perro solitario exclamaba lloroso junto a un charco de sangre: «¡Pobre Sam!, lo han matado».

Los trazos —en blanco y negro a excepción de la sangre coloreada en rojo— eran torpes pero contundentes, como si el niño hubiera apretado la pintura contra el papel hasta casi rasgarlo. Antes de que la psicóloga se lo preguntara a Sam, yo sabía a quién representaba la mujer silenciosa. Llevaba una semana sin dormir. Las torpes líneas del dibujo, como los hilos de una marioneta, tiraban de los párpados de mi conciencia.

Ágata Prado, la especialista infantil, examinaba el cuaderno detrás de una gran mesa de nogal, mientras yo escrutaba la expresión de su rostro intentando extraer algo de alivio para mis temores. Levantó la mirada del papel. Sus ojos, exageradamente grandes y abiertos tras los cristales de las gafas de aumento, le daban el aspecto de una abuela asombrada. Sam guardaba silencio junto a mí, sentado en un enorme sillón de piel que acentuaba su desamparo. Sus pupilas azules asomaban implorantes entre el flequillo que le caía sobre la frente. Le alboroté el pelo con los dedos como si pudiera sacarle las palabras del cuero cabelludo.

«Los niños lo han matado... los niños de clase», respondió al fin a la psicóloga, empequeñecido, balanceando las piernas con nerviosismo.

Me miró implorándome ayuda. Pero mis palabras, las que yo debía decir, se me habían espesado en la garganta y no podían salir, como las acumulaciones de grasa que bloquean el paso de la sangre por las venas hasta infartar el corazón.

La psicóloga dulcificó la expresión, se acercó al niño y lo invitó a sentarse en una sillita junto a una mesa pequeña abarrotada de pinturas y cuadernos, en el otro extremo del gran despacho. Luego acomodó su gran corpulencia en otra del mismo tamaño, al lado de Sam. Parecía un animal hambriento de traumas infantiles a punto de engullir al fruto de mis entrañas.

—Sam, ¿te gusta leer?

—Sí.

—¿Qué cuentos te gustan?

En el nuevo espacio, mi hijo recuperó su tamaño, se irguió y contestó más animado.

—Los libros de Gerónimo Stilton. Y también *La historia interminable*. Mamá me ayuda con las palabras difíciles. Y el que más me gusta es... es...

Acostumbrado a ocultar secretos, dudó y me miró mordiéndose el labio inferior con esa expresión tan típica suya de «he metido la pata».

—No pasa nada, hijo, puedes contarlo. Estamos aquí para que Ágata nos ayude.

Liberado, sonrió.

—El que más me gusta es el libro secreto, el libro viejo de mamá y el de las tumbas de piedra.

Ágata desvió su mirada interrogante hacia mí. Me sobrecogí. Amaba a Sam, aunque fuera incapaz de protegerlo.

—Verá, el libro viejo es una antigua edición de *La verdadera historia del rey Rodrigo.* El otro es un libro de apuntes de arqueología sobre necrópolis. Son las referencias bibliográficas de mi tesis doctoral. Ya sé que no son lecturas adecuadas para un niño, pero él se empeña en que los leamos. A su padre no le gusta que le hable de la tesis, ni de esa vieja edición. Puede que tenga razón. No sé, quizás las fotografías de las tumbas de las necrópolis le han inspirado el dibujo. Procuramos leerlos cuando mi marido no está en casa. ¿Qué cree usted? ¿No es una lectura apropiada para nuestro hijo?

—Si a Sam le gusta no veo por qué va a hacerle daño.

Acababa de representar la escena del dibujo. En esos momentos, la psicóloga debía de estar pensando que yo era una idiota incapacitada para ser madre. Me miró con curiosidad durante unos segundos, como si deseara formularme una advertencia, finalmente pareció desechar la idea y volvió a dirigirse a Sam.

—Esto confirma lo que yo pensaba. Eres un niño muy inteligente, lleno de curiosidad.

Mi hijo sonrió y se arrellanó en el asiento, parecía estar a gusto. A medida que Ágata se iba ganando su confianza, también recobraba a mis ojos la condición humana. Empezaba a relajarme cuando hizo *la* pregunta.

—Volviendo al dibujo, ¿quiénes son el hombre y la mujer junto a la tumba?

Mis músculos se tensaron. Inspiré profundamente, tal y como me enseñaban en las clases de yoga, esperando que el aire de los pulmones amortiguara el golpe. Sam me miró, sopesó la respuesta y se mantuvo en silencio. Observé el rostro dubitativo de la mujer y decidí que había llegado el momento de dejarlo a solas con ella.

—Mamá tiene que hacer un recado. Puedes contarle todo a Ágata. Nos ayudará. No te importa que te deje un rato aquí charlando con ella, ¿verdad?

Resignado, asintió con la cabeza y me suplicó que volviera pronto. Abandoné el despacho decidida a salir a la calle para tomar el aire, pero la lluvia me detuvo en el portal. Protegida bajo el alero del edificio encendí un cigarrillo y aspiré profundamente el humo, que invadió mis pulmones igual que aquella mujer con aspecto de abuela oronda había penetrado en mi intimidad por la puerta más indefensa: Sam. Sabía lo que vendría después, saquearía nuestras vidas, nuestros sentimientos, mi cabeza. Le daría la vuelta a nuestro dolor con sus interpretaciones, como si fuera un simple calcetín. El humo no conseguía anestesiar mi inquietud. Di con ansia la última calada y lo apagué en el suelo. Entré de nuevo en el portal. Me distraje contemplando los hilos de agua que se formaban al chocar las gotas contra el paño de vidrio de la puerta. El agobio cedió a medida que escampaba. La tormenta y el cristal dejaron a la vista la plaza de enfrente. Una veintena de personas con un lazo azul en el pecho permanecían en silencio junto a una pancarta con grandes letras que gritaba: «PAZ». Recordé que era lunes, el día en que se reunían los de Gesto por la Paz.

Mi madre había formado parte de la asociación hasta que nació Sam. Se me escapó un hondo suspiro de alivio por no tener que explicarle qué hacía en la consulta de una reputada psicóloga infantil cuando debería estar impartiendo clases de Historia en la universidad. Observé al grupo dolida, hastiada; sabía lo que iba a ocurrir. Un puñado de jóvenes, con sudaderas y pañuelos que les cubrían el rostro, se aproximó a la plaza y comenzaron a gritar: «¡A los del lazo, navajazo!». La Kale Borroka, la lucha callejera de los radicales. La mujer de la pancarta y sus acompañantes permanecieron impasibles. Entonces, los emboscados les arrojaron pintura y piedras. Algunos se les acercaron y les arrancaron con rabia el lazo azul.

La visión devolvió a mi conciencia, como un bumerán perverso, la imagen de Artemio ofuscado de ira cuando le pedí que nos acompañara a la consulta. Él arrojó al suelo el dibujo, mientras gritaba: «¡No tengo tiempo para tonterías! No necesita una psicóloga, lo que necesita es disciplina, ¡lo estás convirtiendo en un blando, en una nenaza!».

La sirena del furgón de la Ertzaintza, la policía vasca, me devolvió al presente. Varios agentes se colocaron como un muro entre los manifestantes y los de la Kale. Sabía que tenían órdenes de no intervenir más allá de eso. No habría detenciones. El lunes siguiente, la mujer de la pancarta quizás tendría un hematoma en la frente o un roto en su jersey, pero lo taparía con un lazo nuevo. Y todo volvería a repetirse.

Había llegado el momento de regresar a la consulta. En el ascensor, mis reflexiones se atropellaban, buscaba desesperadamente excusas al silencio cómplice de la mujer junto a la tumba del dibujo.

Cuando llegué a la consulta, Sam leía un cuento. Ágata me dijo que su cerebro era único, especial, uno entre cincuenta mil, y mientras la escuchaba, él sonrió. El brillo de sus ojos azules arrastró por un instante mis oscuros pensamientos. Sentí un atisbo de esperanza.

—Hasta el jueves que viene a las cinco. —Ágata nos despidió—. Alba, como te dije, es conveniente que el padre de Sam también acuda a las sesiones.

ZULEMA
VILLA GODOMAR

La luz del amanecer se filtra entre las rendijas de la cabaña de madera y tropieza con el rostro de Isenhard. El niño se remueve en el colchón de paja y se da la vuelta para darle la espalda a la luz. Mientras se gira, encuentra el pequeño cuerpo de Akar, su hermano, y lo abraza. Duermen profundamente. Desde el jergón, situado a menos de veinte pies, Zulema observa a sus hijos con ternura. Aún no ha conseguido desperezarse del todo. Siente a su lado el cuerpo caliente de Adulfo, su hombre. Acaricia los poderosos brazos del guerrero y desliza los dedos por su rostro deforme. A él le debe seguir viva. Debió de ser bello y noble antes de la cicatriz que recorre su mejilla desde la nariz a la oreja mutilada. Ahora es una mueca feroz apenas disimulada por la barba del color del trigo.

La marca del traidor en su carne hiere el alma de su esposo. Zulema lo sabe, cada vez que escucha de su boca la historia, siente el cuchillo afilado en el corazón. La visión de la cicatriz la persigue. A veces, la descubre en su propia cara al reflejarse en las aguas del río, como si al dormir junto al guerrero se le hubiera pegado igual que la tinta fresca de un pergamino.

De día. De noche. La monstruosa herida que no la deja dormir siempre está presente. También la extraña mujer que invade sus sueños. Hace nueve lunas que la visita. Severa y dulce a la vez, le habla en una lengua extraña que, sin embargo, Zulema entiende. «Ira, violencia», dice, y las palabras se convierten en una llama en la que aparece el rostro desfigurado de Adulfo. Adulfo empuñando la espada, montando a caballo, lanzándose contra el infiel como un animal salvaje en el combate. La marca del traidor en el hombre más fiel que Zulema ha conocido. ¿Acaso Adulfo reconoció a Witiza como señor? Nunca le hizo promesa de lealtad. Su rey siempre fue Rodrigo. Ante él juró como espatario. ¿Por qué Anagilda ordenó castigarlo de forma tan cruel?

Fue por Aquila, su primogénito, el heredero de Witiza. El rey Rodrigo encomendó a Adulfo, el más fiel espatario de su guardia, apresar a Aquila, refugiado en Córdoba. Debía llevarlo a Toledo para que fuese juzgado. Cumplió las órdenes de su rey, lo detuvo, y cuando lo custodiaban en la torre, un buen puñado de caballeros leales a Anagilda lo liberaron a sangre y fuego. Los witizianos hubieran matado a espada al espatario, igual que lo hicieron con todos sus hombres, y él habría muerto como un guerrero noble. Zulema ni siquiera habría conocido a su esposo. Anagilda, sin embargo, quiso infligirle un castigo peor que la muerte: la marca del traidor, un rostro mutilado, sin oreja. Y así lo envió de regreso a Toledo, desfigurado y con una carta escrita de su puño y letra para Rodrigo. Con la mayor de las humillaciones. Peor que muerto. Anagilda, flaca y de pocas fuerzas, se tornó valerosa cuando amenazaron sus entrañas.

Una madre es capaz de cometer los actos más terribles para proteger a un hijo. Zulema lo sabe, hace al menos diez lunas que teme por Isenhard, desde que empezó su entrenamiento. Es despierto, inteligente. Sabe leer. Ha aprendido junto a ella. Pero el niño es torpe con la espada. No le gusta empuñarla, como si en sus venas no llevara sangre de guerrero, sino la tinta de los papiros de su abuelo materno, los papiros que escribió cuando Zulema era una niña feliz que correteaba por la biblioteca del palacio en Damasco. Le ha leído al niño cientos de veces esos papiros con la historia de las tierras de Oriente, papiros escritos en árabe que Isenhard sabe de memoria. Se empecina en recitarlos a viva voz mientras empuña con blandura la espada cuando Adulfo lo instruye en la batalla.

—¡Isenhard, deja de farfullar esa lengua infiel! ¡Enfrenta tu espada!

Zulema siente el temblor de su hijo.

—Déjalo, Adulfo, aún es un niño. No tiene fuerza.

—La fuerza está con la verdad, y la verdad es amiga de Dios. Llama a venganza de los que tienen culpa. Los traidores que derramaron la sangre de Rodrigo deben morir por espada cristiana. Es mi hijo, mi sangre, sangre de caudillo cristiano.

El niño no escucha a su padre. Al contrario, se hace fuerte en los gritos en árabe, y Zulema le da las gracias a Alá, o a quien sea que bendiga a su hijo, porque Adulfo jamás se haya interesado por el significado de las bárbaras palabras. Porque si hubiera sido bendecido con el don de las lenguas, habría entendido la blasfemia del hijo.

—¡La traición está marcada en tu cara! ¡El odio brota de la bregadura de tu rostro. Te falta la oreja igual que te falta el honor! —grita Isenhard mientras arroja la espada al suelo con furia.

Zulema intenta controlar el temblor que le produce el miedo. Si Adulfo lo advierte, sospechará el significado de las palabras y le pedirá que las diga en cristiano. Tendrá que mentir de nuevo.

Todavía no ha llegado nadie que conozca su lengua a Villa Godomar. Solo Sara, la judía, sabe algún vocablo, pero es su amiga y no dirá nada. Son dos extrañas en la aldea, dos conversas a las que todos miran con recelo. Estarían muertas o las tratarían como cautivas si Zulema no fuera la esposa del caudillo, y Sara la partera de las cristianas y la sanadora de las heridas y fiebres de los guerreros con sus emplastos y plantas.

No, a Sara y a ella no las tocarán, aunque en Hispania el odio se extienda como fuego. Cristianos fieles a Witiza, seguidores de la doctrina de Priscilo, arrianistas que niegan a Jesucristo como hijo de Dios, se aliaron con bereberes de Tingitania y algunos árabes como Zulema. Las aguas del río Guadalete se tiñeron de sangre durante la gran batalla. Los cristianos de Rodrigo se refugiaron en las montañas del Norte, y Pelayo, el rebelde, fue nombrado en el Concilio del monte Auseva sucesor de Rodrigo. La fidelidad de Adulfo al caudillo astur es grande, tanta o más que el odio secreto que le profesa por haber sido él elegido rey de las tropas cristianas en su lugar.

Si no hubiera sido por la cicatriz, Adulfo sería el nuevo rey, eso piensa su esposo. Y si no hubiera sido por el odio y la rabia que alberga su corazón, ellos vivirían en Toledo tras pactar con los musulmanes, o en la corte de las montañas astures al lado de Pelayo, en vez de en la fría y alejada aldea de Villa Godomar. Villa Godomar, apenas una docena de chozas que dan cobijo a los cristianos leales de Adulfo.

El movimiento del pequeño Akar entre las pieles que lo arropan atrae la atención de Zulema. Apenas ha abierto los grandes ojos negros se encuentra con los de su madre. Se siente seguro en el calor del nido. Brilla la luz en su mirada. La madre le sonríe, es la hora de levantarse, avivar el fuego y preparar la primera comida del día.

ALBA
BILBAO

Siempre he tenido presentimientos, incluso antes de nacer Sam. Presentimientos más antiguos que mis recuerdos, de vidas pasadas escritas en las páginas de los libros de Historia. De niña me gustaba pasear entre ruinas de parajes donde acontecieron hechos memorables. Oía voces que se acoplaban a mis pensamientos como el sonido de los micrófonos, y las acunaba en un rincón de mi cabeza igual que a un recién nacido. Fueron esas voces las que me llevaron a estudiar Historia. Solo trataba de descifrar los mensajes del pasado. Ahora lo sé.

Cuando me quedé embarazada de Sam, trabajaba como profesora en la Universidad de Deusto y lo compaginaba con la preparación de la tesis doctoral. Por entonces, no entraba en mis planes tener un hijo.

Me obsesionaba la idea de que la decisión no había sido mía. Me preguntaba qué me convirtió en madre, por qué había cedido mi vientre al embrión, y solo venían a mi mente pasajes bíblicos: «Mujer creada de la costilla de Adán que entrega a cambio su útero. Su útero para engendrar pequeños seres humanos hechos a la imagen de Dios, con el bello rostro de Eva, con la musculatura y el cerebro de Adán».

El día que la ecografía confirmó el resultado del test de embarazo, telefoneé a mi marido al despacho de la fiscalía para darle la noticia. La voz de Artemio sonaba alegre, segura: «Qué alegría. Es un gran día: un hijo, mi hijo. Y hemos cerrado la operación *Bruno*. Han detenido al capo. Por fin he pillado a ese cabrón,

Alba. La policía ha encontrado la contabilidad con los nombres de la red en el registro».

Sentí el mordisco de la culpa en el pecho. Yo estaba demasiado preocupada por las transformaciones de mi cuerpo para compartir el gozo de mi marido, el hombre que había elegido amar. Una hora antes, la ginecóloga se empeñaba en distinguir ojos, nariz y cabeza en una masa deforme que nadaba en el líquido de mi vientre. «¿Ves cómo le late el corazón? Solo hay uno. No son gemelos. Aún es pronto para saber si es niño o niña. ¿Qué quiere Artemio?».

Él quería niña, demasiados hombres en su familia, decía que había echado de menos una hermana en su infancia. Yo ni siquiera sabía si deseaba ser madre. De camino a la universidad, solo me cruzaba con embarazadas. Mujeres que se tambaleaban esforzándose en mantener el equilibrio de sus cuerpos desfigurados. Pronto caminaría como ellas. Llevaba varios días somnolienta y con náuseas matutinas.

Estaba de dos meses. Ocho semanas. Sabía con certeza el día en que lo habíamos concebido, fue el sábado que celebramos que a Artemio lo habían nombrado fiscal jefe. Después de cenar en el mejor restaurante de Bilbao, beber varias copas de champán y un *whisky* reserva de veinte años, entró en mí con el ímpetu salvaje del triunfo. En el ascensor, su boca bebía el aliento de mis labios, su cuerpo devoraba mis latidos. Los ojos le brillaban de deseo. Intentó abrir la puerta de casa mientras sujetaba mi cintura. Las llaves cayeron al suelo. Se agachó, y al incorporarse, sus manos se deslizaron entre la falda y mis piernas hasta que los dedos alcanzaron la humedad de mi sexo. Así era Artemio, practicaba un sexo apasionado y primitivo, como un combate en el que solo había un vencedor. Una batalla a la que yo, halagada y excitada, me rendía de forma placentera.

Ya en el dormitorio, entrelazados en la cama con la premura de la pasión encendida en nuestros cuerpos, busqué a tientas en la mesilla los preservativos. Él advirtió el movimiento. «Por favor, sin plásticos, llevamos dos años casados». Y sin siquiera desnudarnos, entró en mí reclamando el útero evolucionado de la costilla primitiva.

La bocina de un BMW, a la altura del semáforo frente a la universidad, me sacó de mis pensamientos. En la puerta del aula me crucé con Gerardo. El día anterior le había dicho que llegaría tarde a clase porque tenía que ir al médico. Últimamente, había sido testigo de mi cansancio y apatía en el trabajo.

—¿Qué tal ha ido la consulta, Alba?

—Bien. Estoy bien. Es solo que estoy embarazada.

Observé el entrañable rostro de mi compañero de facultad. El alivio inicial dejó paso al desengaño de inmediato. Mantuvimos una larga relación en la época de estudiantes en la misma universidad donde ahora éramos profesores. Nuestro noviazgo acabó cuando él se fue a Italia para especializarse. Me propuso que lo acompañara, allí yo también podría investigar y hacer el doctorado. Mi madre puso el grito en el cielo, mi padre se resignó ante el grito de mi madre, y me pidieron que nos casáramos antes de irnos.

Acostumbrada a su protección, a que otros se esforzaran por mí, le trasladé la propuesta de matrimonio a Gerardo. Enmudeció; al final, forzado, respondió que no podía comprometerse, que éramos demasiado jóvenes para casarnos. Me sentí decepcionada. En él todo eran dudas y silencios, blandura y falta de decisión. Lo sentía tan próximo, tan parecido, con estudios e intereses comunes, que lo percibía como un hermano. Me consolé pensando que era difícil sentir pasión por el reflejo de uno mismo. Debí rebelarme, conseguir una beca, ponerme a trabajar. No hice nada. Puede que ya entonces fuera un pájaro sin alas.

Quizás por contraste, Artemio entró con fuerza en mi escena emocional dos meses después de que Gerardo se fuera a Roma. Pertenecía a una estirpe de reconocidos abogados. Su abuelo, republicano, vivió gran parte de su vida exiliado en París después de la Guerra Civil. Regresó a España tras la muerte de Franco y fundó la firma Ugarte y asociados, en Madrid. Su padre, también abogado, murió en un accidente de tráfico cuando él era niño. Artemio fue el primero de su familia en acceder a la carrera fiscal. Compaginaba su primer destino en Bilbao con el trabajo de profesor de Derecho Penal en la Universidad de Deusto. Coincidimos un par de veces en la cafetería después de nuestras respectivas clases. No podría decir quién se fijó primero en quién, pero recuerdo que me impresionaron la seguridad de sus gestos, su firmeza a la hora de expresarse, la vehemencia con que defendía sus convicciones.

Por entonces yo me mimetizaba con el paisaje social del País Vasco, escondía mis opiniones políticas entre pliegues de miedo y pasividad. Las únicas ideas que me atrevía a defender con tesón estaban encerradas en las páginas de los libros de historia medieval. Artemio era acción valiente que miraba al futuro; yo contemplaba el pasado desde la cobardía. Lo admiraba.

Enseguida me vi junto a él en el cine, en restaurantes, conferencias y comidas con sus compañeros del juzgado. Limpió la ciénaga de silencios y dudas de Gerardo. Creo que mi antiguo novio le guardaba rencor por haber dejado al descubierto su personalidad indecisa.

—Enhorabuena, Alba. Un hijo. Estarás contenta.

—Contigo no tengo que fingir. Ser madre no entraba en mis planes ahora. Estoy asustada. No me siento preparada.

—¿De nuevo Artemio, Alba? ¿El ciclón de las leyes quería un hijo y su sumisa esposa le dijo que sí? Conmigo no eras tan complaciente.

Cuando Gerardo regresó de Italia, yo estaba a punto de casarme. Me preguntó si estaba segura. Creí que quería reanudar nuestra relación. Mi orgullo eligió por mí. Entre su amor, incierto y blando, y la pasión férrea de Artemio, opté por la segunda.

—No empecemos. Igual es que tú no te empeñaste demasiado en nuestra relación.

—Presión, Alba. Una cosa es empeño y otra presión. El fiscal presiona. Está acostumbrado a interrogar e imponer su versión de los hechos. Siempre gana.

Llevaba algún tiempo intuyendo que yo aceptaba los deseos de Artemio a fuerza de ahogar los míos. Pero que Gerardo me lo estampara en la cara en ese preciso instante me produjo el dolor agudo de la picadura de avispa. Advirtió mi incomodidad, se acercó y me rodeó con los brazos.

—Perdona. No quería molestarte. Todo irá bien. Vas a ser una madre estupenda con tal de que te lo propongas.

Su abrazo me hizo rememorar la calidez y complicidad de las tardes bajo la sombra del magnolio del jardín universitario, cuando hablábamos de historia con las manos entrelazadas mientras proyectábamos nuestro futuro. Sentía nostalgia de aquellos momentos en que percibía nuestro amor como un cojín mullido donde descansaban mis emociones y mis sueños. Amaba a mi marido, pero sentía inquietudes más fuertes que la de ser madre.

—¿Crees que acabaré la tesis? Voy a tener que ocuparme de biberones, pañales y llantos de bebé.

—Ya... Si no me equivoco, también es hijo de Artemio, ¿no?

La ironía volvió a sus palabras, pero el cariño que sentía por mí se colocó por encima de la aversión a mi marido.

—Ya sabes que me tienes a tu lado como un perro fiel. Silba y acudiré.

—Será con el permiso de Berta. Creo que es ella quien te puso el collar y te pasea con correa.

Gerardo tardó menos de un año en casarse después de mi matrimonio. Con Berta no se lo pensó tanto. Cuando recibí la invitación a su boda, mi primera reacción fue rechazarla. Artemio se mostró celoso: «¿Y a ti qué te importa que se case? Si no vamos, pensará que estás resentida, que aún le quieres».

—Vamos, Alba, no empecemos de nuevo. Es una discusión estéril. En la sala de profesores te he dejado un regalo. Es el viejo libro del que te hablé, lo encontré este fin de semana en una librería de viejo en Madrid. Si mañana tienes libre, quedamos a comer y hablamos.

Se trataba de una valiosa edición original de 1654 de *La verdadera historia del rey don Rodrigo, compuesta por el sabio Alcayde Abulcacim Tarif Abentarique, de nación árabe y natural de Arabia Pétrea*. En realidad, su autor era Miguel de Luna. Un morisco de Granada que fingió descubrir el manuscrito escrito por el sabio en El Escorial. El libro, que tuvo mucho éxito cuando se publicó, cayó pronto en el olvido al saberse que estaba inspirado en falsos cronicones. Pero me interesaba porque contemplaba la conquista y dominación árabes de España con una mirada diferente, más positiva de los conquistadores y menos complaciente con los visigodos. Una crónica que se apartaba de la doctrina oficial de las postrimerías del siglo XX y que, entre datos falsos, incluía otros verdaderos que los cristianos vencedores ocultaron.

Lo acaricié antes de abrirlo, observé los pequeños cercos oscuros en la parte derecha de la cubierta, aspiré el aroma omnipresente en los libros viejos que me transportaba a los mundos de los tratados de historia. De pronto caí en la cuenta, el olor estaba causado por el moho. Podría ser peligroso para el bebé. Arrojé el libro sobre la mesa como si quemara, como si alguien me hubiera enviado la orden desde mi vientre.

Regresé a casa para comer. Artemio me esperaba henchido de felicidad.

—Hay que celebrarlo, Alba. Nuestro primer hijo. No me lo puedo creer. Hoy es un día feliz, perfecto. Hacía tiempo que no salía todo tan bien.

Me estrechó entre sus brazos, estaba radiante. Si tenía que ser madre, no se me ocurría padre mejor que Artemio. Al fin y al cabo, amar a alguien incluía hacer lo posible por cumplir sus deseos, aunque tuviera que sacrificar los propios. Eso creía entonces.

Aquella noche dormí inquieta. Soñé que paseaba por los alrededores de un bosque frondoso. Estaba oscuro y hacía frío. Oía el llanto desesperado de un bebé procedente de la parte más profunda. Dudaba, no quería adentrarme, pero el grito me atraía como un imán atávico. Avanzaba con miedo entre los árboles y la espesura de la maleza. Un pequeño bulto se removía envuelto en unas mantas sucias a los pies de un viejo roble, las alimañas lo olisqueaban. Las espanté a patadas. Lo tomé en los brazos, y el llanto cesó, como un milagro. Al retirar las mantas, el bebé abrió los ojos, unos extraños ojos extremadamente claros, y me sonrió con una dentadura perfecta de colmillos afilados.

Gemí dormida, sentí el roce de los labios de Artemio en mi mejilla. «Duerme tranquila, estoy aquí. Yo os protejo». Pero mis miedos eran individuales, internos, oscuros, ancestrales.

ALBA
BILBAO

Desde la ventana del despacho de la universidad, contemplaba cómo la estructura de titanio se alzaba desde la ría al cielo. Los brillos plateados del Guggenheim se apoderaban de la ciudad y desplazaban al sirimiri, el óxido del hierro y el humo gris de las fábricas. Bilbao construía su museo. Entretanto, yo me transformaba en madre.

—¿Interrumpo?

Cuando Gerardo formuló la pregunta, ya había traspasado la puerta. Al girarme, me lo encontré sobre la mesa de mi despacho ojeando el viejo libro que me había regalado, justo en la página donde yo había interrumpido la lectura, la carta que Anagilda, viuda de Witiza, escribió al rey Rodrigo:

> A Don Rodrigo, el tirano, contra el príncipe Don Sancho, su sobrino:
> Anagilda, reyna desdichada, madre del Rey legítimo heredero y señor de la España, te embía a saludar, y no de buena gana, don Rodrigo, porque tus malvados deseos, y malos pensamientos no tienen ningún merecimiento.
> Mira el testimonio de traidor que lleva tu mensajero, tu espatario Adulfo, escrito en las orejas y en la cara, y entenderás la razón que tengo y la que tú tienes. Con esto no concluyo de hacer mis poderíos hasta verme vengada de tus traiciones y maldades.
> De Algezira, a los veynte y tres de enero de la era Caesar, de setecientos y cincuenta años.

Ansiosa por seguir el camino al que me llevaba la investigación de la tesis, mi cerebro trabajaba rápido cuando se enfrentaba a documentos antiguos y libros de historia. Era feliz al compartir mis averiguaciones con Gerardo.

—Miguel de Luna piensa que la invasión comienza con una traición. Hispania estaba envuelta en una guerra fratricida entre visigodos. La viuda de Witiza, Anagilda, y su hijo, al que ella y los suyos consideraban el legítimo heredero, conspiraron contra Rodrigo. Ellos facilitaron la entrada en la península a cientos de bereberes, con un puñado de árabes al mando, porque creyeron que los ayudarían a recuperar el trono que se les había arrebatado. La carta es una buena prueba de cómo comenzó todo.

—Hablas como si fuera real. Luna no solo se inventó a su autor, ese Abulcassim, también los documentos en que se basa la supuesta verdadera historia.

—Lo sé, pero su visión de la conquista, su intento de conciliación entre árabes y cristianos, me parece interesante. Quizás no todo lo que escribió fuera falso. Toda falsificación esconde una parte de verdad. En cualquier caso, es un regalo magnífico. Te debo una. Te invito a comer.

—De acuerdo, una hamburguesa casera con muchas patatas en el bar de Víctor. Creo que me lo merezco, por buen chico.

Fue oír la palabra hamburguesa y una oleada de náuseas me ascendió desde el estómago hasta la garganta. La arcada me desfiguró el rostro. Corrí al baño y vomité el escaso desayuno en forma de papilla maloliente. Después, cuando creí que ya no me quedaba nada, comencé a lanzar secreciones amargas, verdosas. Había llegado al vacío y, sin embargo, no podía parar. La necesidad violenta de expulsar lo que fuera desde mis entrañas seguía ahí. Por un instante, creí que abortaría. El minúsculo invasor sería eyectado entre jugos vidriosos y acibarados. Horrorizada, respiré hondo, y de rodillas, cabeza abajo, intenté contener el vómito. Por alguna razón quería retenerlo dentro de mí. Ahora me pregunto si aquel fue el instante en que sentí por primera vez un atisbo de amor por Sam.

Después de un minuto eterno, con las articulaciones doloridas y hiel en la garganta, me incorporé con dificultad. Me miré en el espejo. El rímel corrido, el carmín difuminado alrededor de la boca, el pelo alborotado, la imagen de un payaso, un espantapájaros. Sentí unas terribles ganas de llorar.

—¿Alba, estás bien? —Gerardo golpeaba en la puerta del baño de mujeres.

—Sí, no te preocupes. He vomitado. Te agradecería que me trajeras el bolso del despacho. Necesito arreglarme un poco.

Me esperó en el pasillo. Mientras intentaba recomponer el maquillaje, escuché la conversación que mantenía con su mujer a través del móvil.

—No puedo ir a comer, Berta, lo siento. Tengo que sustituir a la profesora de Historia de la tarde —mintió.

Salí del baño en el instante en que colgó.

—Habrá que olvidar la hamburguesa. Dime qué te apetece. Tengo la tarde libre.

Cuando le confié que los olores de los aceites, las carnes, la polución e incluso los perfumes me producían náuseas, Gerardo escogió una pequeña taberna en Zierbana, a la que solíamos ir cuando éramos estudiantes.

Me sentía cómoda allí con él, respirando el aliento del mar. Sus ojos me interrogaban. Le confesé que estaba aterrada. Contra toda lógica, las palabras del *Génesis*: «Tantas haré tus fatigas cuantos sean tus embarazos: con dolor parirás los hijos. Hacia tu marido irá tu apetencia, y él te dominará» controlaban mi mente. La sola mención al parto me evocaba la imagen de un cuerpo deforme retorciéndose por el dolor, mientras el pequeño ser unido al cordón se abría paso entre carnes desgarradas y cascadas de sangre.

Él ironizó para restarle presión a mi carga: «Vamos, Alba, es un libro de historia más, su significado no puede resistirse a tu análisis». Me asustaban mis pensamientos. Mi hijo podía oírlos, o peor, sentirlos. Si sobrevivía, me odiaría. Estaba segura. Los hijos odian a sus madres porque ellas, en el momento que invadieron su cuerpo, los odiaron primero.

La brisa primaveral y la cálida voz de Gerardo arrastraron mis oscuras reflexiones.

—Dime, ¿cuánto hace que no visitas la necrópolis y la cueva?

Se refería al poblado de Cuyacabra y la cueva de san Andrés, los lugares que analizaba en mi tesis. Ambos emplazamientos estaban situados en Quintanar de la Sierra, un pequeño pueblo de la provincia de Burgos. Desterrado allí tras la contienda civil por combatir en el lado republicano, mi abuelo paterno fue el maestro del pueblo durante cuarenta años; y la necrópolis de Cuyacabra, el escenario de los juegos de mi niñez cuando acudía a pasar las vacaciones.

Fue durante aquellos veranos infantiles cuando comencé a escuchar las voces de vidas antiguas. Jugábamos a los muertos resucitados simulando que los espíritus nos poseían para vengarse de sus asesinos. Nos escondíamos en los huecos esculpidos en la roca, buscábamos entre las que tenían forma de bañera la que mejor se adaptaba a nuestro cuerpo, y nos tumbábamos imaginando quién sería la persona enterrada, cuál sería su historia. Las tumbas de los moros, las llamábamos los niños, a pesar de que el abuelo, en la escuela, insistía en explicar que eran enterramientos visigodos. Pero yo estaba empeñaba en que allí habitaba el espíritu de una bella mujer árabe. Creía oír su voz y también que podíamos comunicarnos. «La niña poseída», solían bromear mis amigos con voz fantasmal.

Poco antes de finalizar la carrera, la última primavera en que Gerardo y yo fuimos novios, decidí enseñarle Quintanar de la Sierra y los magníficos bosques de robles y pinos donde estaban incrustadas las necrópolis. «No se puede amar a alguien hasta que no conoces su infancia», le dije.

Pasamos un fin de semana en Quintanar. Llegamos la noche del viernes y durante la mañana del sábado recorrimos el centro del pueblo. Por la tarde dimos un paseo por el despoblado de Cuyacabra. Tras atravesar una torrentera, avanzamos por la tupida masa de árboles que ocultaba las rocas que servían como cementerio. Franqueamos la primera línea de fosas y ascendimos por una plataforma de arenisca hasta el punto más elevado, donde se erigió la iglesia que en su día presidió el conjunto del poblado y la necrópolis. Le enseñé a Gerardo los restos de la ermita: una cazoleta excavada en la roca utilizada para verter los aceites con que se ungían los muertos, y los ocho escalones excavados para acceder al recinto, aún visibles en el montículo rocoso. Después, descendimos por la cara oriental hasta el cementerio y nos sentamos a descansar sobre un tronco de pino caído. Era el momento de jugar al escondite en las tumbas. Miré alrededor, cerca había dos bañeras de tamaño parecido a nuestros cuerpos junto a otra más pequeña que, sin duda, cobijó a un niño.

—Mira, esta es la mía —le dije riendo mientras limpiaba de hojarasca uno de los huecos grandes— y esta de aquí, la tuya.

Me recosté, inspiré hondo y llené mis pulmones de olor a resina y madera, cerré los ojos, y con los labios cerrados, empecé a emitir un gemido, una especie de tétrico mantra, como si estuviera poseída, al igual que hacía de pequeña para asustar a los niños que jugaban conmigo. Iba a levantarme de golpe, para interpretar a una zombi, cuando un intenso rayo de luz se filtró entre las pinochas y las piñas, se proyectó en mi cara y me paralizó.

Abrí bruscamente los ojos, o eso creí, porque lo que vi no fue de este tiempo, aunque sí del mismo lugar. Caminaba por la antigua aldea medieval, como en una película a cámara rápida; las imágenes se sucedían mecánicamente, sin mi intervención. Alguien parecía haberlas sacado de los libros de historia, o quizás alguien me las mostraba para que las incluyera yo.

Combates entre árabes y cristianos, una mujer de rasgos árabes corriendo con dos niños de la mano. Fuego, cuerpos amortajados, tumbas cubiertas con lascas de piedra y un fiero guerrero cristiano combatiendo cegado por la ira. Su rostro estaba atravesado por una cicatriz, un tajo de cuchillo lo había dejado sin nariz ni oreja. Peleaba con una pesada espada que, al encontrar la de sus rivales, producía un violento estruendo. Contemplaba las escenas sin poder intervenir, como si estuviera dentro de la pantalla del cine, en una vívida película tridimensional. Después de caminar unos minutos, me encontré a un niño rezando de espaldas a mí, frente a un altar de piedra, a la entrada de una cueva. En el altar había dibujado un arco de herradura con una gran cruz metálica incrustada en el centro. El niño se giraba bruscamente y gritaba: «¡Ayúdame!».

Aquel grito me alzó de la tumba, sobresaltada, como si hubiera despertado de un profundo sueño. Gerardo dijo que estaba blanca. Al principio creyó que le estaba gastando la broma de la posesión de los espíritus, pero cuando me desmayé se asustó. Al cabo de unos segundos, recobré el conocimiento y le conté lo que había visto. «Una pequeña insolación. Mucho calor y poca agua. Vamos a descansar al hostal», concluyó.

A partir de ese momento, empecé a obsesionarme con la historia de la necrópolis, convencida de que lo que yo había visto era lo que sucedió en aquel lugar en otros tiempos. Compraba cualquier libro con información de las necrópolis. Me hice con uno del profesor José Ignacio Padilla, quien afirmaba sobre el despoblado de Cuyacabra, que tal vez pudiera identificarse con una aldea denominada por las fuentes documentales como Villa Godomar, uno de los testimonios más ilustrativos de la arqueología medieval hispana. Pero lo que más me sorprendió del libro fue la descripción de una cueva denominada el Eremitorio de san Andrés. Yo había correteado en numerosas ocasiones por las necrópolis, pero no había oído hablar de la cueva situada a escasa distancia del despoblado. El historiador la calificaba como uno de los más bellos exponentes del eremitismo hispano, y destacaba un espléndido arco de herradura en relieve sobre la pared del bloque oriental de la covacha; un arco con unas marcas y un orificio central en su interior, que hacían sospechar de la existencia de una gran cruz metálica incrustada cuando se construyó, según él, en el siglo x.

Al leer esas palabras, recordé el episodio del desmayo. No fue una insolación. Para mí, buscar durante años la tumba que mejor se adaptase a mi cuerpo había sido un impulso natural e irracional, algo instintivo. Había leído en algún sitio que el instinto es esencial para sobrevivir. Yo había estado buscando esa tumba y su espíritu, al igual que las tortugas caminan hacia el agua tan pronto salen del cascarón, o las arañas tejen complejas telas imitando los patrones de sus antepasadas. La visión, las voces que oía de niña, todo cobró sentido: tenía que descifrar lo que ocurrió en el poblado de Villa Godomar, en los oscuros tiempos del inicio del Medievo, para llevarlo a los libros de historia.

ZULEMA
VILLA GODOMAR

El filo de la espada se clava durante unos segundos en el suelo terroso, pero el peso la vence y cae al campo de entrenamiento. Isenhard la recoge, la lanza y sale corriendo. Adulfo lo sigue mientras le grita: «¡Vuelve! Mi hijo no puede ser un cobarde».

Zulema siente que se precipita el huracán en que se convertirá la furia de su esposo. No sabe cómo detenerlo. En el pecho, en la cabeza, se le agolpa una angustia que la ahoga. Corre y se coloca una vez más entre Adulfo e Isenhard, un simple muro de carne, vísceras y huesos. Y corazón, un corazón que late acelerado cada vez que la escena se repite en los entrenamientos de su hijo mayor. Algún día, quizás, ella no lo soporte más, explote, y las venas liberadas de la tensión como las gomas de un tirachinas abofetearán el rostro deforme de su esposo.

—Déjalo, por favor —implora al padre—. Déjalo, no quiere luchar.

—¡Quita de en medio, mujer! O serás tú quien pruebe mi espada. —La zarandea con el brazo libre—. ¿Acaso tu hijo es un tullido o un invertido? Juro por Dios que la sangre de guerrero que lleva en sus venas brotará por algún lado. Él elige: el honor en el campo de batalla o la humillación cobarde.

La cicatriz del rostro del guerrero se hace más profunda, más evidente, como si la ira hubiera encontrado la salida desde lo más profundo del ser. Levanta la espada en el aire, Zulema la siente a escasas pulgadas sobre la cabeza. Isenhard grita: «¡No!», y se gira para volver sobre sus pasos. Entonces aparece Akar a la carrera, como aire fresco que limpia el hedor del animal muerto, con la luz de la vida en sus ojos de noche estrellada. Salta al campo y recoge la espada que ha arrojado su hermano. La empuña con fuerza, con las dos manos y se coloca con el extremo enfrentado a la de su padre. Zulema no sabe de dónde saca el vigor y la alegría su pequeño cuerpo. Las lunas del calendario no han llegado a pasar más de cinco veces durante la vida de su hijo menor.

—¡Yo pelearé, padre! Isenhard tiene que ayudar a madre a acarrear agua a la cabaña. Las cántaras pesan mucho para mí.

Al verlo, el gesto de Adulfo se relaja, y la cicatriz se transforma en un amago de sonrisa.

—Tú, renacuajo, ¿vas a luchar conmigo? Si la espada es más grande que tú.

Akar hincha el pecho, se yergue y se tensa.

—¿No tendrás miedo de pelear con el renacuajo que también lleva en sus venas tu sangre de guerrero? Vamos, padre, enséñame. Yo heredaré tu espada. Isenhard es para la iglesia, lo he visto orar y leer. Dios lo escucha.

—¿De qué habla este renacuajo, mujer?

Zulema se asombra ante las palabras de Akar, es muy listo. Hace semanas, mientras paseaban por el camino del bosque que lleva al poblado de Rezumel, descubrieron un reducido y hermoso valle. En el fondo, junto a un arroyo, se erigía un peñón, con una oquedad, como una cueva partida. Lo acompañaba, a unas cuantas pulgadas, otra roca algo más pequeña. Advirtieron que era un lugar bien escondido, a pesar de que estaban a menos de una legua de la cabaña. A espaldas de Adulfo, decidieron construir una covacha que le sirviera de refugio a Isenhard cuando su padre se encolerizaba con él.

El pequeño los acompañaba atento a la conversación.

—Aquí no te encontrará la ira de tu padre, Isenhard. Acude a este refugio si él se enfada. Yo lo calmaré y vendré a por ti cuando pase la tormenta.

—No aguanto más, madre. Algún día no podrás pararlo y tú recibirás el golpe. La tormenta no pasará. No quiero luchar. ¿Por qué he de derramar la sangre de otro hombre? ¿Y si ese hombre es tu hermano, mi tío Yussuf? Si alguien matara a Akar, si le hicieran daño, sería como si me cercenaran un brazo. No puedo hacerlo, no, no quiero luchar.

—Algún día, la conquista acabará y será el final de la violencia. Entonces, Isenhard, habrá llegado tu tiempo, el tiempo de los papiros y la melodía de la flauta. Hasta ese momento, deberás aprender a luchar o esconderte aquí.

—¿Cuándo, madre? El fuego destruye una nueva aldea cada día, los hombres vuelven heridos de las razias y aumenta la cólera que refleja sus rostros. Incluso cuando rezan, sus corazones son violentos. Piden a Dios que los ayude a matar en el campo de batalla. Ese Dios, Padre, Hijo y Espíritu Santo es un padre como el mío, debe de tener una cicatriz en la cara que le ciega el ojo de la paz y desea que mueran sus hijos. Tiene suerte el hijo tonto y tullido del pastor. Él solo debe cuidar de las cabras.

Con un grueso montón de pinocha, cubrieron una gran grieta horizontal de la cueva, a modo de lecho. Más adelante llevarían pieles curtidas para los días de frío y un cofre con las pertenencias del abuelo Almalah Alhakim. Alrededor de las peñas, y delimitando la cueva, construyeron un rudimentario muro con piedras. Los huecos los rellenaron con una masa que preparó Isenhard.

—Es adobe, *al-tub*. Lo leí en los papiros del abuelo. Fíjate, Akar. Hacemos una bola con la tierra y el agua. Luego la mezclamos con hojas y pinocha. Le damos forma y la encajamos entre los huecos de las piedras. Cuando el sol y el aire las sequen se quedarán duras. Evitarán que se cuele el viento. La cueva será más caliente que nuestra cabaña.

En la entrada de la covacha, mientras bromeaba con su hermano, Isenhard talló un arco doble con forma de herradura. Lo hizo con un rudimentario cincel que le había regalado el herrero a cambio de que tocara la flauta en el bautizo de su hijo. «Gracias, chico, esto te servirá para grabar los nombres en la lápida que cubra la tumba de tu padre, a quien Dios guarde la vida muchos años».

—Vamos a darle un mejor uso a este clavo —bromeaba el mayor con el pequeño—. Estos arcos, hermano, son adornos que ponen los señores en los edificios importantes de las villas. Somos afortunados, tenemos dos lugares para vivir: la cabaña y esta lujosa villa de recreo.

Akar escuchaba con atención y Zulema quiso ver en su infantil alegría que colaboraba en la construcción del escondite como un juego. Ahora advertía que había ayudado a construir la covacha consciente del peligro que se cernía sobre su familia, y aún había añadido otro elemento a la gran mentira con que pretendían proteger a su hermano mayor: Dios. El dios al que su padre invocaba en cada momento del día. El dios al que rogaba para acertar hendir su espada en el pecho enemigo, en el lugar exacto para causarle la muerte. Akar sabía que aquellas palabras desconcertarían a su padre. Isenhard podría no ser un guerrero, pero si era un joven santo, cuya oración ayudaba a las huestes cristianas a vencer a los infieles, nadie se atrevería a hacerle daño, aunque lo consideraran un cobarde.

Akar está entreteniendo a su padre, así les da tiempo para huir al cenobio que han construido y darle al lugar el aspecto de un lugar cristiano. Si Adulfo lo descubre en el futuro, no se atreverá a destruirlo ni a agredir a Isenhard.

Zulema comprende que ha llegado el momento de tomar una decisión. Hace tiempo que su vida no es suya, sino de sus hijos.

Adulfo ríe ante la bravura del pequeño, lo desarma con un ligero golpe, pero le entrega una espada más pequeña y empieza a entrenarlo. Zulema toma la de su hijo mayor, abandonada en el campo, y corre a la cabaña. Allí recogen con premura unas pieles sobre las que ponen un par de quesos, pan y algo de carne seca. Forman un hatillo y se dirigen a la choza del herrero. Zulema le pide que moldee la espada de Isenhard para convertirla en una cruz. Un poco de fuego y una docena de golpes de martillo son suficientes para transformarla en el símbolo santo, una estrecha línea separa la religión de la ira de los hombres.

—Ya está. —El herrero le muestra la cruz, satisfecho de su trabajo.

Zulema le dice que le haga un orificio donde se cruzan los brazos.

Después se despiden de él y caminan sin pausa a través del bosque media legua, la distancia que separa la cueva de la cabaña. Cuando llegan al refugio, el sol está en lo alto.

—Ha llegado el momento, hijo. Eres casi un hombre, tienes deseos e ideas propias. Tu padre no te encontrará en esta cueva, y si lo hace, la cruz te protegerá. El otro día, oí decir a un guerrero herido, al volver de la razia, que un moro fiero, un tal Yussuf, lo había derribado en el campo de batalla. Dijo que le puso la espada en la garganta y le preguntó si había visto a una mujer árabe llamada Zulema a la que había desposado un cristiano. Cuando el guerrero le contestó que vivía en Villa Godomar, el infiel le perdonó la vida a cambio de que contara en el poblado que la estaba buscando. Tu padre se enfureció al saberlo. Nunca permitirá que huyamos, pero tu tío dará con nosotros y nos rescatará.

—¿Y a dónde iremos, madre? No sé ni quién soy. Un cobarde visigodo seguirá siendo un cobarde, aunque se pase a las filas árabes. No quiero luchar ni rezar por ningún bando, por ningún territorio.

—He oído decir a los mercaderes que los árabes se han establecido en un lugar de Hispania que llaman Medina Elvira. Está alejado de la batalla. Seguro que el abuelo está allí, dibujando planos y escribiendo papiros para construir villas. Yussuf vendrá a rescatarnos. Su campamento no está lejos de aquí. Luego iremos a buscar al abuelo y regresaremos todos a Alejandría junto a la familia de tu abuela, mi madre. Allí hay paz. ¿Sabes?, ellos tienen un astillero junto a un gran faro. Podrás ir a la escuela, construir los barcos que has visto en los papiros del abuelo... Debes aguantar, Isenhard.

El muchacho se anima, la esperanza ilumina por un instante su mirada. Zulema enciende un fuego en la entrada de la cueva, justo debajo del arco, para ahuyentar a los lobos. Un rayo se filtra entre la espesura de las hojas de los pinos y alcanza el centro del vano del arco tallado. Allí donde el sol alcanza la piedra y muere, Zulema incrusta la espada de su hijo convertida en cruz.

De regreso a la cabaña, construye mentalmente los argumentos para convencer a su esposo. «Isenhard es un ser espiritual, se ha aislado para encontrar a Dios y rezar por la victoria sobre el infiel. No ha dicho dónde va». En Villa Godomar saben de extraños santos a los que llaman anacoretas, hombres que sienten la llamada divina, rezan y viven en terrenos inhóspitos y solitarios. Lo convencerá de que el joven Isenhard ha oído esa llamada. Ni siquiera un caudillo cristiano puede oponerse al designio de Dios.

Siente frío, un viento fresco remueve el polvo del camino. Zulema alza la mirada y se sobrecoge al ver las copas de los árboles. La aterrorizan las hojas perennes de los pinos, con ese deber de permanencia y la imposibilidad de abandonarse y descansar, de convertirse en hoja rojiza que se zambulle en la tierra y olvida. Siente los huesos helados bajo esa sombra eterna. Asciende desde el valle hasta el camino de Rezumel, donde han talado los pinos para construir cabañas. El sol, sin el filtro de los árboles, ilumina el descampado, y ella alza el rostro para recibir la caricia de los rayos. Permanece inmóvil unos instantes. De repente oscurece. Un gran buitre cruza delante del astro rey como un presagio de muerte. La invade un miedo atávico, oscuro, inveterado, más allá de la batalla entre infieles y cristianos, más allá de la cólera entre hombres, hermanos, nacidos todos, árabes y visigodos, de las entrañas de una mujer. Un terror infinito la persigue desde el día en el que un hombre violento y repulsivo la forzó y puso la semilla de Isenhard en su vientre. Un hombre al que todos se sometían y al que llamaban rey Rodrigo.

ALBA

BILBAO

—Hija, ¿se puede saber dónde has estado? Llevo todo el día llamándote. ¿Cómo estás?

—Bien. Estoy bien. Trabajando en mi tesis —mentí.

No quería contarle que había pasado la tarde con Gerardo. Para mi madre yo había elegido a Artemio y debía ser consecuente. Le pertenecía a él. Pronunciamos los divinos votos ante el altar de la capilla de la Universidad y nos juramos fidelidad. Él me entregó las arras y me prometió compartir conmigo riqueza y pobreza.

—¿Dónde has comido? Te había preparado el guisadito de pollo que tanto te gusta. Estás adelgazando y deberías engordar. Tienes que descansar más. Lo primero es tu hijo, Alba. La tesis puede esperar.

—Te he dicho que estoy bien.

—¿Cuándo te toca la revisión?

—Fui la semana pasada. Estoy esperando los resultados de la amniocentesis.

—Alba, esa prueba... esa prueba es la que se hacen las abortistas. Tú no serás capaz de...

—Mamá, esa prueba es para descartar ciertas malformaciones. Necesito estar tranquila, por favor.

—Mira, hija, yo fui la primera que te aconsejé que no tuvieras hijos si no estabas segura, es muy sacrificado; pero si has decidido traer uno al mundo, debes apechugar con las consecuencias. Por los hijos se da la vida. Venga como venga. Es un pecado deshacerse de un niño indefenso.

—No es un niño, es un feto.

—Por Dios, Alba, ¿se puede saber quién te ha metido esas ideas en la cabeza? Ni tu hijo es un feto ni tú una probeta. Eres una madre que traerá un nuevo ser humano a este mundo. No hay un milagro mayor, nada más hermoso.

—Adiós, mamá. Estoy cansada.

—Te espero a comer mañana, Alba. Te noto baja de ánimo. Tenemos que hablar.

Hay madres fuertes, débiles, madres asesinas y madres mártires; al igual que hay madres altas y estilizadas o pequeñas y rechonchas. Pero para la mía, como para la mayoría, las madres eran una especie de entidad intermedia entre un ser humano y un ángel. Desde el momento de la fecundación, la mujer era incapaz de tener ni un mal pensamiento hacia el ser engendrado, menos aún crueldad, violencia o mezquindad, salvo que estuviera loca. En su sano juicio, solo el varón era capaz de ser violento con sus hijos. Los hombres causaban la violencia, y las mujeres y niños la sufrían.

Pero mi tendencia natural estaba ahí, por mucho que quisiera enterrarla en una montaña de normas sociales. A mi alrededor solo me encontraba con madres abnegadas, convertidas en esclavas modernas que sacrificaban su vida por los hijos. Madres de familias caníbales, mujeres ignorantes de que su descendencia y los hombres que la engendraron las estaban devorando. Madres de familias católicas que habían convertido el canibalismo en rito sagrado —¿o no era eso alimentarse del cuerpo y la sangre de Cristo?— para perpetuar la vida más allá de la muerte.

Intentaba verme como una de ellas, imaginarme en sus cuerpos, simular su sonrisa. Pero la felicidad no acudía en mi auxilio. Al contrario, una extraña lucidez me llevaba a diseccionar mis impulsos. Me sentía un monstruo egoísta, extraña y desarraigada, ajena y culpable, una alimaña que rechazaba el tierno ser que vivía en su cuerpo.

Hice un esquema para clasificar a las madres. Existían tres categorías: Una, las sublimes y ejemplares, devoradas por la familia en aras a un bien supremo y que en la menopausia sufrían el síndrome del nido vacío. Dos, las asesinas, exterminadoras silenciosas de su prole cuando caían en la cuenta de que su propia existencia iba a ser aniquilada. Y una tercera, las imperfectas, candidatas a arrastrarse al diván del psiquiatra debido a la culpabilidad que sentían por no ser sublimes.

Los resultados de la amniocentesis llegaron antes de la comida con mi madre. El hijo que esperaba no padecía ninguna anomalía cromosómica. Esto me situó entre la categoría uno y tres, porque, después de la buena noticia, mis instintos asesinos desaparecieron. Engullía el guiso de pollo de mi madre y cualquier cosa que me preparase, pues era lo único que me sentaba bien.

—Está riquísimo, mamá.

—Me alegro de que te guste. Te pondré lo que ha sobrado en un táper para que te lo comas mañana en casa. El cuerpo ahora es más sabio que nunca. Te pide comer lo que necesitas para tu hijo. Ven, vamos al sofá y te recuestas. En tu estado tienes que reposar después de las comidas.

Mi madre era de la categoría sublime. La acompañé y me acurruqué a su lado mientras me susurraba: «Alba, mi dulce niña, déjate llevar por la naturaleza. Es sabia y guía a las madres para cuidar de sus hijos. Escucha a tu corazón. No tienes que controlarlo todo, yo cuidaré de ti». Protegida en la calidez de su regazo, como si sus palabras fueran el conjuro de un bálsamo ancestral, me abandoné a la ternura y la seguridad de su abrazo. Pronto alumbraría a mi hijo y quizás yo no fuera una madre sublime, pero ella sería la mejor de las abuelas.

—Es niño mamá, es un niño y está sano. Aún no se lo he dicho a Artemio, él prefería una niña.

—Da lo mismo, lo importante es que nazca bien. Estoy segura de que le hará feliz igual.

Las lágrimas discurrían mansamente por mi rostro mientras mi madre las secaba con suaves caricias, lágrimas de esclava solitaria que encuentra al fin una compañera para arrastrar las cadenas.

—¿Qué te ocurre, Alba? Deberías estar contenta.

—Creo, creo que no seré capaz de hacerlo, de cuidar de mi hijo.

—No te preocupes. Todas lo hemos pensado alguna vez durante el embarazo. Mi nieto va a tener una gran madre. Lo sé. Habrá que ir pensando un nombre.

Debía a la mujer que me abrazaba la más feliz de las infancias, el olor a lavanda de los amaneceres, los cuentos de Maricastaña susurrados al caer la noche junto a mi cama, el beso y el zumo de naranja que curaban la fiebre y el dolor de anginas, el balbuceo de las primeras palabras, los torpes pasos iniciales, la lectura de las vocales en la cartilla y las sumas (recuerdo que no me llevó al colegio hasta los seis años, cuando había comenzado el curso «porque los niños pequeños están mejor con sus madres»). Le debía también el deseo de estudiar una carrera universitaria, que ella no pudo hacer. Mi madre alimentó con suavidad mi independencia: «Nunca dependas de un hombre. No te cases si no es por amor». Estuvo presente en cada hito de mi vida, avivó mis ilusiones, amortiguó golpes, me insufló energía en cada una de mis debilidades. Yo me había convertido en una mujer fuerte gracias a la esencia de mi madre.

Hija de madre sublime, rebelde al instinto que me unía a una cadena de mujeres, me refugiaba en ella, con mi preñado cuerpo cobijado como un feto en el suyo, igual que las muñecas matrioska, mujeres huecas que albergan una nueva vida, y esta, a su vez, a otra, en un número variable y hasta el infinito, a menos que alguna tara les impida reproducirse.

Mi madre y yo éramos madres de categorías diferentes, sublime ella, imperfecta yo, me arrastraría al diván del psiquiatra, pero al igual que todas las matrioska de cada juego, estábamos construidas a partir del mismo bloque de madera, con características únicas.

Mi madre surgió del interior de mi abuela Agradecida. Cuentan que nada más nacer ya se intuía en ella una belleza excepcional. Mi bisabuela, al ver su piel blanca, sus ojos azules y el pelo color trigo quiso llamarla Alba, pero su madrina se impuso en la pila bautismal: «Agradecida, para que recuerde siempre que le debe su don a Dios y no crezca en la soberbia».

Al comienzo de la posguerra, recién cumplidos los dieciséis, sus padres la entregaron en matrimonio a un hombre veinte años mayor para saldar las deudas de la familia. «Los dos millones del ala que le debían o la moza más hermosa de la comarca». Era imposible reunir el dinero y la niña aceptó casi con alegría, porque pensó en sustituir los muñecos por niños de verdad a los que cuidaría como la mejor madre. Pero su belleza comenzó a marchitarse a medida que le crecían hijos en el cuerpo, huesos rotos mal soldados y moratones. Murió sin haber cumplido los cuarenta, de una pulmonía según el parte de defunción. Según quienes la conocieron, de las palizas que le propinaba mi abuelo y ella aguantaba sin rechistar para evitar que los golpes cayeran sobre sus hijos.

El sarcasmo del destino se cebó con su nombre. «Agradecida tenías que estar de que os haya rescatado a ti y a tu familia de la miseria», era la frase que iniciaba su tormento diario por no tener a punto la ropa limpia del amo de la familia, quemar la cena o perder el tiempo mimando al segundo de sus seis retoños, aquejado de poliomielitis. En la última tunda, aquella en la que la costilla rota le perforó el pulmón, Agradecida se interpuso entre el abuelo y mi madre con expresión de horror. Su último grito se quedó grabado en la cabeza de mi abuelo y se repitió como un eco cada vez que la ira invadía su tuétano y buscaba alrededor con quien descargarla: «¡No! A Alba no. Ella no tiene nada que agradecerte. Yo soy quien paga la deuda».

La abuela legó a mi madre el grito como protección —el abuelo jamás llegó a ponerle la mano encima—, su belleza, su instinto maternal y el nombre del que a ella la privaron: Alba.

Mi madre tardó en escoger al hombre con quien casarse. Ninguno era suficientemente bueno. Veía en cada uno de sus muchos pretendientes el reflejo violento de su padre y se alejaba de ellos. Hasta que dio con un biólogo paciente, cariñoso y tranquilo, acostumbrado a observar y estudiar la vida. Su espíritu investigador enseguida detectó el miedo animal de mi madre, «No te preocupes, yo cuidaré de ti y de nuestros hijos. No he hecho daño ni a una mosca».

Mi padre era un hombre reflexivo, alejado de cualquier tipo de violencia al que el amor a mi madre hizo más calmado incluso. Si advertía que ella se estremecía ante algún leve gesto de enfado, él retrocedía de inmediato, atemperaba su expresión y le decía «Perdona, no quería asustarte», luego la abrazaba. «Hay que controlar los instintos. La razón es lo único que nos diferencia de los animales» era la frase que había convertido en la máxima de su vida. Mi madre pagaba ese amor pacífico dejándose devorar con suave terquedad por él y por mí, mientras nos dedicaba su vida, su cuerpo, su alma, su tiempo y su espacio.

Yo heredé de ella los ojos claros, la piel blanca y el nombre, pero me asustaba su instinto maternal, no estaba dispuesta a dejarme canibalizar en aras de la supervivencia de la especie. No solo temía convertirme en mi madre, sino también, simplemente, ser madre. Me asustaba traer otro ser humano al mundo, verme atrapada en la historia de otro. Quería vivir mi propia historia. Una historia cuyo comienzo y fin coincidiera con mi vida.

Hasta que Sam se alojó en mi interior, mi destino era el de la última matrioska: la muñeca vacía.

A L B A
BILBAO

El día que sentí la primera patada de Sam en mi vientre, la banda aún no había asesinado al magistrado Lidón, aunque los nombres de varios jueces y fiscales figuraban en los papeles incautados durante las detenciones de sus miembros. En el País Vasco había ciento cincuenta y nueve personas amenazadas por ETA con llamadas telefónicas, pintadas, dianas con sus nombres, el gesto del dedo disparando en la calle o el macabro envío de animales muertos a domicilio. En 1997, según Gesto por la Paz, los destinatarios de estas intimidaciones eran 56 políticos, 11 profesores de universidad, 10 funcionarios de prisiones, 8 testigos de juicios, 7 pacifistas, 7 periodistas, 7 agentes de la policía vasca y 9 jueces, fiscales o abogados. Entre ellos —yo respiraba con tensa tranquilidad— no figuraba el nombre de Artemio Ugarte.

Otras veinticinco personas, sin adscripción a grupos políticos y con independencia de su profesión, estaban amenazadas simplemente por llevar el lazo azul en las concentraciones pacifistas que pedían la libertad de los secuestrados por los terroristas. Alba madre era una de ellas. Días antes de que le comunicara la noticia de los resultados de la amniocentesis, encontró un gato estrangulado con un cordón azul, colgado del frontis de la puerta de casa. En la boca del animal halló una hoja de papel con un siniestro mensaje: «Si sigues con tu lazo, te lo pondremos como al gato». Mi sublime madre enterró el cadáver, limpió la puerta y, en una especie de rito sanador, quemó el papel para ahuyentar los malos presagios que se escondían tras la amenaza. «Solo son palabras. Se las lleva el viento», tranquilizó a la familia. Por supuesto, a mí me ocultó el espantoso incidente. En mi estado no me convenían sobresaltos.

Mi hijo iba a nacer en una atmósfera cainita y semisólida en la que un aire contaminado de furia impedía respirar con libertad, una sociedad en la que la ira había construido barrotes invisibles al pensamiento. Mi descendencia llegaría a este mundo entre violencias contrapuestas, muertes infligidas a hombres por hombres. Horrores que nos paralizaban y conmovían durante un momento por el terror a correr la misma suerte, pero tan pronto como los situábamos en lo anónimo y lejano, volvíamos a sumergirnos en nuestra existencia cotidiana.

Olvidábamos y encubríamos.

«El silencio protege a las tragedias», decía mi madre, y agradecía a ese Dios, en el que a pesar de las adversidades creía, que la cólera siguiera sin acertar en la diana de su familia. Pensaba mi madre que ojalá a la abuela Agradecida también la hubiera salvado un grito; el mismo grito que ella se atrevió a dar al morir y que Alba siempre recordó como una coraza protectora. La deuda no estaba saldada, no. La ira se deslizaba suave, astuta y taimada por las almas oscuras de los hombres y, escondida, susurraba cada asesinato, tortura o secuestro. Por eso, viniera de donde viniera la violencia, al día siguiente de cada muerte, Alba madre se colocaba un lazo azul en el pecho y acudía a la Plaza Circular para permanecer quince minutos en silencio detrás de una pancarta en la que una paloma blanca gritaba al mundo: «Ha muerto un hombre, ¿por qué no la paz?». Eso ponía en el cartelón, aunque en su cabeza sonaba el eco de aquel «¡No! A Alba no. Yo soy quien paga la deuda».

El día en que percibí el movimiento de Sam en mi cuerpo, creía que mi madre temía la violencia terrorista por las amenazas a

Artemio. Yo sentía su miedo como algo concreto, carnal y terrestre. Un miedo que, sin embargo, albergaba la esperanza de un final, el convencimiento de que toda violencia es coyuntural y cesa. Estaba equivocada. Después de que Sam naciera, comprendí que a Alba madre la alertaba un terror oscuro, abstracto, ancestral e infinito, la voluntad de esquivar algo horrible que parecía estar escrito en nuestro ADN.

Aquel día, Artemio acudió a casa de mis padres como marido y como fiscal. Yo estaba sentada en el sofá del salón imaginando lo que Sam me diría el día de mañana: «¿Por qué me trajiste a este mundo si yo no te pedí nacer?». Sentía una responsabilidad infinita hacia el hijo que iba a alumbrar a una vida incierta cuya única seguridad era la muerte. Y entonces, como si hubiera oído aquel pensamiento, lo sentí. Sam nadaba en mi interior como un pececillo. Sus brazos y pies, aún incompletos, aleteaban contra las paredes de mi cuerpo, una pecera opaca.

Excitada, alcé la cabeza buscando a Artemio con la mirada para compartir mi descubrimiento. A través de los cristales de la puerta que cerraba el salón y lo separaba del pasillo, vi su silueta gigante enfrentada a la de mi madre, empequeñecida. Las manos del fiscal se agitaban bruscamente en el aire y su dedo índice parecía dispararse contra las formas de la menuda mujer que se enorgullecía de haberme dado el don de la vida. No oía lo que decían.

Años después, supe que Artemio la conminaba a denunciar en el juzgado la amenaza del gato y a dejar de acudir a esas concentraciones inútiles porque nos ponía en peligro a toda la familia sin justificación alguna. Y que si en aquella casa volvía a aparecer una diana, nos alejaría de ella a su hijo y a mí. Si era necesario, impediría que conociera a su nieto. Él era quien debía protegernos ante todo y sobre todos.

Para él, el terrorismo de ETA solo podía combatirse con la

fuerza policial y el peso de la ley, no con pancartas. Pero lo que de verdad le molestaba era la equidistancia de mi madre al enfrentarse a la violencia, el hecho de que lo mismo prendiera en su pecho el lazo azul por la muerte de un terrorista abatido por la policía que por el secuestro de un empresario a manos de ETA. Para Alba madre todas las violencias se unían bajo el mismo grito: «¡No! A Alba no. Yo soy quien paga la deuda».

El 1 de julio de 1997 mi madre prendió un lazo azul en su pecho por última vez y acudió a la concentración por la liberación de tres secuestrados. Cuando regresó a casa, sacó del aparador de la sala el cesto de sus labores. Cogió dos varillas de las que colgaba una pequeñísima prenda de lana, tejió en silencio un par de vueltas más, remató los puntos y cosió en los hombros de la minúscula chaqueta dos lazos azules que ella había portado durante la manifestación. Aquella prenda fue la primera que cubrió el cuerpo rojizo, arrugado y tembloroso de Sam.

ALBA
BILBAO

Gravidez es una palabra pesada, algo difícil de llevar físicamente, según el diccionario etimológico. Los nueve meses de embarazo pesan. Lo esperable es que el alumbramiento aligere a la mujer y la inunde de felicidad. Sin embargo, el alivio del parto es momentáneo. El lastre permanece toda la vida.

Lo comprendí la mañana siguiente de confirmar que Sam era portador de un ensamblaje genético perfecto. Artemio decidió manifestar a su modo la alegría por la noticia. Envió un enorme ramo de flores a la universidad.

El mensajero llamó a la puerta y entró pifiando como un corcel extenuado, con el rostro enrojecido asomando entre las rosas blancas. «¿Alba Goitia? Es para usted». Pidió disculpas por el retraso. Tenía una única instrucción: entregármelo a las doce en el despacho. Después de interrogar a media docena de personas, había dado con el mío.

Estaba leyendo la nota que acompañaba al ramo cuando me sorprendió Gerardo.

—¿Un admirador secreto?

—Son de Artemio. Celebra que el bebé no tiene ninguna anomalía. Está sano y es un niño. Lo llamaremos Samuel.

—Genial. Es una buena noticia, Alba. ¿Por qué tienes esa cara? ¿Puedo saber qué te ocurre?

No hizo falta que contestara, mi antiguo novio me conocía más de lo que yo quería admitir.

—Ya... cualquiera diría que el fiscal no sabe la dirección de vuestra casa. Siempre marcando su territorio. ¿No descansa nunca?

Iba a contestar cuando nos interrumpió la llamada de teléfono de Ayestarán, el catedrático de Historia. Se había topado con el chico de las rosas cuando charlaba en el pasillo con unos profesores de Derecho. Uno de ellos, amigo de Artemio, le había informado de que las flores debían de ser para mí, por mi estado. Me dio la enhorabuena y quiso hablar de inmediato conmigo en su despacho acerca del seminario sobre las necrópolis altomedievales. Se celebraba en diciembre, en la Universidad de Barcelona. Ayestarán me había nombrado coordinadora y profesora principal, en representación de la Universidad de Deusto.

Yo acababa de publicar un artículo en la revista *Science* con una perspectiva crítica sobre la datación de las necrópolis de la cuenca del Duero del que se había hecho eco *Estrat Crític,* la revista de Arqueología de la Universidad de Barcelona. Mantenía la tesis de que la Arqueología se había subordinado a la Historia en el estudio de las necrópolis. Los datos arqueológicos se amoldaban a los escasos y dudosos datos históricos del período del Alto Medievo para dar soporte a los diferentes nacionalismos patrios.

Inmediatamente después de la guerra civil española, con la llegada de Franco al poder, las necrópolis altomedievales datadas entre los siglos VI y VIII se analizaron desde una perspectiva etnicista, protegida por el aparato político afín al fascismo que distinguía entre lo visigodo y germánico, con preponderancia de este último. Después de la Segunda Guerra Mundial, el «aperturismo» del franquismo rebajó el contenido étnico-racista del nacionalismo para configurar la unión de lo «hispano visigodo» en torno a la religión. La conversión al cristianismo de Recaredo, en 589, fue lo que fundamentó la nueva corriente.

Por ello, la cronología de las necrópolis resultaba interesada y confusa. Se practicó una arqueología de urgencia para reducir los costes. Era más fácil, barato y rápido datar una necrópolis a través de una hebilla encontrada en una tumba que tomar muestras representativas de Carbono 14 y analizarlas.

Según mi artículo, la solución a la cuestión de la cronología pasaba por una revisión de los métodos. El congreso de la Universidad de Barcelona suponía un gran altavoz y me facilitaría contactos importantes para impulsar mi investigación. Esperaba coincidir con los discípulos del profesor Castillo, quienes, en los años setenta, participaron en las excavaciones de las necrópolis del Alto Arlanzón y, más concretamente, en el estudio de Cuyacabra y la cueva de san Andrés. Tanto el poblado como el eremitorio estaban datados en los comienzos del siglo X debido a la presencia del arco de herradura, al que se consideraba mozárabe por criterios decorativos.

Seguía obsesionada con la visión del niño orando en el altar ante el arco de herradura con la cruz metálica en el centro. Para mí era importante contrastar los métodos que utilizaron los discípulos del profesor Castillo para datar la cueva de san Andrés.

Lo que quería comunicarme Ayestarán era simple y, a su entender, obvio: me eximía de dirigir el seminario de Barcelona. Dio por supuesto, sin derecho a réplica, que en el mes de diciembre yo estaría dedicada por completo a Sam. Cambiando pañales, dando el pecho, acunándolo, calmando su llanto y vigilándolo sin descanso para no perderme su primera sonrisa. «No hay nada más hermoso, importante ni absorbente para una mujer que su primer hijo».

No tuve opción. La más mínima insinuación de que mi madre podría hacerse cargo de Sam, o de que Artemio, tan ilusionado como estaba con su hijo, podría pedir unos meses de permiso y acompañarme a Barcelona para compartir los cuidados del bebé, me habría convertido en un monstruo egoísta y culpable de cualquier problema físico o psicológico que Sam pudiera desarrollar en el futuro.

De repente, yo era prescindible, desechable. Las rosas de Artemio me habían causado una muerte fulminante. La universidad me escupía de la presencia pública. Mataba a la Alba historiadora y la reducía a la Alba madre.

Gerardo me estaba esperando a la salida del despacho de Ayestarán. Había presentido que la llamada no tenía como objetivo darme buenas noticias.

—Y bien, ¿a qué venía tanta urgencia?

—Acaba de dejarme fuera del seminario de Barcelona —dije conteniendo el llanto que me hacía temblar la barbilla.

—Pero ¿por qué?

—Porque ya habré dado a luz y da por sentado que estaré dedicada al bebé a tiempo completo.

—Lo siento, Alba. Seguimos en las cavernas, incluso en la universidad. Sé lo mucho que significa ese seminario para ti. No hay nadie con más méritos para dirigirlo.

—No es solo eso... —Mi voz era un gimoteo—. Es que ha sido Artemio quien ha movido los hilos con mucha sutileza. Últimamente cree que le pertenezco, es como si me hubiera encadenado a él con este bebé. Anoche le pedí que no dijera nada de mi embarazo en la universidad, especialmente a Ayestarán, justo para evitar lo que ha ocurrido. Y a pesar de ello, o quizás por ello, ha enviado aquí el ramo y ha llamado a todos sus amigos para comentarles que iba a ser padre. Lo ha gritado a los cuatro vientos. Hoy todos, alumnos y profesores, saben que el gran fiscal va a tener un hijo. Porque es eso, Gerardo, es como si este hijo fuera de él y yo solo un instrumento para tenerlo.

—No es que Artemio sea santo de mi devoción, pero ¿no estarás exagerando? Quizás no lo ha hecho con mala intención. Está contento, va a ser padre. Siempre he pensado que estaba muy enamorado de ti. Un poco obsesionado incluso. La forma de mirarte, de agasajarte, esa insistencia en que te casaras con él desde el primer día porque eras la mujer de su vida... Echando la vista atrás, nuestra relación parece muy simple, aburrida, en comparación a la que tienes con él. Yo creo que Artemio es de esos hombres para los que la mayor prueba de amor de una mujer es que le dé descendencia. A mí me parece un poco troglodita, pero tú eres inteligente, Alba, algo le verías. Habla con él, dile cómo te sientes y lo importante que es tu trabajo para ti. Buscad juntos el modo de compatibilizarlo con una familia.

Me sentí una estúpida. Amaba el ímpetu y frenesí de Artemio, su vehemencia protectora, pero desde el embarazo sentía que me arrollaba.

—Tienes razón. Las hormonas me están trastornando, me siento ñoña, vulnerable, insegura. Estoy supersensible. Lloro con las noticias, las películas e incluso con los anuncios de televisión. No estoy siendo clara con Artemio. Hablaré con él esta misma noche.

Gerardo sonrió.

—Así que Alba está blandita porque va a ser madre. Resulta que eres humana. Yo creía que eras una roca como las necrópolis que tanto te gustan —bromeó—. Todo lo que te ocurre es normal, les pasa a todas las embarazadas.

—Hay algo más. Otro tipo de sensibilidad que no es tan normal.

—¿A qué te refieres?

—¿Recuerdas la visión que tuve cuando te llevé a conocer el poblado de Cuyacabra y la cueva de san Andrés?

—Recuerdo que hacía mucho calor, que te levantaste de aquella tumba como si hubieras visto un fantasma y que te desmayaste. Estabas deshidratada.

—No creo que fuera una insolación. Es difícil de explicar sin que me tomes por loca, pero desde que me quedé embarazada sueño con frecuencia con la mujer y los niños de aquella visión. Es absurdo, pero esta noche he visto cómo el niño mayor cincelaba un arco en la roca; y a su madre, la mujer árabe, que incrustaba una espada convertida en cruz. Huían del padre, el guerrero visigodo de la cicatriz. Ese guerrero, el de la cicatriz, aparece en la antigua edición de *La verdadera historia del rey Rodrigo* que me regalaste. Quizás existió y no todo sean invenciones de Álvaro de Luna.

—Ostras, Alba, sí que estás sensible. Me da a mí que el moho del libro te está afectando al cerebro.

Proseguí sin hacer caso a su pequeña burla.

—¿Y si la cueva de san Andrés se fechó en el siglo X solo por el arco mozárabe? Sospecho que no se realizaron pruebas arqueológicas. Quizás ese arco lo esculpió un inteligente niño de diez años, hijo de una esclava árabe y un guerrero visigodo, un niño asustado que vivía con la contradicción en la sangre, y que dibujó el arco que había visto en los papiros de su abuelo árabe para ahuyentar la violencia de los seguidores de Alá. Un arco en el que su madre incrustó una cruz para protegerlo de la ira de los cristianos. Ese arco de herradura actuaba quizá como un talismán contra la violencia que lo rodeaba. Desde que me quedé embarazada, sueño una y otra vez con esa familia.

—Eso no suena nada científico. Escucha, será mejor que ni Ayestarán ni nadie sepa lo de tus sueños o entonces sí que tendrá un argumento sólido, no solo para dejarte fuera del seminario de Barcelona, sino también para apartarte de cualquier proyecto relacionado con las necrópolis.

En ese instante, Sam se removió inquieto en mi vientre, como si protestara ante la amenaza. Pensé que había comenzado a compartir con él no solo mi cuerpo, sino también mi mente. Intuía que mis emociones y pensamientos circulaban a través de mi torrente sanguíneo hasta Sam. Y que quizás mi hijo me transmitía los suyos por esa misma corriente.

Cuando el feto nace y se corta el cordón umbilical, la única huella que deja es el ombligo. Sin embargo, sé que de mi unión con Sam ha quedado algo invisible para los ojos humanos: las emociones y las ideas que compartimos cuando su cuerpecito crecía dentro de mí. Una cicatriz en el alma que sobrevive a la muerte.

ALBA
BILBAO

Tardé dos días en decirle a Artemio lo que pensaba de que me hubiera enviado flores a la universidad. La forma cómo me hizo llegar aquel ramo me irritó en un primer momento, pero al día siguiente, una punzada de nostalgia me impedía abordar el asunto. Recordé el calor y la ilusión de mi primer cumpleaños después de casados. Un domingo en que las sábanas se me pegaron como todos los días de fiesta. Al despertar, me sorprendió un bosque de rosas blancas. Sobre las mesillas, al pie de la cama, alrededor del armario y junto al galán de noche descansaban enormes ramos en jarrones de cristal. Entonces sentía a Artemio como una cálida e intensa marea que fluía en la misma dirección que mis deseos y me empujaba al lugar donde antes de conocerlo solo me acercaba con temor, una marea en la que me sentía protegida.

Apenas habían transcurrido dos años de un ramo a otro. Ahora mis deseos iban a la deriva, nadaban contra la corriente del hombre al que amaba. Tenía que recuperarlo, volver a sentir su devoción, porque lo estaba perdiendo cuando más lo necesitaba. Por mí y por Sam.

La mañana del jueves 10 de julio de 1997, a la hora del desayuno, Artemio y yo discutíamos sobre el asunto del ramo inconscientes de que al cabo de seis horas, una mujer apodada Nora, abordaría a punta de pistola a un joven concejal de un pueblo de Vizcaya y lo introduciría en un vehículo oscuro. Faltaban seis horas para el secuestro de Miguel Ángel Blanco.

—No entiendo por qué te molestó. Antes te encantaban las rosas.

Artemio fingía incredulidad, un exceso de ceño fruncido lo delataba.

—Sabes de sobra que lo que me molestó no fueron las rosas, sino que las enviaras a la universidad para que todos se enteraran de mi embarazo. Por eso Ayestarán me ha retirado del seminario.

—Otra vez las necrópolis. ¿Es que son más importantes que tener un hijo? No haces más que estudiar esas dichosas tumbas. Estás obsesionada. Trabajas demasiado, no descansas. Tampoco te presentas en las clases de preparación al parto. Una buena madre estaría comprando con ilusión la ropa del bebé, la cuna, leyendo libros sobre sus cuidados. Tú solo estudias cementerios antiguos. Eso no puede ser bueno para mi hijo.

–Así que se trata de eso. La salud de tu futuro hijo es lo único que te preocupa. Por lo visto, mi bienestar te importa un pimiento... No pienso perder el tiempo aprendiendo a respirar, porque pediré la epidural a la primera contracción. Y tampoco tengo intención de darle pecho. El olor de la leche me da náuseas. Deberíamos hablar de todas estas cosas. Quiero ser yo quien decida cómo gestionar la maternidad. No sé cómo me convenciste aquella noche. Tenía los preservativos al alcance de la mano.

Artemio acercó su rostro enrojecido al mío con el mentón apretado y los ojos desorbitados.

—Escúchame bien. Ya no hay vuelta atrás. Ya no eres tú sola. Llevas dentro a mi hijo. Cuidarás de él como una buena madre. No vuelvas a decirme jamás que te arrepientes de haberte quedado embarazada. ¿Me oyes? Nunca más.

Ponía especial énfasis al pronunciar «mi hijo», como para reafirmar que Sam le pertenecía y que al llevarlo en mi seno, también yo había pasado a ser de su propiedad.

Había visto a Artemio enfadado otras veces. Cuando trabajaba en casos del juzgado que lo afectaban especialmente, los relacionados con ETA, advertía en él un furor poco común en otros fiscales o jueces. Yo lo atribuía a la vehemencia con la que defendía sus ideas. Jamás había dirigido su ira contra mí. La discusión me había alterado, sentí que el desayuno ascendía hasta mi boca como una papilla agria. Contuve como pude las ganas de vomitar. Necesitaba aire. Cogí una chaqueta, el bolso y salí hacia la universidad dando un sonoro portazo. No tenía la menor intención de sacrificarme en el altar de esa clase de maternidad.

Es cierto que al recibir el resultado de la amniocentesis y saber que Sam sería un niño sano comencé a tener conversaciones con él. Pero no le hablaba de nada relacionado con la crianza. Lo trataba como a un adulto que me acompañaba en todo momento. Sentía que empezábamos a ser cómplices, que le gustaban las historias de poblados antiguos. Solo una vez le expliqué cómo sería el parto. Y aquella charla me pareció suficiente preparación. «No te preocupes», le dije, «los gritos y los llantos son cosas de película. Con un pinchacito, me anestesiarán de cintura para abajo. Cuando decidas salir, estaré preparada. Tú empuja fuerte, que no me dolerá. Y sobre todo no te asustes, porque al salir conseguirás el oxígeno de forma diferente, no por el cordón como ahora, respirarás por los pulmones. Pero te acostumbrarás en un segundo. Luego cortarán el cordón, pero no nos dolerá. Te cogeré en brazos enseguida. Te lo prometo».

El resto de nuestras conversaciones mentales se centraban en las necrópolis, el extraño eremitorio y la familia que aparecía en mis sueños. Ignorando que ni siquiera había llegado a conocer el presente, imaginaba un Sam orgulloso de una madre que le hablaba de otras culturas, de la historia, del pasado. Una madre independiente, que trabajaba y sabía más cosas aparte de sonarle los mocos y hacerle papillas. Esa mañana, tras la discusión con Artemio, me sentía incómoda, convencida de que nuestro hijo había sentido la pelea en mi vientre, y me pareció necesario tranquilizarlo. «No te preocupes, no ha tenido importancia. A tu padre se le habrá pasado cuando volvamos a casa por la noche».

Por el bien de Sam, haría las paces con su padre.

Cuando Artemio llegó a casa lo recibí con un tierno beso.

—Lo siento. Esta mañana me he pasado, estoy muy nerviosa. Por supuesto que quiero tener a nuestro hijo. Pero no creo que deba dejar de lado el resto de mi vida. Sabes lo importante que ese seminario era para mí.

—Lo sé, Alba. Ya habrá tiempo. Nuestro hijo es lo primero. Yo también lo siento. No debí gritarte. No volverá a ocurrir. El trabajo, los secuestros... Este clima de tensión y terror que vivimos me ha vuelto irritable. Eres mi mujer, quiero protegerte. Tú y el niño sois lo que más quiero en este mundo.

En aquel momento tuve la oportunidad de matizar que no era *su* mujer. Que ya existía antes de que él posara su mirada en mí, que yo no era débil ni frágil, que no necesitaba que me protegiera, que tenía mis propios deseos y anhelos, algunos independientes a él. Que empezaba a sentir su amor como una trampa de sacrificios que me condenaba a olvidarme de mí misma, a una cárcel. Pero me callé. Me callé y permití a Artemio cuidarme y agasajarme a su manera, le permití creer que yo era la clase de mujer necesitada de protección que a los hombres les resulta fácil amar.

Nuestros problemas se vieron enseguida relegados a segundo plano, debido a la convulsión colectiva que produjo el asesinato a cámara lenta del joven concejal secuestrado. Después de la reconciliación, vimos los informativos de la noche sentados en el sofá, frente al televisor. El busto parlante de la pantalla se hacía eco de un comunicado de ETA difundido por la radio Egin Irratia a las 18:30. Tras declararse autora del secuestro, la banda anunciaba que si antes de las 16 horas del sábado, día 12, el Gobierno no llevaba a cabo el acercamiento de los presos, lo ejecutarían.

Artemio dio un salto en el sofá. «Si no damos con él antes de cuarenta y ocho horas, está muerto. Esos hijos de puta quieren que lo sepamos. Que no lo mantendrán vivo como a Ortega Lara». Se refería al funcionario de prisiones que las fuerzas de seguridad habían liberado hacía poco, tras el secuestro más largo de la historia de la banda terrorista.

Entonces sonó el teléfono y lo cogió en el supletorio del recibidor. Nunca supe con quién habló ese día, pero oí algunas frases: «En la lucha contraterrorista hay cosas que no pueden hacerse. Y si se hacen, se callan. Y si no se callan, se niegan». Deduje que los cuerpos policiales habían iniciado una búsqueda desesperada del zulo donde podría estar escondido el joven y consultaban con Artemio las autorizaciones judiciales.

Hay momentos de terror que son imposibles de olvidar. Después de tantos años de atentados, nos habíamos acostumbrado a encajar el impacto de las muertes fulminantes del tiro en la nuca y el coche bomba, pero no a la agonía programada, ni a la impotencia de comprobar que la esperanza estaba en manos de unos fanáticos.

Sentada con las manos sobre mi vientre abultado me fusioné con la mujer que había llevado en el suyo a aquel joven cuya muerte decidían otros hombres. Sentí en mi fuero interno su angustia como el mordisco de una rata, un mordisco de alimaña que no te suelta, que te deja una herida dolorosa y supurante. A ratos rezaba, a ratos maldecía a los asesinos o imploraba en silencio a aquellos que se arrogaban el derecho de entregar a su hijo a la muerte, envuelto en un sudario de ideologías que ella ni siquiera entendía. Si pudiera, si pudiera... cambiaría su vida por la del hijo que había llenado su existencia. Me costaba respirar. Sam aleteó dentro de mí con movimientos convulsos, azotado por mis turbulencias emocionales, como si nadara para sobrevivir en un agitado mar amniótico.

El teléfono me sacó del estado de simbiosis con la madre del joven concejal. La mía me recordaba con voz apesadumbrada que el 12 de julio, el sábado del ultimátum, era el cumpleaños de mi padre. Como cada año, lo celebraríamos con una comida familiar. Celebraríamos un año más de vida de mi padre mientras otra familia, no muy lejos vivía la amenaza de que el hijo no amanecería al día siguiente.

Durante la mañana y la tarde del viernes, 11 de julio, Bilbao se convirtió en escenario de esporádicas manifestaciones de ira que hacían temblar a Alba madre. Al acudir al mercado para hacer la compra de lo que necesitaba para la comida de cumpleaños, se cruzó con personas que gritaban con rabia: «¡Asesinos, sin pistolas no sois nada!». La ertzaintza se quitaba el verduguillo y mostraba rostros de hombres, hombres crispados e impotentes que tan solo con ese gesto decían: «Ya no os tenemos miedo».

Durante la noche, mi madre, abrigada por el silencio que invadió la ciudad, se rehízo, cogió una vela y salió a la calle. En algún lugar, convertido en santuario improvisado, a espaldas de Artemio, junto a otros hombres y mujeres de Gesto por la Paz, veló la angustia de todos rezando a Dios.

El 12 de julio, mientras tres terroristas conducían hacia un descampado con Miguel Ángel Blanco en el maletero, mi familia comía reunida alrededor de la mesa. No faltaba nadie. Mi madre, nerviosa, no hacía más que sacar fuentes con comida que apenas vaciábamos. El televisor encendido para seguir las noticias. Cada cual aferrado a la esperanza a su manera. Artemio, inquieto, se levantó varias veces para llamar por teléfono, como si dirigiera alguna actuación policial. Mi madre rezaba en silencio en sus idas y venidas a la cocina. Mi padre hablaba a mis tíos y primos de dignidad humana, de la que el hombre conquista día a día cuando vence el instinto y la ira irracional, como si su discurso pudiera exorcizar el mal que se avecinaba. Comíamos los postres y prolongábamos el café. Mi padre abrió los regalos. Unos libros, una colonia. Besos. Simulaba sorpresa y amagaba una sonrisa.

A pocos kilómetros de distancia, en una ladera arbolada, los terroristas sacaron del maletero al concejal. Con los ojos y la boca vendados, Miguel Ángel pisó la hierba y notó el roce de las zarzas. Uno de los secuestradores lo forzó a ponerse de rodillas con las manos atadas a la espalda.

Mi madre ya había recogido la mesa y permanecía sentada frente al televisor tejiendo una chaquetita para Sam mientras yo la observaba: «Reza, hija, reza. Es bueno hablar con Dios». Me pregunté dónde estaba Dios en aquel momento. A esas alturas, ya empezaba a perder la fe. Quizás si fuera una madre sublime...

A las 4:50 horas, un hombre, hijo de una mujer, le disparaba a otro hombre, también hijo de una mujer, dos tiros en la cabeza.

Sentí el impacto en la nuca. Me sobresalté. «No, a ti, Sam, no, yo soy quien paga la deuda», escupió la lejana voz de mi cerebro.

ZULEMA
VILLA GODOMAR

Fuera es de noche. La luz de la luna menguante apenas mancha el suelo oscuro de Villa Godomar. El poblado está desierto. Sus gentes descansan en las cabañas.

Zulema aviva el fuego del hogar en el que ha preparado la cena mientras observa a Adulfo de soslayo. El guerrero no le ha dirigido la palabra desde que ella ha regresado de la covacha en la que ha cobijado a Isenhard. Sentado a la mesa, observa ensimismado las viandas: una trucha en la escudilla y el pan de ácimo. También un cuenco con *melus*. Suele beberlo en la última comida del día, aplaca su ánimo y lo ayuda a dormir. De pronto se levanta y se dirige a la entrada de la cabaña. «Va a salir a buscar a Isenhard. Aunque está enfadado, lo quiere», piensa Zulema; pero al llegar al umbral para en seco, cuelga la espada envainada de un saliente de la pared y deja caer la tranca.

Ella siente el golpe duro y seco del travesaño en sus entrañas. El puntal atravesado hace imposible abrir desde fuera. Adulfo ha cerrado la puerta al tiempo que ha acabado con su esperanza.

—¿Dónde está el cobarde de tu hijo, mujer? —Su esposo la interroga con una mirada de hierro que se le hunde en el corazón como el filo de la espada.

—Isenhard, nuestro hijo, no es un cobarde. Ha oído la voz de Dios. Quiere vivir solo en un lugar apartado, dedicado a la penitencia y a orar por la victoria dc los cristianos.

—Ya... El herrero me ha dicho que has convertido su espada en una cruz.

—Sí, la cruz lo protegerá.

—Se lo comerán los lobos. Contra ellos de nada servirán vuestras artimañas.

Una sonrisa quebrada y sarcástica en el rostro deforme del guerrero delata que está al corriente de la mentira y el ardid urdido por su esposa e hijos para evitar que el mayor guerree. Con gesto desafiante, simula que se resigna y lo acepta, porque solo así puede mantener su honra ante los habitantes de Villa Godomar. Zulema permanece expectante, en silencio, escucha los pensamientos de su esposo. «Su primogénito no sirve para la batalla a pesar de tener brazos y zancas fuertes. Le faltan la furia y el coraje necesarios aun cuando desciende de una estirpe de reyes, el mejor de los linajes. Isenhard, el bastardo del rey Rodrigo, es un crío medroso y blando, incapaz de empuñar la espada. Su tarada torpeza es el castigo por la lujuria de su verdadero padre. Nunca debí reconocerlo como hijo».

El pequeño Akar está en silencio. Sentado en la mesa frente a su padre, bebe la leche de oveja que él mismo ha ordeñado y mordisquea un panecillo con manteca.

«Se lo comerán los lobos». Las palabras de Adulfo flotan en el aire como finas agujas de hielo. A Zulema se le clavan al respirar; el amor que siente por su esposo se desangra. No puede creer que al padre le sea indiferente la muerte del hijo. Quizás sea solo una coraza. El guerrero está acostumbrado a los escudos en el campo de batalla y los necesita también dentro de las paredes del hogar. Su hombre es valiente entre armas y cuerpos quebrados, pero se torna temeroso ante las heridas del alma. Tiene que ser eso: oculta el miedo que siente por su hijo, es posible que desee en secreto que ella proteja a Isenhard y calme la llaga que escuece en su interior.

«No espero amor», le dijo el día en que santificaron su unión ante el Dios cristiano, «¿podrás al menos mirar mi rostro sin repugnancia?». Pudo haberla forzado, como Rodrigo, pero cada noche se acostaba a su lado en silencio, la cubría con mantas y, sin apenas rozarla, se dormía como si esperara un milagro. Así, día tras día, mientras el vientre de Zulema se abultaba con la semilla bastarda creciendo en su interior, Adulfo esperaba un gesto de amor. «Esa sombra de compasión no puede haber abandonado las entrañas del formidable cuerpo del guerrero». Ella busca ahora desesperadamente que emerja para salvar a Isenhard.

Adulfo sabía que el miserable Rodrigo la había violado antes de ofrecérsela como esposa, pero no le importó. En algún lugar de su enorme envergadura hay espacio para la generosidad. Su monstruosa cicatriz nunca le impidió servir con lealtad a su rey. Conmovido por su entrega y sacrificio antes de la batalla de Guadalete, este le ofreció una recompensa. Pudo elegir oro, tierras o títulos, pero la eligió a ella, una esclava, una prisionera árabe a la que confundieron con una princesa. Cuando el rey descubrió que era la hija de un armador de naves, un sabio asesor del califa, y que no le serviría para negociar con los caudillos musulmanes, dio rienda suelta a su lujuria.

Ella aún no había conocido las caricias de un hombre en su cuerpo. Incluso había olvidado el momento en que descubrió el placer del sexo en los olores y las caricias suaves de las concubinas del califa. A Zulema le parece que ha transcurrido una eternidad desde que dejara la vida en el palacio.

Apenas consigue recordar el rostro de su madre, que murió de fiebres cuando ella balbuceaba sus primeras palabras. Sin embargo, aún siente la mano de Yussuf cogiendo la suya, mientras con la otra se aferraba a su espada envainada. «No llores», la consolaba, «Yo te cuidaré. Nunca te dejaré y no me moriré. Lo juro». Pero Zulema, demasiado niña para comprender la muerte, no lloraba, sino que intentaba descifrar su significado en los dos regueros que nacían en los ojos, recorrían las mejillas y morían en el mentón del rostro atezado de su hermano.

A partir de ese momento, su padre y él se encargaron de cuidarla. Yussuf cumplió su juramento. Compartió con ella juegos y confidencias. Aprendieron a leer y a escribir con el mismo preceptor. Se encaramaban a los mismos árboles, competían en las carreras. Zulema se estaba criando como un chico, decían las mujeres del palacio entre cuchicheos; pero a su padre y a Yussuf no parecía importarles. Y aún menos a ella. Sin embargo, todo cambió cuando la sangre manchó su ropa durante la Luna del Shaabán, en su décimo cuarto año de vida.

Aquella noche, unas punzadas en el vientre no la dejaban dormir. Se encogió en la cama hecha un ovillo bajo las frazadas, a la espera de que el calor la aliviara. Se durmió al amanecer. Cuando despertó, sintió humedad entre las piernas y comprobó con horror que el lino de la camisa se había teñido de rojo de cintura para abajo. También el almadraque tenía una gran mancha de sangre. Zulema creyó que se le escapaba la vida. Gritó llamando a Yussuf.

—No te preocupes. No vas a morir. Es la sangre propia de las mujeres. Amina cuidará de ti, ella te explicará lo que debes hacer.

Amina, la fiel sirvienta de la casa, gobernaba los asuntos domésticos desde que murió su señora. Acudió a la llamada de Yussuf, consciente de que le correspondía sustituirla también en ese menester. Le enseñó a cortar los paños, a hacer las bolas de algodón y sujetarlas con una faja que le constreñía la cintura y le alzaba los senos. Durante unos días, no pudo jugar con Yussuf ni asistir a las lecciones. No la dejaban salir de su cuarto, ni siquiera podía rezar el Salat. Al sexto día, Zulema comprobó que su paño estaba limpio. Entonces Amina le preparó un baño en el que la sumergió tres veces y limpió sus partes privadas con un pañuelo perfumado de almizcle. Sujetó sus largos cabellos en lo alto de su cabeza y dejó caer los rizos negros en forma de cascada. Después, quemó sus ropas de chico y la ayudó a vestirse de mujer: cubrió su cuerpo con una larga túnica de seda verde que le tapaba los tobillos, y la cabeza con un sutil velo dorado. Luego la empujó hasta el espejo.

—Mírate. Mi pequeña, ya eres toda una mujer. Tu madre, que Alá tenga a su vera, estará feliz por tu belleza. ¡Cuánto te pareces a ella! Engendrarás hijos fuertes.

Durante un momento, Zulema no sintió aquel reflejo como propio. Las nuevas ropas la hacían parecer otra persona, alguien que no corretearía por los pasillos del palacio, ni se bañaría en el río con su hermano al anochecer iluminados por los hilos de plata de la luna.

Después, Amina la llevó a las zonas del palacio reservadas a las mujeres del califa y la dejó en manos de Asra para que le revelara los últimos secretos antes de traspasar la línea que separaba su niñez de la vida adulta.

La dulce Asra, guardiana del baño y encargada de los ropajes, la recibió a las puertas de los aposentos del harem. Cuando Zulema le preguntó si no podía avisar a Yussuf para que la acompañara en aquel paso que ella intuía importante, la guardiana soltó una leve carcajada. La risa de la joven sonó como el tintineo de cientos de pequeñas monedas sobre el suelo de mármol. Antes de que pudiera protestar, la cogió de la mano y la condujo al interior. Atravesaron un patio con una fuente y entraron en la sala de baños. Una fragancia de azahar y sándalo inundaba el ambiente.

Asra le quitó el velo y después la túnica. Zulema dio un sentido diferente a su desnudez. No sabía por qué, pero le incomodaba esa exposición a la mirada de los oscuros y almendrados ojos de la joven. Asra debió de darse cuenta y dejó caer la ligera túnica que cubría su cuerpo.

Así se quedaron las dos, desnudas frente a frente, examinándose. A Zulema, el cuerpo de la guardiana le recordó las moaxajas y zéjeles que Yussuf y ella recitaban en las lecciones con el preceptor. A menudo se había preguntado dónde estaban aquellas mujeres de caderas como dunas de arena y cintura de rama que describían los poemas. Así que estaban en el harem, pensó. Asra se puso a su lado, le tomó la mano y la arrastró hasta un espejo. Con una mezcla de inocencia y curiosidad, Zulema contempló durante un largo rato el reflejo de sus cuerpos. En silencio, comparó sus cuellos de antílope, la caída de los hombros, la largura de los brazos, el tamaño y la firmeza de los pechos, la tersura de los vientres, los ombligos, el ancho de las caderas, la longitud de las piernas. La piel nacarada de Asra parecía regada por la pálida luz de la luna; en la suya, del color de la canela, brillaban los rayos del sol al atardecer. Evitaba mirar a la cara a la concubina, que seguía callada a su lado, sin tocarla, deleitándose con su curiosidad.

Le miró los pechos erectos como lanzas, los pezones pequeños, muy negros, y con la punta un poco vuelta hacia arriba. Zulema, sin saber por qué, imaginó al califa jugando con ellos durante las noches en que era la elegida. Se preguntó si los suyos, algo más pequeños y de un color rosa intenso, resultarían tan apetecibles. Luego dirigió la mirada al pubis. El vello de Asra era un triángulo perfecto recortado con esmero; el suyo, una bola de rizos enmarañados, un oscuro bosque salvaje. Sintió vergüenza, nunca hubiera sospechado que las mujeres se dedicaran a embellecer esa parte de su cuerpo. Levantó la cabeza y descubrió que la concubina también la observaba. Su mirada de gacela le recorría el cuerpo de arriba abajo. Sintió la necesidad de mostrarle lo mejor de sí misma. Entornó los ojos, alargó el cuello y realzó los pechos. Endureció el vientre y avanzó levemente el pubis. Le pareció que Asra hacía el ademán de alargar la mano para tocarla y se preparó para el contacto de sus dedos rojos de henna, pero la joven se detuvo, se separó de ella y la rodeó para observar su espalda y sus nalgas. Zulema sintió que temblaba, intentó controlar los latidos de su corazón, pero solo consiguió que su respiración se acelerara y que el pecho prominente oscilase, como si reclamara el roce de sus cuerpos, el contacto mullido de unos pechos contra otros. Un cosquilleo la recorría entera; entre sus piernas, un placer húmedo, licuado. Asra la empujó suavemente contra los almohadones de vivos colores que había junto al espejo.

Sus labios rojos como el vino tinto se posaron sobre los de Zulema y se embriagaron con el néctar de su saliva. Sus manos recorrían su cuerpo con caricias suaves y la excitaban. Primero jugó con los pezones; y luego, cuando Asra palpó la humedad entre las piernas, deslizó los labios por el cuello, las clavículas y el ombligo hasta llegar al pubis. Zulema pensó en el triángulo rasurado de Asra, cuyo vértice parecía indicar el camino que la lengua atrevida de la concubina buscaba entre los pliegues de su bosque oscuro. Hasta que alcanzó sus más íntimos recovecos y los lamió con intensidad. Una explosión sacudió a Zulema en espasmos de placer.

Lo último que recuerda de ese día son las palabras de Asra: «Serás la preferida del califa. Puede que hasta le des un hijo». Luego la besó en la boca y se quedaron dormidas. Amina las despertó al amanecer. Llegó con la preocupación reflejada en el rostro. Su padre había mandado a buscarla. «Vamos, niña, vístete, no le hagamos esperar, nunca le había visto tan enfadado».

El cálido abrazo de Asra se diluye en la bruma del recuerdo. Zulema siente frío. Se ha quedado absorta y ha descuidado el hogar de la cabaña. Apenas quedan brasas; las remueve y echa otro leño. El fuego se aviva. Adulfo se ha quedado dormido con la cabeza sobre la mesa. Se le ha caído el cuenco con *melus* que sostenía con la mano derecha, y en el suelo hay un rastro pringoso. Akar descansa en el lecho de paja unos metros más allá. Su cuerpecito parece perdido entre las pieles sin el abrazo de su hermano Isenhard.

«Se lo comerán los lobos». Zulema siente la dentellada en el vientre.

ALBA
BILBAO

Según el ginecólogo, Sam nacería a principios de diciembre. Tan solo quedaban cuatro meses. Artemio me seguía reprochando que no me comportarse como se esperaba de una mujer que iba a ser madre. Insistía en que apartara el trabajo y la tesis y me dedicara a preparar la llegada de nuestro hijo. Se suponía que la maternidad debía ocupar el centro de mi vida, pero mi mente viajaba cada vez más a menudo a la Villa Godomar del siglo VIII. Caía en un agujero y me quedaba absorta. Las imágenes llegaban a mi cerebro de forma similar a las interferencias de radio, como voces que se colaban desde una emisora lejana, extranjera en tiempo y espacio. A veces casi no las oía, pero estaban ahí. Un indicio, una fotografía borrosa, como un cartel que ves desde la ventanilla del tren al pasar velozmente. Y sentía que Sam también las veía, las experimentaba y compartía conmigo.

A veces pensaba que me faltaba instinto maternal. En aquel verano de 1997 no era consciente de que las mujeres somos un artilugio biológico perfecto. El instinto maternal no es innato; es durante el embarazo y tras el parto cuando nuestro cerebro pone en marcha mecanismos hormonales que nos despiertan el deseo de proteger, cuidar, alimentar y sacrificarnos por los hijos. El ADN es el dios que marca nuestro destino.

Ya entonces, aunque no fuera consciente, era el bosquejo de la madre que Sam tendría. El deseo de protegerlo estaba en mí, lo llevaba en los genes. Las imágenes invasoras que tanto me perturbaban eran las vetas del bloque de la madera a partir del que estábamos construidas las matrioskas de la familia. Lo habría sabido de haber escuchado a la salvaje que vivía en mi interior y que acallaba a cada momento para contentar a Artemio.

Delante de él fingí interés por las revistas y los libros sobre las etapas de desarrollo del niño. Preparé una completa canastilla para llevar al hospital cuando Sam naciera, y me esforcé en alimentarme de la forma que se suponía adecuada durante el embarazo. También asistí a las clases de preparación al parto. Ya en la primera, me aburrí soberanamente y caí en uno de esos trances que me trasladaban a la necrópolis de Cuyacabra. Así que decidí ir a husmear entre los libros de Historia y Arqueología de la biblioteca durante la hora en que todos me suponían respirando a trompicones para parir de forma natural.

Durante tres meses, viví desdoblada como un fantasma en un mundo que no me correspondía. Un espectro salido de mi interior, otra mujer, se alimentaba y se movía por mí, compraba la cuna y el cochecito del bebé, iba a las consultas del ginecólogo. Otra mujer, a la que Artemio amaba, besaba y abrazaba con ternura.

Fui una madre sublime hasta el día 13 de octubre de 1997. Esa mañana amanecí torpe, con los pies hinchados, apenas me podía agachar para calzarme los zapatos. Me arrastré hasta la universidad con desgana, corregí algunos trabajos e impartí la clase. Regresé a casa sobre las dos de la tarde, tan pronto como pude, para liberar el empeine y los talones de los mocasines que los comprimían. Comí algo ligero y me acosté reposando los pies sobre unos cojines, con la esperanza de recuperarme del abotargamiento que me había acompañado durante la mañana. Me adormecí. Entre brumas, volví a ver el bosque de pinos, la necrópolis y a la mujer árabe junto el niño de rodillas frente al altar con una espada como cruz. Los veía como personajes de una novela perseguidos por un trágico destino, una novela escrita por mí, pero contra mi voluntad. «Huid, escapad», les gritaba, pero de mi boca no salía sonido alguno.

Me desperté inquieta. Me observé los pies, que seguían hinchados. Hice acopio de las fuerzas que me quedaban para ir a comprar unos zapatos cómodos, de una piel más blanda, necesitaba un número más.

Estaba frente a una zapatería en la calle Henao cuando, de repente, el bullicio callejero se vio interrumpido por unas explosiones a las que siguieron los gritos y las carreras de varios transeúntes. Alguien gritó: «¡Son disparos!». Al momento, un hombre pasó corriendo a mis espaldas y me empujó violentamente contra el escaparate. Mi pronunciada barriga chocó contra el cristal y caí al suelo. Al incorporarme, noté que sobresalían bultos de mi vientre; Sam se removía inquieto, como si no tuviera espacio. Me refugié en el recoveco que se formaba en la entrada de la tienda para reponerme y evitar ser arrollada de nuevo. Entonces lo vi, el hombre que me había empujado, un joven moreno de potente envergadura. Estaba plantado en la acera, a escasos tres metros de la tienda. En su mano llevaba algo oscuro. Contuve el aliento, era una pistola.

Muy cerca, había un coche aparcado con una mujer y un niño de unos cinco años dentro. Les ordenó que salieran. La madre bajó primero y ayudó al pequeño mientras el hombre los apuntaba con el arma. Luego, con el cañón a pocos centímetros de la cara del niño mandó a la mujer que subiera de nuevo y arrancara. Yo no podía dejar de observar la escena. La mujer no conseguía poner el coche en marcha. El pequeño lloraba y el hombre se crispaba cada vez más. Finalmente, la mujer bajó, se interpuso entre el pistolero y el niño y emitió un angustioso grito que sonó en mi cabeza como eco atávico del que pronunció mi abuela antes de morir, «¡A mi hijo no!». Tras el grito, el hombre se giró hacia mí de manera brusca e inesperada, y durante unos segundos, nuestros rostros se enfrentaron. Solo en ese instante me di cuenta de que había abandonado la seguridad de la tienda y que estaba en mitad de la acera, gritando con la mujer, como si nuestro horror fuera el mismo. El hombre clavó sus ojos de animal acorralado en mis ojos de mujer atrapada en la cueva del miedo. Examiné su rostro alargado, el acero de su mirada, la determinación de sus facciones, su nariz inclinada hacia un acantilado de terror. Levantó el arma hacia mi cabeza, la osciló de arriba abajo como si dudara a qué parte de mi cuerpo disparar y se acercó el dedo índice a los labios. En su rostro apareció una sonrisa de dientes irregulares, una dentellada burlona. Finalmente, bajó la pistola, detuvo a otro coche con un conductor al que también apuntó y salió huyendo.

Regresé a casa sin los zapatos nuevos. Artemio me esperaba con la preocupación reflejada en el rostro.

—¿Dónde estabas? Han atentado en el Guggenheim. Han disparado a un policía y los terroristas han huido por las calles de Henao y Ajuriaguerra.

—Lo sé. Me he cruzado con uno de los pistoleros.

—Por Dios, Alba, ¿estás bien? ¿Te ha hecho algo? —Artemio me abrazó, me abandoné a su cobijo y me rompí. Empecé a sollozar.

—Lo he visto, he visto su cara. Sé quién es. Lo estáis buscando por lo de la bomba trampa de Durango de hace tres meses, la que pusieron de cebo para matar a los policías. He visto su foto en un expediente de los que llevas en el portafolios, el que te dieron los de la judicial.

—Tranquilízate, Alba. Estás muy agitada, cariño. Ya estás en casa, a salvo. Tienes que descansar. Te voy a preparar una tila.

—Artemio, me... me ha apuntado con la pistola mientras se llevaba un dedo a los labios. ¿Entiendes? Me ha amenazado, me matará si... si... Una punzada atravesó mis riñones y llegó hasta la boca del estómago, después se instaló como un dolor sordo en mi vientre. Sentí un líquido caliente deslizarse piernas abajo.

Observé con horror cómo se formaba un charco en torno a mis pies hinchados.

—Creo, creo que Sam ya viene.

—No puede ser, Alba. Faltan casi dos meses. —Su rostro parecía un blanco sudario, apenas conseguía ocultar sus nervios. Me ayudó a bajar al garaje. Artemio condujo con rapidez abriéndose paso entre los coches de la policía autónoma, que había efectuado un gran despliegue para dar con los terroristas. Nos pararon un par de veces, y tuvo que enseñar su identificación mientras intentaba calmarme «Todo irá bien, enseguida llegamos».

Sam nació a las dieciocho horas del día 14 de octubre en el pabellón Iturrizar del hospital de Basurto. No recuerdo dolor más allá de las primeras punzadas, tampoco desgarros ni cascadas de sangre, ningún latigazo partiéndome en dos. Solo un grito al pedir la anestesia. Pero sí recuerdo que, por encima de todo, deseaba ver a Sam, tenerlo en mis brazos, notar su respiración fuera de mí; comprobar que estaba completo, con todos los miembros de su cuerpo en su sitio; contar sus dedos, examinar sus ojos.

Recuerdo su llanto desesperado al salir, a la ginecóloga, como una sacerdotisa, alzando su cuerpecillo azulado y sanguinolento todavía unido al mío por el cordón umbilical. Recuerdo el aleteo de sus manos arrugadas en el aire, el pataleo en la nada, la congestión de su rostro boqueando el primer aliento, los ojos apretados, sin pupila, heridos por la luz de este mundo. Ahí estaba el grito de su nueva vida, mi vida. «Mi vida», fueron las primeras palabras que pronuncié para él.

Luego la ginecóloga lo acostó sobre mi pecho. Sam calló al oír el compás de los latidos de mi corazón. Sus manos y piernas descansaron, su pequeño cuerpo crispado se relajó. Su vida, que solo había existido fuera de mí durante un par de minutos, regresó al centro de mi ser. El universo se detuvo, y sentí cómo me inundaba una marea cálida e intensa, una profunda calma. Nada ocurría fuera del foco del quirófano. No había nada más auténtico que aquel pedazo de mí sobre mí. Nada más verdadero que su respiración. Supe que moriría y viviría por aquel minúsculo pedazo de humanidad. Esa sensación irracional, pero tozudamente real, ha sido lo más parecido a la felicidad que he experimentado en la vida.

El gozo duró tan solo unos segundos, hasta que una feroz verdad me golpeó sin piedad: Sam existía por mi voluntad. Él no me había pedido que lo rescatara de la nada. Su existencia era fruto de mi deseo. Ni Artemio con su obstinación, ni mi madre con sus cuidados, ni la sociedad entera con sus prejuicios, solo yo había decidido que naciera. Acaricié la inmortalidad del alma en su suave piel, y sentí que sobreviviría más allá de la muerte gracias a su vida. ¿Un milagro? La religión me pareció una respuesta fácil, una excusa cómoda. No, era una fe independiente de Dios, una responsabilidad propia y exclusiva. Sentí el peso de su cuerpecito sobre mí, como si la gravedad fuera más evidente en ese preciso instante.

«Mi vida», volví a susurrarle, y Sam extendió sus brazos, sus piernas, suspiró y volvió a su posición fetal como si intuyera que lo aguardaba un trágico destino.

ZULEMA
VILLA GODOMAR

Es el mes del nisag. En Arabia recogen los primeros frutos sazonados al sol, pero en Villa Godomar aún hay nieve en las alturas, el hielo sigue en la Laguna. Zulema visita todos los días a Isenhard antes de la caída del sol y le lleva pan de ácimo, carne seca, queso... Aprovecha el tiempo para charlar con él e insuflarle la esperanza de otro horizonte. Su hijo solo conoce la agonía de la guerra y la tristeza de Villa Godomar.

Ahora lo observa en la orilla del río, sentado sobre una gran piedra, mientras toca la flauta. Sus dedos largos y ágiles se deslizan con suavidad por el instrumento mientras sopla con delicadeza para arrancarle los sonidos al viento. A ella se le antoja que es un pájaro trinando, feliz y libre de remontar el vuelo cuando lo desee, como si el tiempo que ha vivido en la aldea no fuera más que un descanso para curar un ala herida.

El sonido de la flauta abre una brecha en el tiempo por la que Zulema escapa del presente y contempla su vida pasada, cuando aún no había sido hollada por los hombres, cuando era algo más que la costumbre de sobrevivir. El día después de aprender el gozo carnal en los brazos de Asra, su padre intentaba explicarle los secretos del amor. Amina, la fiel sirvienta, que había recibido una gran reprimenda, escuchaba apesadumbrada.

—El palacio del califa es una cárcel, una jaula de barrotes invisibles. No hay amor sin libertad. El amor auténtico no necesita ni se alimenta de la persona amada. ¿Lo comprendes, Zulema?

Ella no entendió lo que su padre quería decirle en aquel momento. Ahora sí, ahora cuando ve a Isenhard, al que ama con todo su ser, desea que le crezcan alas enormes para que pueda volar alto, muy alto, y llegar hasta su abuelo para escribir papiros, armar barcos, recitar casidas y zéjeles, para sonreír. Pero ella sabe que las alas solo están en su cabeza, que el milagro no ocurrirá por mucho que lo invoque. No sirve cerrar los ojos y escuchar la música. Aún late en la memoria de su oído la ilusión de la voz de su padre.

—¿Quieres convertirte en uno de los cientos de mujeres del califa y vivir enclaustrada en el palacio pendiente de satisfacer sus deseos, pendiente de ser la elegida cada noche, estudiando cada día cómo complacerlo? ¿Eso es lo que quieres, hija mía? ¿Es el único mundo que deseas para ti?

—Pero soy mujer, padre. Las mujeres se afeitan, perfuman, visten ropas de seda y quieren tener hijos del califa. Como Asra, ella es feliz.

Su hermano Yussuf entró en la estancia en el preciso instante en que Zulema pronunciaba el nombre de la concubina.

—¿Qué ocurre con Asra? —preguntó con curiosidad no disimulada.

El rostro de su padre se contrajo como el de un animal husmeando el peligro.

—¿Qué sabes tú de Asra? Dime que no tienes nada que ver con ella.

Yussuf confesó con el silencio.

—¡Que Ala, si vigila esta casa, sea compasivo con sus moradores! Si el califa se entera de tus relaciones con la guardiana del baño, mandará que te cuelguen en la plaza para escarnio de esta familia. Ordenará arrancar el corazón de Asra, tu hermana será su esclava para siempre y yo, expulsado de Palacio, moriré de pena y no de viejo.

—Pero, padre, Asra y yo nos queremos. Huiremos lejos de aquí.

Zulema recuerda las inocentes palabras con las que intervino para apoyar a su hermano: «Yo también quiero ir con ellos, padre. También quiero a Asra». Ahora sabe que la leve sonrisa que asomó entonces en el rostro de su padre, hasta ese momento airado, no significaba alegría ni alivio. Durante un instante, se sintió conmovido ante la ingenuidad del alma limpia de sus hijos.

—Eres estúpido, Yussuf, todo el pueblo sabe que Asra se escapa cada noche de palacio para jugar con el primer muchacho que encuentra. Algún día el califa se enterará y ordenará ejecutar a cualquiera que haya tenido trato carnal con ella. Debo poneros a salvo. No saldréis de la casa más allá del jardín hasta dentro de siete días. No iréis a Palacio bajo ninguna excusa. Amina hará todos los recados. Jurad que obedeceréis.

Zulema sonríe, el encierro con Yussuf no le pareció tan malo. Pasó los días relatando a su hermano todo lo que había descubierto en los brazos de Asra. Ahora, de súbito, sale del pozo de sus pensamientos y vuelve al incierto presente. El viento mueve el cabello rojizo de Isenhard formando olas sobre la flauta. Las notas se pierden entre el murmullo de las hojas de los pinos, que cabecean hacia su diestra. Es hermoso su hijo. Por su complexión fuerte, parecía predestinado a empuñar la espada más que a acariciar el instrumento musical, pero sus manos son tan delicadas como el resto de su piel, virgen de rayos de sol.

—¿Por qué sonríes, madre?

—Me gusta la melodía que sale de tu flauta.

—No puede ser por eso. No puedes oírla; el viento lleva el sonido a la otra orilla. Es por algo en lo que estás pensando.

Zulema se yergue, se acerca hasta la piedra donde está Isenhard, se sienta junto a él y le revuelve el pelo.

—Tengo un hijo muy listo. No se te puede engañar. Pensaba en el abuelo. Una vez se enfadó mucho con Yussuf y conmigo y nos tuvo encerrados durante siete días. No nos dejaba salir al pueblo, correr por la orilla del río ni bañarnos desnudos durante la noche. Siete días hasta que la expedición que nos llevó a Alejandría estuvo preparada.

—¿Y por qué os castigó el abuelo? ¿Qué hicisteis mal? ¿A quién hicisteis daño?

—A nadie. Estábamos a punto de hacérnoslo a nosotros mismos. Los dos queríamos huir con Asra, la concubina del califa. Nos gustaba mucho y eso era peligroso. A tu tío lo habrían ejecutado y yo habría acabado de esclava en el harem. El califa encargó al abuelo la construcción de unas naves nuevas más ligeras. La hambruna por la sequía diezmaba la población de la Medina y sus habitantes amenazaban con sublevarse. El trigo de Egipto tardaba demasiado en llegar a la ciudad por tierra, y durante los meses de verano y otoño, el cauce del Nilo descendía haciéndolo impracticable para la navegación. Solo existía una posibilidad para acelerar el abastecimiento del grano: que las naves lo trasladaran por el Mediterráneo, desde el puerto de Alejandría a los dominios del Califato. Pero los barcos que los hijos de Alá construían eran demasiado frágiles y lentos, solo podían navegar con el viento de popa y gracias principalmente a los remeros. Necesitaban naves ligeras, resistentes a las tormentas y que aprovecharan al máximo la fuerza del viento. El califa sabía que el abuelo había viajado por tierras remotas para comprar mercancías y que durante su estancia en Alejandría había aprendido los secretos de la construcción de barcos. Por eso le ordenó regresar allí y construir una flota al servicio del Imperio. Al abuelo lo llamaban Almalah Alhakim, el sabio navegante. Tardaría en volver a Damasco más de doce lunas. Vio el peligro que corríamos si nos dejaba solos con Amina tanto tiempo y decidió llevarnos con él.

—Es decir, que en realidad no os castigó, sino que os protegió. A mí, mi padre me castiga para hacerme daño. Quiere que vaya a la batalla para morir.

Al principio, Zulema trataba de rebatir a su hijo mayor cuando decía que su padre no lo quería. Se desgastaba intentando convencer a uno y otro de que existía entre ellos un amor profundo. Creía que Isenhard necesitaba el cariño de Adulfo y que, en algún momento, el padre encontraría ternura para el hijo en su corazón. Pero ya se había rendido. Estaba segura de que el milagro no se produciría. Solo quedaba una salida: huir. Esperar a que el calor derritiera la nieve y permitiera a las tropas árabes adentrarse en el norte. Yussuf llegaría hasta ellos. Sara lo había oído decir al soldado herido, su hermano había preguntado por ella para liberarlos.

Esta vez no trata de convencer a su hijo. Pasa por alto su afirmación e intenta llenarlo de esperanza con los recuerdos de las regiones legendarias de su infancia.

—El abuelo quería que a Yussuf y a mí nos crecieran alas para volar, soñar, pensar, decidir. No hay felicidad auténtica sin libertad, nos decía. Era su forma de entender el amor.

El rostro de Isenhard muestra el deseo de esa forma de amor, y Zulema es consciente de alimentar en su hijo la añoranza de un abuelo al que no conoce, pero quiere como padre. Ha avivado en él un anhelo imposible. Se reconoce egoísta al haber construido un cuento amable de su niñez en Arabia Pétrea para ahuyentar las cenizas de los días tristes en Villa Godomar. Es cierto que el sabio navegante los amó de modo diferente a Adulfo, pero el guerrero la salvó de la esclavitud de Rodrigo y reconoció al hijo bastardo como propio. Y ella le ha pagado con la traición. Ha inculcado a Isenhard el afán de otra tierra, de una vida lejos de la guerra y de la aldea. Un deseo que se ha convertido en odio hacia al padre. Quizás en la rebeldía de su hijo late la suya, su misma furia ante un destino no elegido, su rabia oculta por la vida que le han robado.

—Sigue, madre. ¿Y qué ocurrió después?

Zulema se ensombrece y abisma la mirada. Su vida es, al menos, dos vidas: la real e implacable en Villa Godomar, y la que pudo ser junto a su padre y Yussuf; esa otra vida que vive en ella como sueño de alma en pena, vaga por su memoria y crece hasta adquirir una realidad remendada con despojos del pasado. Ella, solo ella es la causante de la infelicidad de su hijo. No ha cumplido la misión asignada por el dios de los hombres a las mujeres: existir solo para engendrar hijos y criarlos para la batalla. Son las madres quienes arrojan a sus vástagos al combate y guían la espada hasta el corazón del enemigo. Un remordimiento oscuro le quema las entrañas, por no ser capaz de enseñar a Isenhard como un guerrero cristiano, por no haberle inculcado admiración hacia Adulfo y su espada. La voz interior de Zulema, la hija de Almalah Alhakim, pugna por la libertad.

—Madre, ¿qué te ocurre? ¿Dónde tienes la cabeza? Me estabas contando cómo habías llegado a Hispania.

Las palabras de Isenhard la despiertan y suelta un suspiro.

—¿Te encuentras mal, madre? ¿Son malos recuerdos?

—No, hijo, no es eso. Estuvimos siete días encerrados en la villa que yo no viví como un castigo. Le conté a Yussuf mi iniciación con Asra en el harem, ella me enseñó a vestirme, moverme y a comportarme como una mujer, cómo conquistar al califa. Tu tío estuvo de acuerdo con el abuelo. Yo no estaba hecha para recluirme en el palacio. Me gustaba demasiado correr descalza por el arenal, bañarme desnuda en el río y secarme al calor del sol. Además, si me trasladaba a vivir en el Palacio, no volvería a verlo a él ni al abuelo. Y Asra…, en fin, tuvimos que reconocer su experiencia en las artes del amor y también que las prodigaba con alegría a cualquier muchacho que se cruzaba en sus escapadas del harem. Dos amigos de Yussuf habían compartido con ella aventuras nocturnas.

Isenhard se remueve sacudido por la emoción, y su madre

advierte que también a él le gustaría tener un encuentro con la concubina. Zulema duda si ante sí tiene a un niño que escucha un cuento o a un joven despertando al instinto de la vida ávido de las experiencias que el cuerpo le demanda. Y ella solo tiene un paño de relatos para remendar los rotos de sus inquietudes.

—Esa Asra debía de ser muy bella.

—Mucho, hijo, y además, muy alegre. Nada parecía perturbarla. En sus manos, en sus ojos, todo adquiría una armonía y una belleza singular. Sus caricias convertían en seda tu piel, el brillo de su mirada hacía resplandecer tu cuerpo y el sonido de su risa ponía música a la vida.

—Entonces mereció la pena conocerla, aunque no vuelvas a verla.

—Creo que sí. Pero tampoco olvidaré nunca el viaje que hicimos en la bagala, de Damasco a Alejandría. Yussuf y yo apenas habíamos surcado el río en las barcazas de los pescadores. Solo habíamos visto barcos grandes en los dibujos del abuelo. Al cabo de siete días, la caravana para la expedición estaba preparada. Llegamos en camellos al puerto de Al-Jar, donde nos esperaba la bagala con su tripulación. Yussuf y yo estábamos emocionados. Íbamos a navegar en mar abierto, dormiríamos acunados por las olas, conoceríamos otras tierras y atracaríamos en puertos lejanos. Aún no sabíamos lo temible que podía resultar el mar Rojo, debido a las fuertes tormentas. Solo navegantes yemeníes experimentados conseguían atravesarlo. Había que aprovechar la época de viento favorable para cruzarlo hasta llegar al cauce del río Nilo y, desde allí, proseguir para atracar en el puerto de Alejandría.

Isenhard se remueve nervioso en su cuerpo lleno de emoción.

—¿Crees, madre, que algún día iré en una caravana de camellos y navegaré por el mar Rojo? ¿Abandonar Villa Godomar? Si no peleo en la batalla, padre no me dejará; y si voy a la guerra, deberé matar o morir. Solo conoceré la cueva y este río.

Su hijo se pierde en un oscuro laberinto de desesperación y tristeza. Ella misma lo ha metido ahí y tiene que buscarle una salida.

—Tu tío Yussuf nos rescatará. Estoy segura. El sol empieza a calentar y casi no queda nieve en los caminos. Falta poco...

Zulema no consigue acabar la frase. Un crujido de ramas la sobresalta. Oyen pisadas apresuradas que se acercan por el bosque. El instinto la mueve a saltar de la roca y ocultar a su hijo tras su cuerpo. Coge una piedra y la levanta sobre la cabeza.

—¿Quién anda ahí?

De entre los pinos, surge la figura menuda de una anciana.

—Soy yo, Sara.

—Alabado sea Alá —suspira Zulema, aliviada—. Creía que habías ido al monte con los pastores para ayudar a las ovejas a parir.

—Olvídate de Alá. Adulfo ha ordenado a dos de sus hombres que te espíen y te han seguido hasta aquí. Han descubierto el escondite del chico. De momento, la cruz y el altar os mantienen a salvo. A los ojos de la aldea, el honor de tu esposo no ha sido mancillado. Sus soldados dicen que el muchacho se ha vuelto asceta y que vive en un lugar de oración cristiano. Pero si descubren que queréis huir os matarán. Igual que os he oído yo podrían haberlo hecho ellos. Debes volver cuanto antes y ser más cuidadosa. El padre está buscando al pequeño Akar para interrogarlo y confrontar la versión de sus hombres, aunque es listo y no confesará fácil, va a necesitar tu ayuda.

—Gracias, Sara, te debo la vida una vez más.

—No seas tonta, chiquilla. Las mujeres debemos ayudarnos. Hay algo más. No he ido al monte para ayudar a parir a las ovejas. Esta insignificante judía es invisible y puede entrar en todas partes. Fui a mercadear a la ciudad de Amaya. Se murmura que las tropas bereberes están esperando al hijo del gran Almalah Alhakim, el sabio navegante, para que dirija una nueva incursión

85

en las montañas contra el duque Pedro y Pelayo. ¿Entiendes? Es un pretexto. ¡Yussuf viene a rescatarte! Iré a Amaya cada cambio de luna, le transmitiré tus mensajes y te traeré sus respuestas.

El aire de la esperanza entra a raudales en los pulmones de Zulema.

—¿Ves, hijo? Tengo razón, ya queda poco. Ahora vete al eremitorio y reza, reza a Dios para que los espías crean que oras por la victoria cristiana. En tu fuero interno, llama a tu tío Yussuf y desea que el amor guíe sus pasos hasta nosotros.

Zulema besa a su hijo en la frente y emprende con Sara el camino de vuelta a la aldea a paso acelerado.

—¿Vendrás con nosotros, Sara? Desde que llegué a Hispania, has sido la madre que perdí siendo niña.

—Soy judía, chiquilla, y estaré igual de bien o de mal a un lado o al otro. Soy una anciana, pero conozco las astucias para sobrevivir en esta comarca. Adulfo no es mal hombre ni mal Caudillo. Es más piadoso que la mayoría de los cristianos. En la aldea me siento a salvo y soy útil para las mujeres. En vuestra huida solo sería un estorbo.

—Te echaré de menos.

—Lo sé, yo también a ti y a Isenhard. Mis manos lo trajeron a este mundo con la certeza de que no encajaría en él. Sin embargo, Akar entrena para ser un buen guerrero cristiano, ¿has pensado que quizás quiera quedarse con su padre?

La pregunta es aguja, espina, dardo de nieve directo a las llagas profundas de su vientre. Es cuchillo, es espada que la parte en dos. Zulema quiere contestar, pero no puede. Apenas empieza a hablar, succiona sus propias palabras, siente un pálpito. Akar ama y admira a Adulfo, no le será fácil elegir.

Como una señal ominosa, el cielo se cubre de nubes y pájaros que buscan el refugio del nido. Un viento frío arremolina la hojarasca, levanta la tierra y frena su paso. Despacio, en un denso silencio, arrastrando los pies como si atravesara un bosque de cruces clavadas en un campo yerto, camina junto a Sara hasta llegar a las tumbas excavadas en la roca a las afueras de la aldea. Las mujeres se detienen. A unos cien pies, junto a la ermita que corona la cima, se recortan en el cielo las siluetas arrodilladas de un adulto corpulento y un niño ante una espada hincada en el suelo. El adulto tiene su mirada en la espada, el niño en el rostro del adulto.

Adulfo y Akar rezan al Dios cristiano.

ALBA
BILBAO

Mientras Sam pujaba por venir a este mundo, el policía vasco herido de bala en el atentado contra el museo lo abandonaba. Su agonía se prolongó durante el tiempo que duró mi parto, veintiséis horas. Una mujer, madre, lloraba sin consuelo en la unidad de intensivos del mismo hospital donde yo, ajena a ese sufrimiento, vivía un momento mágico, intenso, de completa felicidad. Mi cuerpo, extenuado y débil, intentaba dormir, pero mi mente, excitada por la emoción, lo mantenía en vigilia. A mi lado, en una cuna de cristal, Sam movía de tanto en tanto los brazos y piernas, como una ranita en un estanque, como si todavía flotase en la pecera de mi vientre. Al otro lado, Artemio se abandonaba a un sueño profundo con su mano sobre la mía, sentado en una silla con la cabeza apoyada en mi cama.

Respiré hondo, y los pulmones, saciados, ensancharon mi sensación de felicidad. Estiré el brazo libre para acariciar a Sam. Artemio comenzó a removerse mientras se aferraba a mi mano como si estuviera al borde de un abismo. Temí que se despertara, así que volví a la posición inicial. Lo contemplé. El fuelle de su pecho se expandía y contraía como un acordeón. Hallé ternura en sus facciones. Los mechones de pelo castaño le caían sobre las arrugas distendidas de las frente; el decidido mentón cuadrado colgaba dudoso y esbozaba una sonrisa.

Recordé la primera vez que lo vi en los pasillos de la universidad. Ayestarán nos presentó. Todavía me dolía el desengaño de Gerardo, sus dudas constantes en nuestra intermitente relación de cinco años, sus inseguridades, que en realidad eran las mías, la falta de fe en nuestro futuro, que yo interpretaba como falta de amor.

Artemio, con su risa vigorosa, los hombros anchos, la espalda firme y la pasión desbordada al hablar de su trabajo de fiscal, transmitía la virilidad de un dios griego que conoce su destino. El hombre de una pieza, decidido y protector, que ofrecía la solidez de un abrazo seguro, eterno. Al cabo de unos meses de comenzar a salir, me propuso matrimonio. Me pareció algo precipitado, le dije que quizás era mejor tomarnos un tiempo para pensarlo: «El amor no se piensa, Alba. Nadie se casa sin liarse la manta a la cabeza», zanjó. En su vocabulario no existía el amor como tal, solo el AMOR, con mayúsculas. Un sentimiento arrollador inconfundible. Le dije que sí.

Desde el primer momento me dijo que quería ser padre. Un dolor agazapado lo perseguía desde la infancia. Su madre había acaparado toda la tristeza al morir el padre, no hubo espacio para la del hijo. Artemio me confesó que se peleaba con otros niños, los provocaba y se dejaba ganar para enseñarle las magulladuras a su madre, a fin de conseguir algunas briznas de su amor en forma de consuelo. Pero la madre permanecía indiferente y distante ante aquel intrusismo en su exclusivo magisterio de dolor. Él deseaba brindar a sus hijos el cariño que no había recibido.

En cambio, yo le oculté mis dudas sobre engendrar, sobre el matrimonio y mi trabajo. Temí parecer a sus ojos la persona endeble e insegura en que se había convertido Gerardo a los míos.

Tras la boda, el Artemio confiado y jovial empezó a volverse serio, preocupado, colérico e iracundo. Cada atentado, cada asesinato de un policía, militar, periodista, político o juez alimentaba su caudal de certezas absolutas. Estaba convencido de que la falta de reacción de la sociedad vasca era un parásito alojado en las entrañas que nos destruiría. Se paseaba con el rostro agraviado con una arruga en la frente, la mirada abstracta y los ademanes encastillados de los cargados de razón. Su angustia y su trascendencia respiraban todo el oxígeno, asfixiaban nuestra relación.

En el silencio somnoliento de la habitación, mientras lo acariciaba dormido, con el rostro relajado, me parecía tan solo un muchacho vulnerable. Besé sus labios suavemente para no despertarlo, él se removió y emitió un gemido de satisfacción. Mi pecho se expandió con un amor inmenso. Después de todo, quizás sí que iba a convertirme en una madre como la mía, una madre sublime.

Como si hubiera oído la invocación, la puerta se entreabrió y asomó la cabeza de Alba madre.

—¿Se puede?

No me dio tiempo a contestar, se coló en la habitación de la mano de mi padre. Se acercaron a besarme dando saltitos, con el lacrimal húmedo y los rostros henchidos de satisfacción.

—Ya estabas tardando, mamá. Sam lleva en este mundo casi dos horas.

Estaba tan deseosa de conocer y besar a su primer nieto que ni siquiera captó la ironía de la frase con la que yo intentaba disfrazar la intensa emoción que me inundó al verla.

—Hemos venido lo antes posible, hija, Artemio nos ha avisado hace veinte minutos. Hemos tenido que dar un rodeo, porque hay una manifestación en la plaza del Sagrado Corazón por lo del atentado del museo. Pero estáis bien los dos, ¿verdad, cariño? —se disculpó.

Antes de que ella alcanzara la cuna de Sam, Artemio se despertó. Mi padre lo saludó con un efusivo abrazo mientras le daba la enhorabuena.

—Dios mío, gracias. Es precioso. —Mi madre contemplaba a Sam como si estuviera ante un milagro, parecía que jamás hubiera visto un recién nacido—. Se ha despertado. ¿Puedo cogerlo?

Lo tomó entre sus brazos y se lo mostró a mi padre; acercaron sus cabezas con la mirada fija en el pequeño. Sam movía las manos en el vacío como si celebrara la victoria de haber encontrado acomodo en el mundo.

Así los tres: mi padre envolviendo con su cuerpo a Alba madre y ella sosteniendo el diminuto de Sam a la altura de su pecho, eran la viva estampa de un belén navideño. Habían rejuvenecido, parecían felices. Me pregunté si no sería esa su gran misión. Mis padres siempre quisieron tener más hijos, pero después de tenerme a mí, mi madre no logró quedarse embarazada. Me pregunté si formar una familia era lo que había dado sentido a sus vidas, y ahora que yo me había ido del hogar no se encontrarían algo vacíos. Sentí una punzada en el corazón.

Después vino el pediatra a examinar a Sam. Le flexionó los brazos y las piernas, le tocó la coronilla y concluyó que, a pesar de haber venido antes de tiempo, era un chico fuerte y sano. Las palabras «fuerte» y «sano» empezaron a revolotear en mi cabeza como mariposas. Deseaba que volviera a pronunciarlas. Lo miré con una sonrisa bobalicona y él pareció entenderlo:

—Es un niño sano —repitió, y luego añadió—: Lactancia materna y a demanda hasta la primera visita al pediatra del ambulatorio dentro de una semana.

La habitación se llenó de ramos de flores, canastillas y cajas de bombones. Artemio volvió a casa para cambiarse de ropa y traer algunas cosas que nos habíamos dejado con las prisas. Les pedí a mis padres que lo acompañaran. Gerardo me había llamado: quería venir a visitarme y yo no deseaba que mi madre estuviera cuando llegara.

Puse a Sam en la cama junto a mí. A pesar de que el médico había dicho que no necesitaba incubadora, yo notaba su frío y lo calentaba con mi cuerpo. Dormía plácidamente. Entonces entró una enfermera y me advirtió: «Déjalo en la cuna, que lo vas a acostumbrar mal, y siempre querrá dormir contigo». Cuando se fue, besé la frente de mi hijo y le prometí: «No te preocupes, no le voy a hacer caso, yo cuidaré de ti».

Gerardo no tardó en llegar. Fue una visita corta. Se iba a vivir a Valencia. Berta, su mujer, había sacado plaza de neumóloga en el hospital de la Fe y él había conseguido un contrato en la universidad que le permitía unirse a las excavaciones arqueológicas de las ruinas de Sagunto. Debían de llevar meses planeándolo, y protesté porque no me había contado nada.

—No era seguro. Lo de la plaza de Berta nos lo confirmaron ayer. Se incorpora dentro de diez días. Nos vamos mañana. Te veo estupenda y Sam es perfecto. ¿Estás contenta?

—Diría que sí. Lo que más deseo es que mi hijo crezca feliz. ¿Sabes? Creo que por fin conozco el instinto maternal. No sé cómo explicarlo... Siento que él es mi vida. Él y Artemio. Ahora somos una familia.

Gerardo me miró, no sé explicar si con ternura o tristeza, y me besó, no en la mejilla, ni en la frente, como yo esperaba. Posó sus labios sobre los míos con una suavidad etérea durante largos segundos. Luego miró a Sam, acarició su mejilla y murmuró: «Él no es tu vida».

Me dio un paquete envuelto. Lo abrí. Era un poemario titulado *El Profeta*, de Khalil Gibran. Leí la dedicatoria: «Con todo el amor del que soy capaz». Lo hojeé y encontré unos versos subrayados.

Tus hijos no son tus hijos
son hijos e hijas de la vida.
Puedes abrigar sus cuerpos,
pero no sus almas, porque ellas,
viven en la casa del mañana,
que no puedes visitar
ni siquiera en sueños.

Pero esa noche sí soñé, soñé junto a Sam, dormido al calor de mi cuerpo, y tuve la sensación de que su alma me transportaba a un muchacho que rezaba en una cueva ante una espada convertida en cruz.

ZULEMA
VILLA GODOMAR

La mujer extraña vuelve a hablarle en sueños a Zulema. No la deja descansar, le agita el pensamiento. La golpea en la cabeza con palabras. «Busca tu destino, tus hijos no son tus hijos». Se despierta bruscamente. Debe de haber gritado, porque Adulfo la mira con preocupación y trata de calmarla acariciándole la espalda.

—¿Qué te ocurre, mujer? ¿Qué mal asalta tus sueños? ¿Hay algo que debas contarme?

Zulema teme haber revelado su secreto, quizás le ha contado sus planes de huida con Yussuf en sueños, y ahora Adulfo indaga cuánto de deseo y cuánto de realidad hay en su grito. Mientras busca alguna excusa con la que responder, el temblor se apodera de su cuerpo.

—Alguien... —duda si proseguir— una mujer me habla desde un lugar brillante. Invade mi sueño. Quiere... quiere robarme a mis hijos, robarnos a nuestros hijos —miente.

—Eso no ocurrirá jamás. No debes temer, nuestros hijos están a salvo. Nadie te los quitará. Akar es un guerrero e Isenhard es ahora un hombre de Dios. La cruz y mi espada los protegerán de los diablos sarracenos. Esa mujer que te habla en sueños es el mismo demonio al que llama tu sangre infiel. Debes rezar a Cristo, a Dios Nuestro Señor, comulgar con él, renovar tu bautismo. Le diremos al cura que haga el rito en la ermita, Isenhard puede ayudarlo.

Zulema advierte enseguida el peligro. Su hijo apenas accede a fingir las más cortas oraciones, menos aún participará en un largo rito. «Beber la sangre y devorar el cuerpo de Cristo para comulgar», las palabras de la Biblia son horribles, dice, hacen de los hombres seres violentos y caníbales. Todos los habitantes de la aldea advertirán la farsa y no creerán en su repentina mansedumbre. Su cerebro bulle en busca de una disculpa para su primogénito.

—No puede ser, esposo, no puede ayudar en el rito. Nuestro hijo ha encontrado la fe y el valor de Abrahán. ¿No fue a él a quien le dijo Yahvé «salta de tu tierra, de tu parentela, de la casa de los tuyos, para la tierra que Yo te indicaré»? Abrahán se fue conforme le había dicho Dios y no regresó a pesar de las súplicas de su padre. Dios, igual que hizo con Abrahán, ha ocupado el corazón de Isenhard y él quiere entregarse en soledad, escondido, orando en el silencio.

Adulfo calla como si lo hubieran amordazado. Su esposo prefiere enfrentar la espada del enemigo antes que las palabras oscuras de la Biblia, cuya razón no entiende. Antes de que el sacerdote bendijera su unión, Zulema tuvo que renunciar a Alá y convertirse. Entonces aprendió el libro sagrado de los cristianos. Fue fácil. Adán, Noé, Abrahán, Moisés, Jesús y María aparecen también en el Corán. Aunque sus historias tienen pequeñas variaciones, la revelación es la misma: adorar a un único Dios y someterse a Su Voluntad. Hace tiempo que ella cayó en la cuenta de que reyes, príncipes y califas, vicarios de un dios mudo e incorpóreo, usan las palabras de los libros sagrados para prosperar a expensas del miedo y el desamparo. Ellos no mueren ni resultan heridos en la batalla; son hombres como Adulfo, valientes ante la realidad que enfrentan y ven, pero cautivos por la fe en un fantasma todopoderoso.

Como Zulema había previsto, la cascada de justificaciones santas paraliza el ímpetu del guerrero, la cicatriz retorcida de su rostro delata una furia contenida.

—Está bien, mujer. Que Isenhard no regrese nunca a la aldea, que renuncie a la casa de su padre. Pero los anacoretas se alimentan de yerbas y siempre están en vigilia. Mortifican su cuerpo para la gloria del Creador. No comen la carne ni el queso de las ovejas del poblado, y sus madres no los visitan para confortarlos y distraerlos de la oración.

Con argucias, así es como ella, mujer y extranjera, sin derechos en la ley del hombre, ni alma en la ley de Dios, consigue alcanzar su voluntad. Ella, desobediente al dios varón que nadie puede ver ni oír, el dios macho que impele a los hombres a matar a otros hombres temerosos a su vez de otro dios parecido; ella, hereje, agacha la cabeza y zanja en voz baja: «Así sea», mientras se levanta del lecho de paja para avivar el fuego del hogar y preparar la primera comida del día.

Si sigue hablando con Adulfo, no podrá resistir el interrogatorio.

Sus ojos le revelarán las ansias de huir. Ya no soporta la aldea, el frío, las razias, el odio en las miradas, la cólera que anida en el corazón de su esposo, la falta de esperanza en otra vida de armonía y paz. Quiere volver a sentir el amor de su padre, y también quiere que lo sientan sus hijos, como quiere leer libros, el calor del sol, música, el sabor de las frutas jugosas de los jardines de Alejandría, el olor de las especias, el baño cálido y salado de las aguas del mar. Quiere que Akar e Isenhard conozcan otros mundos y escapen de la mente estrecha de las gentes de Villa Godomar. Durante un largo tiempo intentó anularse para que quisieran a su padre y no advirtieran la diferencia que hay entre los dos. Pero Isenhard es como ella. Sufre de un modo tan vivo e intenso, siente un deseo tan hondo e insobornable, que no puede surgir de la nada y crecer en el aire. Su silenciosa rebeldía contra el destino impuesto, debe de tener explicación y raíces en los antepasados. Quizás su vida no puede ser otra cosa que un lento y difícil camino de ruptura escrito en su sangre infiel, como piensa Adulfo.

La mujer que le habla en sueños, con oscuridad al principio, y mayor claridad más tarde, la ha estimulado para proseguir su camino con firmeza. Esa mujer está en su sangre, la voz que oye nace en su interior, es la de sus antepasados, es ella misma, y Zulema se la ha traspasado al indómito Isenhard. Remueve la leche con la cuchara de madera para deshacer el pan seco. Ya está lista la comida del alba. Al ir a coger el asa de la marmita para sacarla del fuego, el paño se le desliza y se quema la palma de la mano. Emite un grito ahogado que despierta a Akar. El pequeño, asustado, se levanta de un brinco.

—¿Te has hecho daño, madre?

Sí. Se ha hecho daño. Le duele, pero no la mano, le duele el impulso irreductible de huir. Le duele mirar atrás, mentir. El fuego que le quema no es el de la llama que ha alcanzado su piel, sino el que le brota de dentro.

—No es nada, hijo. Alcánzame la manteca de la despensa y un paño blanco.

Akar se apresura a obedecer a su madre. Zulema se unta grasa en la mano y la envuelve con el lienzo.

—Gracias, hijo, ya ha pasado. —Zulema seca con el antebrazo las lágrimas del rostro de Akar y le besa la mejilla—. Busca a padre, está en la cuadra con los caballos. La leche está caliente y el pan blando.

—Ahora voy, madre, y no te preocupes. Te he oído cuando hablabas con padre. No llores, yo llevaré a Isenhard tus mensajes, la ropa y la comida. A mí no me espían los soldados. No diré nada a nadie —dice mientras la abraza.

Observa a Akar, el brillo de sus ojos oscuros como luz en la noche; sus movimientos rápidos y armoniosos fluyen de las aguas de un manantial puro; su sonrisa, un bálsamo para el corazón. Todo en él emana con un equilibrio de fuerza, decisión y entrega. La rabia de Zulema se diluye con su abrazo, ese abrazo que se parece tanto al abrazo protector y dulce de su hermano Yussuf.

El pequeño sale en busca del padre. En la aldea, el silencio intacto del alba ampara al poblado dormido. Dentro de la cabaña se oye el crepitar de la leña del hogar. Las lenguas de fuego le evocan a Zulema los colores tornasolados del cielo cuando la caravana llegó al puerto de Al-Jar a la caída del sol, el puerto de la Medina. Allí esperaba la bagala que los llevaría hasta el Cairo. El arráez dijo que zarparían al amanecer, porque era peligroso navegar de noche entre los arrecifes del mar Rojo. Durmieron en la embarcación. Ella y Yussuf, pegados el uno al otro, abrazados, acunados por las olas que morían mansas en el puerto. Antes de caer rendidos por el sueño, hablaron de las tierras exóticas y lejanas que iban a conocer.

Al despertar, contemplaron el esbelto navío con la proa rasa y los dos palos sujetando las peculiares velas triangulares que solo habían visto en los papiros de su padre, una copia de las que utilizaban los marinos de Alejandría, muy diferentes a las cuadradas de las pequeñas embarcaciones de los pescadores a las que estaban acostumbrados. Al salir del puerto, aquellas velas cortaban el viento de proa como un cuchillo, y la embarcación avanzaba a gran velocidad, en un ángulo muy agudo. Olía a salitre, las cuerdas de coco que sostenían los mástiles gemían, las maderas rechinaban cada vez que variaba el rumbo de la nave. Las olas pasaban bajo el barco susurrando una melodía suave y constante. El arráez, atento, escudriñaba el mar desde la proa y alertaba al timonel cuando avistaba arrecifes.

Zulema contemplaba a Yussuf, su pelo alborotado, sus pupilas posadas en la línea del horizonte, su tez canela, el fino lino blanco de la camisa y el pantalón que se hinchaba y dejaba intuir su cuerpo ágil y fuerte. Imaginó a Asra en sus brazos y sus labios en los de él, y un leve ardor le aguijoneó el pecho. Había crecido tan pegada a Yussuf que formaba parte de ella. Por primera vez, agradeció que su sabio padre los apartara del Palacio y del encierro que hubiera significado para ella. Con el aliento del mar en el rostro respiraba el olor de la libertad. Ahora comprendía las palabras de su padre, su vida de mujer debía ser algo más que procrear y morir con la resignación muda de un animal.

Al crepúsculo, alcanzaron el canal Nahar Amir ul-Mu'mineen, comendador de los creyentes, construido por el gran califa Omar para aprovisionar del trigo de Egipto al hambriento pueblo de la Medina, azotado por la sequía. Para entonces, Zulema se había despedido de la niña dubitativa que creció feliz en Damasco. En su interior, ya había brotado un vivo deseo de ser, ser libre y una mujer con destino propio.

El golpe seco de la puerta al cerrarse saca a Zulema de su ensimismamiento. Adulfo y Akar han entrado en la cabaña. Ríen y bromean.

—Esos sarracenos caerán aplastados como piojos —dice el padre mirando al hijo, que observa de soslayo la reacción de la madre.

Desde hace algunas lunas, Adulfo planea ataques nocturnos por sorpresa contra los campamentos musulmanes que se dirigen al norte. Las expediciones parten de Villa Godomar, inhóspita y fría, escondida en la espesura del bosque. Los supervivientes vuelven a refugiarse a la aldea después de la matanza.

—¿Qué quieres decir, Adulfo?

—Cosas de hombres, mujer. Los rastreadores han traído noticias de un destacamento bereber que se dirige a la fortaleza de Amaya. Voy a organizar a los hombres. Saldremos inmediatamente de razia, los alcanzaremos y atacaremos de noche, cuando se detengan a descansar. Tendrán que hacerlo no muy lejos de aquí. Akar se estrenará como guerrero, vendrá conmigo. Zulema no puede creer su mala suerte. Quizás Yussuf esté en ese destacamento. Y su hijo, sangre de su sangre, peleará contra su tío.

—Por Dios, esposo, Akar es aún un niño. No puede pelear contra guerreros. Sabes que los infieles son crueles y fieros, lo derribarán y matarán sin miramientos. Debe crecer para sostener la espada con firmeza.

—No te preocupes, madre, no pelearé. Acompañaré a padre y lo ayudaré con los caballos. Los mantendré callados para que los soldados puedan atacar por sorpresa el campamento de los infieles.

Un miedo opaco se inyecta en la sangre de Zulema mientras observa a padre e hijo desayunar en silencio, con avidez. Después, cogen provisiones, escudos y espadas. Akar toca el cuerno de caza en la entrada de la cabaña para convocar a los guerreros en asamblea. Artesanos, herreros, pastores y agricultores armados con lanzas, hachas y espadas, hombres rudos y curtidos en el trabajo, transmutados en guerreros en un instante breve como un escalofrío, salen apresurados de los hogares, se dirigen al campo de entrenamiento y atraviesan la cerca que lo delimita. Mujeres y niños los siguen y escuchan, al otro lado, la arenga del caudillo.

Zulema camina con premura hacia la cabaña de Sara con un mensaje para Yussuf escrito con trazos temblorosos. Encuentra a la anciana en la entrada aún somnolienta, el sonido bronco del bocino la ha sobresaltado.

—¿Qué ocurre, niña? ¿Por qué el cuerno llama a batalla tan de madrugada? La joven le entrega el papel doblado como respuesta.

—Toma, es para Yussuf. ¿Podrás hacérselo llegar?

A medida que la anciana lee, su rostro se ensombrece.

«Zulema, hija muy amada de Almalah Alhakim te saluda, hermano, y después de solicitar tu benevolencia por sus descuidos, te hace llegar su voluntad en esta carta que te entrega la muy leal judía Sara.

Debes saber que la salud de mi cuerpo es buena, aunque mi alma rememora los tiempos felices y libres de Alejandría y muere de añoranza por padre y por ti. Después de naufragar en las costas de al-Ándalus, fui presa, conducida a la corte cristiana de Toledo y desposada por un noble caudillo llamado Adulfo. Es guerrero fiero, de estirpe goda y loables y morales costumbres. Como bien nacida, he de agradecerle que me liberara del yugo y deshonor impuestos por el ominoso rey Rodrigo. Con él he habido dos hijos varones, por cuyas venas corre la sangre de nuestros antepasados. Isenhard, el mayor, es un joven de paz, se niega a luchar y vive recluido en una cueva, leyendo los papiros escritos por padre, al que, sin conocer más que por mis enseñanzas, honra como abuelo, y vive en la esperanza de reunirse con vosotros. El pequeño Akar, en cuyo rostro se lee el tuyo, se ve impelido a luchar por mandato del padre al que honra, y lo acompaña en una razia en la que los cristianos pretenden asolar vuestro destacamento durante una de las próximas noches.

Es mi súplica que rehúyas el enfrentamiento con mi esposo, te desvíes de la ruta por la que os dirigís a Amaya y uses la astucia y sabiduría para liberarme a mí y a mis hijos sin derramamiento de sangre. Mi vieja amiga y protectora Sara te indicará la situación del poblado donde nos hallamos y hará de mensajera entre nosotros. Debes rodearlo para llegar al eremitorio al lado del arroyo donde te esperaremos.

Recibe mi amor y voluntad, y perdona mis faltas, que he pagado con dura penitencia en estos catorce años de destierro de nuestra familia.

De la aldea Villa Godomar, a quince días del mes de Rabhed, el primero año de ciento y diez de la Hixera».

Cuando Sara alza el rostro de la misiva, encuentra los oscuros ojos de Zulema llenos de duda y ruego.

—No te preocupes, chiquilla, aunque vieja, soy fuerte y ágil. Encontraré a tu hermano antes que los soldados —dice mientras oculta el papel en el pecho, entre sus ropajes.

—Que Ala, Cristo y Yahvé, tu Señor, todos esos dioses remotos, mudos y ausentes, den fortaleza a tus enjutas piernas y pongan alas a tus pies, Sara. De ti, amiga, dependen nuestras vidas. Esta carta debe llegar a mi hermano antes que Adulfo. Sé cautelosa; si los cristianos leen el mensaje, nos ejecutarán por traidoras. Cuida tu persona. Solo a ti te tengo para defendernos en Villa Godomar.

La vieja Sara entra en la cabaña y sale de nuevo cubierta con un chal de lana y un pequeño hatillo con provisiones. Un gesto severo ocupa su magro rostro. Ambas contienen la emoción, se abrazan con la mirada y se despiden en silencio para evitar que los gestos las delaten ante las mujeres del poblado. Siempre recelan de su sangre árabe y judía, en la que olfatean la traición. La anciana abandona sigilosamente la aldea y Zulema se une al resto de las familias detrás de la cerca, en el campo de entrenamiento.

La voz de Adulfo, que arenga a la guerra, se eleva entre todas. El caudillo señala con la espada la cruz de la ermita recortada entre nubes esporádicas que, como avanzadilla de un ejército amenazador y sombrío, ocupan posiciones en un cielo huidizo e incoloro. El viento agita el capirote de los pinos, las hojas de aguja tiemblan y se clavan en el aire como aguijones de un enjambre de avispas. Zulema puede leer los rostros de los hombres congregados. Ojos airados, cólera densa, signos de hostilidad contenida. Al finalizar la asamblea, unos a caballo, otros a pie, suben la loma por el camino del cementerio, donde las rocas horadadas cobijan a muertos anónimos. Mujeres y niños los siguen. Después de recibir la bendición del sacerdote, los soldados abandonan el poblado en hilera e inician la marcha en busca del destacamento de sarracenos. Al frente va Adulfo, erguida su gran envergadura sobre el caballo, la cabellera de fuego incendiando el aire, y a su lado, la figura menuda y frágil de Akar. Zulema, clavada en la tierra del límite de la aldea, quisiera descabalgar a su hijo, abrazarlo, dejarle su propia piel como coraza, pero solo alza la mano para decirle adiós. Con el rostro girado, el pequeño le sonríe y le lanza un beso.

El tiempo ha pasado lento, inexorable. El día muere, una luz sucia empaña el cielo solitario. Zulema ha llevado provisiones a Isenhard a hurtadillas. Para no asustarlo, le ha contado a medias la marcha de Akar y el padre.

Ahora regresa al poblado antes de que los pocos habitantes que quedan se pregunten por su paradero. El viento ha parado, las hojas, las nubes, los pájaros muestran una extraña quietud, como si la vida estuviera suspendida o, quizás, como si la muerte acechara. Le hubiera gustado quedarse a dormir en la cueva, junto a su hijo. Tiene miedo, está cansada y le pesan los pies. Piensa en Sara. Sara furtiva y anónima, Sara asediada por la muerte, arrastrándose a tientas por los caminos con la carta escondida en el corazón. Casi de noche todo es gris, e imagina el gris acero de los ojos de la anciana judía; gris el desvaído chal que le cubre la cabeza, gris la fe y gris el paisaje desolado de su alma. «Que El Shalom, Dios de la paz, guíe tus pasos, amiga», piensa.

ALBA
BILBAO

La tarde del día 18 de octubre de 1997, a los tres días del nacimiento de Sam, abandonamos el hospital. Estaba previsto que el rey Juan Carlos I inaugurara el museo Guggenheim. El recorrido hasta casa estaba tomado por la Policía autónoma. Agentes con perros rastreaban las inmediaciones del museo en busca de explosivos. Desde el asiento trasero, inconsciente de que aquel sería mi nuevo papel en la vida, yo sujetaba a Sam en el moisés. Al pasar por la Gran Vía, un joven lanzó un montón de octavillas. Una de ellas se quedó pegada al parabrisas de nuestro coche. «No queremos rey. ¡Viva la República!». Setenta y dos horas antes habíamos salido dos personas de casa. Volvíamos tres. Artemio me rodeó la cintura con el brazo, yo tomé a Sam del cestillo y traspasamos juntos el umbral de la puerta. Una entrada triunfal, solemne. Sentí que la casa se había transformado de golpe. Olía diferente; una atmósfera cálida impregnaba el ambiente, como si una dulzura bendita se hubiera apoderado del espacio en nuestra ausencia, y al entrar, nuestras almas se integraran en aquella paz.

Artemio sentenció: «Ahora esta casa es un hogar», Sam se removió en mis brazos y a mí me pareció ver en su rostro de recién nacido una sonrisa imposible.

«Tienes que descansar, Alba, acuéstate tranquila. Yo cuidaré de nuestro hijo», me dijo. Lo tomó en brazos y lo acunó durante unos minutos. Su enorme cuerpo sosteniendo el diminuto bebé como si fuera de cristal me provocaba una intensa emoción. Sí, lo que había sentido por Artemio al conocerlo había sido tan solo una pasión ciega, un señuelo ardiente para llegar a aquel sentimiento auténtico, el verdadero amor. La agitación del embarazo había quedado atrás. Sam, como un río que desciende turbulento por la cascada y se amansa en el valle, había regado nuestras vidas del amor sereno que yo anhelaba.

Ese momento de felicidad plena se trasladó a mi sueño. Caminé de nuevo por la necrópolis de Cuyacabra, muchos siglos atrás. El niño que oraba en el eremitorio corría hacia mí y me abrazaba mientras decía: «Ahora sí estamos a salvo, madre. Ahora sí».

Me despertó el gemido de Sam reclamando alimento. Tenía sed y calor. Mis pechos, hinchados y doloridos respondiendo a su reclamo eran la prueba de que la función crea el órgano. La leche pujaba por salir y alimentar a la cría.

Miré el reloj de la mesilla, todavía no habían dado las doce. Apenas había dormido tres horas. Artemio había dejado a Sam en la cuna a mi lado de la cama. Oí la televisión en el salón. El presentador de los últimos informativos del día daba paso al discurso del *lehendakari* durante la inauguración del museo. Los periodistas acreditados habían tenido que superar varios controles policiales y respetar una distancia que dificultaba su trabajo.

Sam volvió a gemir. Su débil llanto me recordaba que lo más importante para mí estaba entre las paredes del dormitorio. Entonces lo percibí. Un olor nuevo, dulzón y agrio a la vez. El camisón de algodón, el aire, la piel de la muñeca, el pliegue del codo, la base de la palma de mi mano. Era yo, mi propio hedor animal, mezcla de sudor, leche y hormonas. Todo mi ser respondía a la llamada ancestral de la supervivencia de la especie. Contemplé su piel fina, rojiza y arrugada, sus deditos huesudos, sus uñas blandas, la cabeza hundida en la parte superior, cubierta por una leve pelusa amarilla que amagaba un futuro pelo rubio como el mío. Algo me decía que no estaba terminado. Vino a mi mente el rostro burlón del terrorista apuntando su arma hacia mi vientre e imaginaba a Sam encogido en él. Y luego la carrera desesperada al hospital, y la abrupta expulsión. Sam privado de la protección de mi cuerpo antes de tiempo. Algo más fuerte que mi repulsión me empujaba a alimentar a mi hijo con mis pechos y abrigarlo para compensar que hubiera nacido prematuro.

—Está bien, mi *vida*. Parece que tienes hambre. Estoy preparada para darte de comer.

Intenté incorporarme en la cama para acercar a Sam, pero al moverme, los puntos de la episiotomía tiraron de mi fuero interno y emití un leve quejido. Artemio debió de oírnos y acudió solícito.

—Ya os habéis despertado. El pequeño guerrero tiene hambre, debe hacerse fuerte para la lucha —dijo mientras lo tomaba del moisés y lo metía en la cama conmigo.

Me sorprendieron las palabras «guerrero» y «lucha» para referirse a un Sam débil y suave.

—¿Qué has querido decir con lo de guerrero y lucha?

—Es un niño sano y fuerte, un batallador como su padre, un guerrero de la justicia.

Aquello me molestó, volvía a marcar a nuestro hijo como una res de ganadería propia.

—No me gusta que lo llames así, acaba de nacer. Igual resulta que quiere ser historiador como yo, o pianista o pintor... ¿Quién sabe? Acaba de nacer, no puedes determinar su futuro.

—Alba, querida, son tus propias palabras. A veces tienes pesadillas y hablas. Te dije que te convenía apartar la tesis y las necrópolis por un tiempo, descansar durante el embarazo. Llevas meses estudiando la invasión musulmana, las luchas entre guerreros cristianos y árabes. Me has tenido preocupado, pero esta tarde, cuando te has quedado dormida parecías feliz, relajada, y has susurrado algo así como: «Mi pequeño guerrero estará a salvo en Alejandría».

—Nunca me habías dicho que hablara en sueños.

—No quería que te obsesionaras. Comenzó con el embarazo. A veces incluso te levantabas y deambulabas sonámbula por la habitación. Lo consulté con tu ginecóloga. Has estado muy sensible. Es normal, las hormonas, el miedo al parto. Pero ahora nuestro hijo ya está aquí y los dos estáis bien. Os miro y me siento feliz, Alba. Tienes que estar tranquila, yo cuidaré de vosotros.

Sam miró el pecho, dudó unos segundos, pero finalmente agarró el pezón entre las encías con firmeza y comenzó a succionar con fuerza, mientras Artemio nos contemplaba con mirada de satisfacción. Sentí una mezcla de dolor, humillación y liberación. Solo pensaba: «Que se acabe de una vez esta leche dolorosa, irritante, que alguien me traiga un vaso de agua, que me digan que todo va a salir bien, que volveré a ser mujer».

Artemio volvió al trabajo en el juzgado al día siguiente. La vida apenas había cambiado para él, mientras yo andaba de un lado para otro con el camisón empapado de leche que no paraba de salir de mis pechos. Sam, ahíto, la rechazaba y lloraba porque estaba sucio. El bebé se había convertido en mi mundo. Si lloraba o gemía, una especie de calambre me recorría las entrañas; si eructaba y su expresión insinuaba placidez, me invadía una felicidad extraña como si siguiéramos unidos por el cordón umbilical. Ahora era yo quien se alimentaba de su placenta emocional. Ante semejante caos, mi madre propuso que nos trasladáramos a vivir a su casa durante el primer mes. Mientras estábamos en el hospital, había redecorado mi antigua habitación.

Ella organizó los horarios del bebé, los paseos, las visitas al pediatra y mis comidas. Después de la primera toma de la mañana, sacaba a Sam de la habitación y yo descansaba hasta la siguiente. Mi padre pasaba horas leyendo en la galería con su nieto al lado, en el moisés, para que le diera el sol y le desapareciera la leve ictericia. A menudo lo tomaba en brazos y se lo ponía a dormir sobre el pecho. Alimentar a mi hijo me agotaba, no me quedaban fuerzas para nada más. A veces lo paseaba en brazos por el pasillo para consolar su llanto y dormirlo. Caminaba vacilante mientras pensaba: «Se me va a caer, ahora tropiezo, se cae y se le rompe la cabecita y yo me moriré, no podré soportarlo». Artemio regresaba entrada la noche, cuando estaba dormido. Solo me tranquilizaba el amor seguro que Sam recibía de sus abuelos. Alba madre cuidaba de él con destreza natural y la felicidad reflejada en el rostro. Yo la observaba con una mezcla de admiración y resentimiento. Le decía con mi silencio: «Soy una irresponsable, no tengo dotes de madre. Lo sabes. Por mucho que intente imitarte, no lo conseguiré. No soy como tú, soy una simuladora, me he entrenado para estudiar, investigar la historia, no para domesticar. Seré incapaz de dominar la maña de cambiar pañales, de sujetar el cuerpecito escurridizo de mi pobre niño para que no se deslice en la bañera de plástico y se ahogue. Sam te preferiría a ti de madre».

Mi madre y yo no habíamos sido capaces de superar el obstáculo que se había interpuesto entre nosotras el día que me prohibió irme con Gerardo a Italia. Comencé a ver su exaltación del amor, abnegación y devoción por la familia como un freno a mi independencia. Cada vez le hacía menos confidencias, nuestras vidas discurrían en paralelo. Pero al convertirme en madre, comprendí la extraordinaria fortaleza de la mujer que me había criado, el amor generoso que me había entregado. Y aunque quería acercarme a ella, no me podía inventar de pronto una intimidad compartida para confesarme y liberarme de mis miedos.

Artemio se sentía incómodo con los cuidados que mis padres brindaban a nuestro hijo; le parecían un intrusismo en la función que nos correspondía. Insistía en que debía acostumbrarme a nuestra nueva vida, solos los dos con Sam, en nuestra casa. Nos fuimos al cabo de quince días. Mis padres nos despidieron con mezcla de tristeza y nostalgia, yo les oculté mi temor de no ser capaz de criar a Sam sola.

Pero sí, como Artemio había previsto, al cabo de un tiempo me acostumbré. Me acostumbré a la nueva forma de mi cuerpo. Retiré los vestidos y pantalones ceñidos, compré zapatos de tacón bajo, me corté la melena.

Me acostumbré a llevar bolsos grandes con galletas mordisqueadas, muñecos de plástico, camiones en miniatura, un peluche muy querido. Perdí el tono muscular, la cintura estrecha, el sueño, la razón, la perspectiva. Me olvidé de viajar, de las conferencias, del congreso sobre las necrópolis en la Universidad de Barcelona, de publicar artículos en revistas especializadas.

Me acostumbré a andar a pasitos cortos, pararme y mirar con atención cada palo, cada piedra, cada lata aplastada del camino y a no llegar a donde quería ir, a pasar las tardes en el parque intercambiando recetas de purés. Olvidé el camino a la biblioteca, aprendí a coser botones, a vigilar y calibrar las distancias de las esquinas de las mesas, a cocinar, a medir la fiebre con los labios, a cantar canciones absurdas con estribillos repetitivos.

Me acostumbré a las largas jornadas laborales de Artemio, cada vez más ausente, menos paciente, más enfadado; a contarle a Sam que su padre trabajaba mucho porque era un fiscal muy importante. Y me acostumbré a callar; a callar y mantener el silencio en casa cuando él dormía, a callar cuando gritaba porque tropezaba con los juguetes de Sam, esparcidos por el suelo.

Mientras, yo vivía. Me contemplaba: miraba en el espejo la piel distendida, los cercos de vino aguado alrededor de mis ojos, los hilos plateados que asomaban en el flequillo dorado; los pies, que, no entendía por qué, me habían crecido... Por la calle, miraba a otras mujeres, maquilladas, con vestidos ceñidos y bolsos pequeños, con el pelo suave y limpio. Giraba la cabeza enseguida y seguía empujando el cochecito, cuesta arriba.

Y Sam respiraba, comía, gateaba, andaba. Pronto, muy pronto, a los siete meses, empezó a decir palabras. Sonreía y lloraba con fuerza. Crecía feliz y despierto ajeno a mis inseguridades.

Me acostumbré, sí. Me acostumbré a vivir con un amor sin límites que me inundaba, me ahogaba, me cegaba, me controlaba. Me acostumbré a existir con el corazón fuera del cuerpo, a que mi vida, toda mi vida, fuera Sam. Así lo llamaba: «Mi vida», y él se estremecía de placer como si las palabras lo acariciaran, y se lanzaba a mí con una sonrisa llena de babas que depositaba en mi mejilla con un beso.

Y años después de que Sam colmara mi vida, aquella oronda psicóloga infantil me preguntaba desde el otro lado de la mesa, cual juez inquisidor, qué había sentido al nacer mi hijo.

—Amor... un amor inmenso.

Se arrellanó en su sillón y mantuvo unos largos y perturbadores segundos de silencio. Me irritaba que aquella mujer, en la que había confiado para que ayudara a Sam, estuviera tan predispuesta a hacerme sentir culpable. Me pregunté qué haría si me plantara frente a ella y escupiera ante los títulos académicos que tenía colgados en la pared: «Sí, estaba atrapada, atrapada por el anillo en el dedo, sin una meta propia y sin fuerzas. Atrapada en una eterna sucesión de comidas, películas de dibujos animados, reuniones con profesoras, fichas de colorear, compras de uniformes, cafés con otras madres en las que solo se hablaba de meriendas y de boletines de notas... Odiaba en lo que me había convertido, pero quiero a mi niño, vieja bruja, lo quiero de verdad. ¿Si no, por qué había sacrificado a la mujer que era en el altar de la maternidad?».

Sin embargo, me tragué el vómito y aguanté el silencio.

ZULEMA
VILLA GODOMAR

La anciana judía no ha regresado aún al poblado. Hace más de tres días con sus noches que Zulema no tiene noticias de Akar ni de Adulfo. Teme por ellos y también por Sara. Durante la tarde, ha distraído sus miedos con la compañía de Isenhard. Han pescado una trucha y la han ahumado en el fuego. De vuelta a la aldea, la sombra de una bandada de cuervos la obliga a levantar la mirada al cielo. Y acude a su mente, como un presagio funesto, la figura de Akar en el suelo con el pecho sangrante atravesado por la espada. No puede ser. No quiere imaginarlo. Su hijo ama al padre, y su padre lo ama a él. No entiende por qué Adulfo desea que entre en batalla. Cuando discuten, él le recuerda que Abrahán estuvo dispuesto a sacrificar en el altar a su primogénito Isaac por amor a Dios. Entonces Zulema le contesta que imagine el horror de Isaac al ver la cara de la muerte en el cuchillo empuñado por el padre a quien tanto quería; e insiste en que un padre no puede permitir que maten al hijo. No, no hay amor a Dios en la muerte, solo sumisión.

Intenta ahuyentar el trágico pensamiento, aspira hondo y el aire entra en su cuerpo raspándole el pecho. El estrépito sordo de sus jadeos le retumba en la cabeza. Hace tiempo que le duele el corazón, que el latido se detiene mientras intenta arrancar bocanadas de vida al cielo. A veces, está tan cansada que la muerte le parece un sueño largo y reparador. Pero no puede quebrarse, ahora no. Tiene que vivir, por Isenhard y por Akar.

Añora el tiempo en que respirar era una caricia del aire dulce y cálido de Alejandría. Zulema rememora con una sonrisa el día en que la bagala llegó a al-Fustat, al atardecer. Allí esperaba la caravana que los condujo a Alejandría. El Nilo, un espejo de reflejos púrpuras y bermellones moría en una gran plaza. Los tejados de las casas parecían de bronce. La brisa del desierto perfumaba el ambiente y las palmeras se cimbreaban en una danza sensual, que contrastaba con la severidad de los minaretes de la mezquita cercana. El almuecín bramaba convocando a la oración.

La caravana estaba apostada en la dársena ultimando las provisiones para la expedición. Varios jóvenes, con grandes cestas sobre la cabeza, se abrieron paso entre la multitud bulliciosa y llegaron hasta ellos para ofrecerles panes y fruta. La tripulación comenzó a cargar las pertenencias en los camellos. En el primero, el cofre con los planos de las velas triangulares y una nueva pala del timón; en el siguiente, los papiros con los dibujos de las villas y de la gran mezquita de Damasco, cuya construcción había dirigido su padre; y finalmente, el tercero, con los mapas y aparatos que marcaban la posición de las estrellas. Los tres cofres eran los tesoros de su padre, el sabio Almalah Alhakim. El califa Al-Walid I necesitaba sus conocimientos para expandir el Imperio, y su padre pidió a cambio el privilegio de la exención de la guerra para él y sus descendientes.

Mientras los camelleros cargaban el resto de las mercancías, Zulema y Yussuf visitaron el cercano mercado. En el camino de la dársena hasta el bazar se contagiaron de la alegría de las gentes; los niños corrían entre las callejuelas, las mujeres charlaban al fresco, bajo las palmeras, y los hombres bebían té o fumaban pipas de agua en los cafés.

El colorido bazar se extendía por un dédalo de callejuelas imposibles. Todo un mundo concentrado en cuatro esquinas. Había puestos de trigo, pan, fruta, especias y dulces, pero también de sedas, babuchas, joyas, perfumes, esencias, alfombras... Objetos que excitaban la sensualidad de Zulema y le devolvían la imagen de Asra y el baño de Palacio. Se detuvo frente a unos pendientes, atraída por el verde intenso de las gemas. «Esmeralda, la piedra de la reina Cleopatra», se apresuró a aclarar el vendedor, que captó el deseo en el brillo de sus ojos. Yussuf, sin dudarlo, le entregó una bolsa con cien dírhams de plata. El viejo judío sacó una y leyó con recelo la inscripción en el borde del dorso: «No hay otro dios, sino Dios; solo Él». «Esas piedras también eran las preferidas de madre», el rostro de su hermano reflejaba una triste nostalgia.

Zulema sintió un leve estremecimiento cuando su hermano mencionó a su madre. Ella solo recordaba ausencia; una ausencia que su padre y Yussuf habían llenado durante la infancia, pero que se había convertido en un doloroso vacío el día en que tuvo la primera sangre y la fiel sirvienta Amina la vistió con sus ropajes. Se aferraba con obstinación a vagas reminiscencias concentradas en sensaciones: un perfume o la seda a la que se agarró un día que ella se inclinó al besarla. En cambio, de su voz, sus palabras o su mirada no era capaz de rescatar nada. No sabía discernir entre los recuerdos y las evocaciones creadas por su imaginación a partir de lo que de ella había escuchado. Confiaba en que Alejandría le devolvería una imagen más nítida y la ayudaría a encontrarse con la mujer que la trajo al mundo. Quizás, pisar la tierra donde ambas nacieron le devolvería su rostro, y, sobre todo, le otorgaría la sabiduría y la determinación que atribuían a la esposa de Almalah Alhakim quienes la habían conocido en Damasco. Ya entonces bullía en Zulema la semilla del coraje y la rebeldía que siente ante el destino impuesto por un dios tan cruel como implacable, y se pregunta si el espíritu de su madre no tendrá algo que ver en ello.

El tañido de la campana de la iglesia frena su caminar ensimismado, la arranca de sus reflexiones y la devuelve a la primavera fría de Villa Godomar. El sonido, insistente y acelerado, anuncia el regreso de los soldados al poblado. Con el corazón encogido emprende la carrera hacia la loma. Cuando llega a la cima, se detiene junto a la iglesia, le duele el pecho, apenas puede respirar, el repiqueteo agudo le golpea los oídos como si se los fuera a perforar. Coloca su mano temblorosa sobre la frente para enfocar la vista. Una comitiva de hombres se acerca con marcha lenta, algunos a caballo, otros a pie. Zulema se estremece, calcula que vuelven la mitad de los que partieron, los heridos se apoyan en los más fuertes. A la cabeza de la comitiva avanza Adulfo a caballo. Zulema clava la mirada en los lomos del animal sobre los que descansa una piel enrollada. Su esposo, extenuado, se encorva como si quisiera arroparla con su cuerpo, el brazo flaco de un niño cae inerte de uno de los extremos.

Ahora sí, ahora Zulema se ahoga, los golpes de aire se clavan como agujas de hielo en su pecho, siente que el cielo y la tierra se rompen. Sus ojos desesperados escudriñan la desordenada fila de soldados sin que le devuelvan la figura del pequeño Akar. Akar, Akar... dónde está Akar. Las rodillas le flojean, teme caer al suelo. Busca dónde asirse y únicamente encuentra apoyo en el muro de la iglesia «Alá misericordioso... no... Jesucristo, Jesucristo, hijo de Dios, devuélveme a mi hijo». No hay ley divina que pueda exigir el sacrificio de la vida de su pequeño, solo la furia ciega de los hombres derrama sangre inocente.

Desde la loma, paralizada por el mordisco de las alimañas del infierno en el alma, ve a las mujeres del poblado que salen al encuentro de sus hombres vencidos. Los abrazan, lloran, los consuelan. Adulfo sigue replegado sobre sí mismo, sobre el cuerpo del niño cubierto por la manta. Zulema, por fin, corre hacia él, las lágrimas discurren por su rostro. Cuando llega al caballo, lanza un grito ahogado y toma la pequeña mano fría entre las suyas. Adulfo se yergue y la aparta con un gesto brusco.

—¡Calla, mujer!

Aún le quedan fuerzas para gritarle:

—¡Te odio! Has dejado que lo mataran, has dejado que mataran a nuestro hijo.

Se arroja sobre el bulto envuelto y lo abraza. Adulfo la aparta con violencia y la piel se desliza dejando al descubierto el cuerpo inerte del pequeño con una gran mancha de sangre a la altura del pecho. Ella intenta enfocar su vista, pero las lágrimas solo le permiten ver un rostro borroso, un rostro que no se parece al de Akar. Se restriega los ojos con el dorso de la mano. No, no son sus facciones. Es el hijo del herrero, el mayor de los cuatro. El aullido desgarrador de la mujer que alcanza la comitiva en ese instante lo confirma. La esposa del herrero empuja a Zulema, que pierde el equilibrio y cae. Desde el suelo, ve cómo Adulfo descabalga y, con delicadeza, toma en brazos el cadáver ligero y menudo, lo besa con ternura y se lo entrega a su madre. El herrero, junto a él, pudoroso, agacha la cabeza para ocultarle a su esposa los ojos húmedos.

—Murió como un gran guerrero cristiano. Dios lo tiene en su gloria.

La mujer enjuga sus lágrimas en las pieles que envuelven al niño, lo abraza poseída por una extraña calma y, con la cabeza erguida, responde en voz alta para que la multitud congregada la oiga:

—Así sea.

Hay en las palabras del caudillo algún bálsamo para los habitantes de la aldea que no alcanza a la naturaleza de Zulema. Aún en el suelo, siente náuseas. La emoción ha revuelto sus entresijos, un río amargo le sube por la garganta y arroja el vómito en las botas sucias y ajadas de su esposo. Se hace el silencio, siente todas las miradas posadas en ella mientras mujeres y soldados aguardan sin respirar la reacción del jefe del poblado. Adulfo encabalga de nuevo el cuerpo del niño a lomos del caballo, luego ayuda a la madre a montarse en él, entrega las riendas al herrero y prosigue la marcha a pie junto a ellos. La comitiva sigue el sendero a la aldea y deja a un lado a Zulema, que se esfuerza en levantarse con la cara manchada de bilis. Al pasar, algunos la miran con desprecio; otros, con rabia, y las mujeres, con el gesto de quien da por sabido desde hace tiempo que la esposa de su líder es una infiel traidora. Mantienen las cabezas en alto aparentando una fortaleza y una convicción que no sienten, pero que fingen cada vez mejor. Zulema advierte que la han abandonado las fuerzas, apoya sus manos en el suelo, pero apenas consigue levantar los hombros. Sabe que no la ayudarán por mucho que la desgracia se cebe con todas ellas. Le dan ganas de gritarles: «¿Es que no lo entendéis? Aunque Dios existiera, habría que deshacerse de él para recuperar la dignidad que nos ha arrebatado». Coge aire y, en un impulso que se le antoja sobrehumano, al fin se incorpora. Observa la fila al pasar, escruta cada rostro. Ahora está segura, Akar no está. Faltan muchos hombres, imagina sus cadáveres abandonados en el campo de batalla.

Ya ha caído la noche. Los aldeanos se han concentrado ante la cabaña del herrero. Una hoguera en la entrada señala que allí se vela un muerto. Zulema pasa por delante, no se atreve a parar, a pesar de que Adulfo encabeza la fila de los que esperan y ella se muere por dentro sin noticias de Akar. Sabe que pasará un largo rato hasta que su esposo se dirija al hogar y pronuncie una palabra. Las mujeres de la familia aún tienen que lavar el cadáver del chiquillo, restregar su cuerpo con aceites y plantas de lavanda y romero, extender sus brazos al lado del cuerpo y fajarlo con tiras de sábana, dejando al descubierto solo su rostro. Después, lo acostarán en el lecho y todos los habitantes de Villa Godomar pasarán a despedirlo y a mostrar su respeto a los padres.

Zulema espera a su esposo en la cabaña. Al lado de las brasas del hogar se frota las manos como si las torturara, hasta que los nudillos están blancos. El dolor no consigue calmar su inquietud por el destino ignorado de Akar. Del bosque oscuro llegan los lamentos lúgubres de los búhos y las lechuzas. El tiempo pasa con lentitud infinita. El murmullo de las voces alrededor de la hoguera disminuye poco a poco. Se acerca a la ventana y observa el ir y venir de unos y otros envueltos en susurros. El aire frío de la noche se cuela en el interior. Cierra los portillos y vuelve a sentarse junto al fuego. El caudillo, está segura, se quedará hasta el final. Cierra los ojos e imagina el rostro sonriente de Akar, la luz de sus ojos, el último beso que le lanzó desde el caballo cuando abandonó la aldea junto a su padre. El chirrido de la cerca de la entrada la sobresalta. La puerta del hogar se abre de golpe. Adulfo se queda inmóvil en el umbral mirándola fijamente. En sus ojos lee un recelo frío, congelado. Se quita el cinturón del que pende la espada envainada y lo cuelga en el clavo de la pared. Mientras su esposo cierra y atranca con el postigo, ella se apresura a colocar en la mesa un cuenco con leche caliente y pan. Al ver que sigue mudo, se le acerca, se humilla, arrodillada intenta limpiar sus botas mientras le pide perdón. Llora como nunca lo ha hecho y le suplica con la mirada las noticias que no se atreve a pedir con la palabra, pero su esposo calla como las tumbas que rodean la ermita en la loma.

—Por Dios te lo ruego, dime dónde está Akar. Dime qué ha sido de nuestro pequeño.

—Una honrada mujer cristiana llora la muerte de su hijo en la cabaña de al lado. Soy yo quien debe preguntarte, esposa, ¿dónde está Akar, nuestro hijo pequeño, y dónde Isenhard, nuestro hijo mayor? ¿Por qué ninguno batalla al lado de su padre por la fe verdadera? ¿Y por qué, mujer, tiemblas en vez de recibir con júbilo a tu esposo, que ha regresado sano y salvo de la batalla?

Claro que me alegro por ti, pero los cuervos llevan tres días dibujando círculos en el cielo. Tengo miedo de lo que haya podido ocurrirle a Akar.

Adulfo la mira pétreo, impenetrable, a los ojos, sin furia, con la calma fría del que guarda un angustioso secreto. Zulema preferiría ver en su rostro una mueca de repudio. Pero los ojos del caudillo la dejan paralizada al borde de un precipicio, sin saber si caerá o si existirá para ella una lejana salvación. Tras unos segundos de intenso silencio, de sus labios sale una sentencia:

—Nos esperaban, alguien los había avisado. Los infieles nos masacraron.

Zulema se estremece, su esposo no dirá una palabra más.

PARTE II

Y esa es la terrible,
la estúpida fuerza sin pupilas,
que aún hace que esa mujer avance
y avance por la acera,
desgastando la suela de sus viejos zapatones,
desgastando las losas,
entre zanjas abiertas a un lado y otro,
entre caballones de tierra,
de dos metros de longitud,
con ese tamaño preciso de nuestra ternura de cuerpos humanos.

Mujer con alcuza, Dámaso Alonso

ALBA
BILBAO

El 11 de septiembre de 2001, tres horas antes de que un avión de American Airlines con 56 pasajeros y 7 tripulantes a bordo se estrellara contra una de las Torres Gemelas de Nueva York, acudí a recoger el resultado de las pruebas que la psicóloga le había realizado a Sam.

Artemio no me acompañó, a pesar de que Ágata insistía en la conveniencia de que ambos nos implicáramos en la atención de nuestro hijo. Yo me esforzaba por excusarlo con una mentira.

—Lo siento, no ha podido venir. Le surgió un viaje a Madrid, una reunión de fiscales, sobre terrorismo —lo disculpé.

—Bien, entiendo. Puede venir a la siguiente cita. Es importante.

—Sí, desde luego. Se lo diré.

Ágata asintió, sacó del cajón del escritorio una carpeta, la abrió y la dejó sobre la mesa. Pasó la vista sobre las dos primeras hojas como si consultara algo.

—En cuanto a Sam, los resultados de las pruebas y la entrevista revelan que es un niño extraordinariamente inteligente, de altas capacidades. Quizás solo sea precoz en los aprendizajes, pero sin duda tiene una inteligencia muy especial.

No entendía a Ágata. Yo estaba preocupada por lo que pudiera revelar el dibujo, no por la inteligencia de Sam.

—Sé que Sam es inteligente, me hubiera sorprendido que dijera lo contrario. Lo traje a su consulta porque parece pasarlo muy mal con sus compañeros del colegio. Y luego está la relación con su padre, la mujer sin boca del dibujo... En fin, sé que esa mujer soy yo. Me preocupa que mi hijo esté sufriendo y sienta que no hago nada por ayudarlo.

—Entiendo. Es cierto, el dibujo refleja que su hijo se siente maltratado por sus compañeros y su padre. La madre sin boca puede significar que usted calla ante su sufrimiento, pero cuando hablé con él, mi impresión fue otra. Creo que Sam piensa que usted guarda un secreto, algo relacionado con él que pone en peligro su vida. Aunque no vea la relación, la especial inteligencia de Sam tiene un papel determinante en sus sensaciones. Para que lo entienda, en términos vulgares diríamos que su hijo es superdotado. Su capacidad de comprender, de abstracción y de absorber conocimientos es la de una persona casi adulta, pero su mundo emocional es el de un niño de cuatro años. Sam tiene un mayor entendimiento de la vida que otros niños de su edad, pero este gran potencial también lo predispone a sufrir crisis emocionales y a sentirse desconectado, separado, diferente.

Después de vomitar aquella parrafada, la psicóloga desparramó su gran corpulencia en el sillón. «Ahí lo tiene, esa es la clave de los problemas de su hijo», quería decir su gesto satisfecho.

Los conceptos de los que Ágata me hablaba me resultaban desconocidos. La única psicología que me había interesado hasta ese momento era la de la historia, la de los pueblos en su conjunto. Mi idea de lo que era un superdotado se reducía a un niño sabihondo y redicho, y no se correspondía con la personalidad de Sam. Dudé de que aquella mujer pudiera ayudarlo. Pensé en agradecerle sus servicios y sacar a mi hijo de allí de inmediato.

Entretanto, ella escrutaba mi rostro, sopesando el efecto de sus palabras. Callé y la miré a los ojos como si me estuviera bebiendo sus pensamientos. Finalmente, Ágata rompió el silencio.

—Hay algo más, ¿verdad? Algo que no le ha contado a nadie. Un secreto que comparte con Sam, ¿no es así? ¿No cree que debería conocer todos los detalles si quiere que ayude a su hijo?

No respondí. Me limité a extender sobre la mesa un folio con otro dibujo de Sam. Una escena en la que un niño lloraba ante una cruz, cerca de un guerrero corpulento, con una espada de la que caían gotas de sangre. El rostro del hombre, airado, estaba atravesado por una cicatriz. Entre ellos se interponía la figura temerosa, pero potente, de una mujer de larga y oscura melena. Más alejada, una figura pequeña —¿la de un niño?— se escondía tras la maleza de un bosque. Como en todos los dibujos de Sam, los trazos estaban realizados en negro, no había más color que el rojo vivo de las gotas de sangre y del pelo del hombre.

—Desde luego Sam tiene mucha imaginación, un rasgo propio de las personas inteligentes. Parece una escena de una película. ¿Por qué le resulta tan impactante este dibujo?

Cerré los ojos y salté al vacío, sin titubeos.

—Mi hijo lo dibujó en clase, cuando la profesora pidió a los niños que hicieran un retrato de su familia.

Ágata dudó unos segundos antes de hablar. Se quitó las gafas y entrecerró los párpados como si quisiera impedir que se le escaparan los pensamientos por las pupilas.

—Curioso. No conozco al padre de Sam, pero usted no se asemeja a la madre del dibujo. Esta familia no parece actual, sin embargo, usted es historiadora y le lee un libro antiguo a su hijo. Una vieja edición, según me comentó en la primera consulta. Pero al mismo tiempo, el niño triste, el conflicto con el padre, la madre interpuesta... el dibujo plantea cuestiones similares a las que la trajeron aquí. No sé por qué este la inquieta más que el otro.

Seguía sin decidirme a contarle mi preocupación, temía que si lo hacía, me tomarían por loca y me apartarían de Sam.

—Me gustaría que Artemio no se enterara de lo que le voy a contar.

—No se lo puedo contar si no viene a las consultas. Pero no se preocupe, a menos que lo considere imprescindible para tratar a

Sam, no le diré nada. Pero debo ser clara: mi paciente es su hijo y haré todo lo que esté a mi alcance por ayudarlo, aunque ello implique revelar sus confidencias.

—Comprendo. Verá, no suelo ir a recogerlo al colegio ni llevarlo al parque. Pero la semana pasada, Elena, su cuidadora, estuvo enferma y tuve que hacerlo. Mientras esperábamos a que los niños salieran de clase, una de las madres me preguntó quién era mi hijo. Al contestarle que Sam, me dijo: «Es curioso, por la descripción que nos había hecho de ti no te había imaginado así». Cuando le pregunté qué quería decir, me contestó que Sam les había contado que su madre era muy muy guapa, una mujer alta y fuerte con el pelo muy largo y oscuro como sus ojos, una valiente princesa árabe. «No te ofendas, eres muy guapa, pero rubia y de ojos claros, no sé... de aspecto delicado. Tu hijo nos hace reír con su desparpajo. Es muy espabilado. Habla mucho con las madres, sobre todo conmigo. Soy Aurora, la madre de Paula, su compañera de pupitre», añadió. Le comenté que Sam últimamente veía la película *Aladdín* en bucle y que estaba fascinado por la princesa Jasmín. Después, cambié de conversación.

Ágata volvió a incorporarse en su sillón, alejó su mirada de la mía y anotó algo en la historia de Sam que tenía sobre la mesa.

—He de suponer que no cree que Sam dibujara esa familia por la película.

—No. Lo que yo creo es... es una auténtica locura. No tiene nada de racional. Si se lo cuento, dudará de mi salud mental.

—No lo crea, llevo muchos años de profesión. Me han explicado las historias más descabelladas y muchas eran realidades. Puede estar tranquila, cuénteme lo que ocurre, dudo que me sorprenda y aún más que no lo comprenda.

—Cuando me quedé embarazada comencé a soñar con la familia del dibujo —me detuve, traté de encontrar las palabras adecuadas.

—Y... —Ágata me animaba a hablar—. Es posible que Sam la haya oído explicarle sus sueños a alguien.

—No. Yo no he hablado de mis sueños con nadie. Antes del embarazo ya tuve una visión de esa familia. Estaba de excursión, visitando una necrópolis. Le gasté una broma al amigo que me acompañaba y me acosté en una tumba. Al hacerlo, vi al niño rezando ante la cruz, al guerrero y a la mujer árabe. Cuando me levanté, me desmayé. No volví a acordarme de ese episodio hasta que me quedé embarazada de Sam. Entonces empezaron los sueños. Siento que estoy en la cabeza de esa mujer, como si tuviera, no sé... algo así como un destino compartido. De algún modo, Sam lo percibe. Hasta el detalle de la cicatriz en el rostro del guerrero coincide con mis visiones. No puede ser una casualidad. Y por si piensa que ha podido contárselo mi amigo, le diré que solo ha visto a Sam una vez, nada más nacer.

Esperé la reacción de Ágata con el corazón contraído, conteniendo la respiración. ¿Cómo iba a comprender lo que yo sentía? Era mucho mayor que yo, y ni siquiera sabía si ella era madre. Quizás había logrado mantener su útero lejos de Adán y justo por eso seguía cuerda y tenía una carrera profesional brillante. En mi caso, ese horizonte estaba cada vez más lejos.

Intentó tranquilizarme con una explicación racional; seguro que Sam había oído alguna conversación sobre los libros de historia que yo llevaba entre manos y fantaseaba con la familia medieval. Tuve que reconocer que le había leído párrafos del viejo libro de Gerardo, en los que aparecía un espatario del rey Rodrigo al que le habían amputado las orejas y la nariz por traidor. Simulé que aceptaba la explicación y abandoné su consulta para ir a almorzar a casa de mis padres. Alba madre, que estaba al corriente de las visitas a Ágata, estaba ansiosa por saber cómo había ido.

—¿Qué te ha dicho, hija? ¿Por qué dibujó Sam esa escena tan macabra?

—Mamá, según la psicóloga, Sam es un niño muy inteligente, eso ya lo sabíamos, aunque también muy sensible. Tengo que volver con Artemio para que pueda hacer un estudio completo y diseñar una terapia.

Le había hablado a mi madre del dibujo de la familia actual, pero le había ocultado el de la familia medieval.

—Alba, cariño, no me quiero inmiscuir en vuestras vidas, pero estoy muy preocupada. ¿Va todo bien entre vosotros? Entre tu marido y tú, quiero decir. Artemio siempre está nervioso, a punto de saltar, y tú pareces tan tensa... Los niños se dan cuenta de esas cosas y les afectan. Sabes que yo estoy aquí para lo que necesites, ¿verdad, cielo? Y tu padre, aunque es de pocas palabras, también.

Mi padre me observaba y asentía con la cabeza. Desde que Sam nació, mi admiración por Alba madre no paraba de crecer. Contemplaba la forma segura y dulce de ser ella misma, de ejercer la maternidad convencida de su destino, mientras yo vivía sacudida por una marea de contradicciones. Es verdad que el amor que sentía por Sam lo inundaba todo; pero cuando parecía que por fin iba a poder reposar calmada en la orilla, surgía una nueva ola, el ansia de desprenderme de ese amor que me arrollaba y sometía.

Iba a responder que no pasaba nada, que el trabajo de Artemio era muy absorbente, que la violencia del terrorismo lo afectaba, más que al resto de nosotros, por su profesión, pero no pude. Mi padre había conectado el televisor. El telediario del mediodía mostraba las imágenes de la primera de las Torres Gemelas en llamas.

Eran las tres de la tarde en España y las nueve de la mañana en Nueva York. Las primeras informaciones apuntaban a un accidente de avioneta y a un terrible fallo de seguridad aérea, mientras especulaban con el número de muertos y heridos.

Contemplábamos atónitos la torre humeante y a cientos de personas huyendo del caos, cuando un segundo avión colisionó con la otra torre. Esta vez, entre la agitación y el asombro, los reporteros informaron de que se trataba de un vuelo que había sido secuestrado tras despegar en Boston. El aterrizaje estaba previsto en Los Ángeles, pero había acabado estrellándose en Nueva York con 81 pasajeros y 11 tripulantes a bordo. Ya se hablaba de un atentado terrorista de al-Qaeda.

Acostumbrados a que estos sucesos ocurrieran en países pobres de Oriente Medio, las torres del moderno World Trade Center, envueltas en llamas y humo, nos parecían irreales, la escena de una película de acción americana. Pero enseguida la incredulidad dio paso al espanto. Las personas se lanzaban al vacío desde los pisos superiores para huir de las llamas. En la pantalla, eran del tamaño de las hormigas, pero nuestra homofilia natural enseguida reconoció en los cuerpos estadounidenses de blancos occidentales y cristianos, los del padre trabajando o del hijo que hace prácticas del máster en una empresa. Los cuerpos de los nuestros se estampaban contra el pavimento, y los gritos de auxilio de los heridos atrapados entre amasijos de escombros se colaron en nuestra casa, a más de cinco mil kilómetros.

«Estamos en guerra, esto es la tercera guerra mundial». Alba madre temblaba y rezaba entre sollozos. Mi padre la consolaba e intentaba tranquilizarla. Mientras la abrazaba, trataba de convencerla de que el mundo no era como en la Edad Media. «Hemos avanzado, Alba, cariño, para bien y para mal. Los países occidentales no dejarán que haya una guerra en su territorio. No tienes nada que temer».

Cuando se calmó, pensé en Artemio. Ignoraba si esta nueva forma de violencia terrorista influiría también en su trabajo, si no vendría a acentuar la gran preocupación que ya nos ahogaba por la violencia de ETA. A veces, sentía que la tensión era un miembro más de la familia. Decidí ir yo misma a buscar a Sam al colegio. Estaría inquieto y formulándose mil preguntas que su profesora acallaría para evitar que la agitación se extendiera entre los pequeños. Yo sabía que mi hijo necesitaba respuestas para serenarse.

De camino, pensé en las palabras de mi padre. Habían pasado más de doce siglos desde el inicio de la expansión del imperio musulmán. Sin embargo, allí seguían aquellos hombres que se inmolaban y acababan con la vida de miles de personas por la misma razón: un dios implacable que prometía el paraíso tras la muerte. Cristianos occidentales y musulmanes orientales volvían a enfrentarse como dos mundos opuestos. La fría mano del pasado surgía de la tumba de nuestros ancestros y nos agarraba por el cuello. Estudié Historia porque creía que yo podría levantar los velos de los relatos inventados por vencedores y buscar la verdad, que mi tesis contribuiría a esclarecer el periodo oscuro de la Alta Edad Media.

Me sentí absurda. La verdad me golpeaba y se manifestaba cruel, lejos de tesis doctorales. Cuando un país es derrotado en una guerra, no es la patria la que sufre. Eso es una metáfora. Es el soldado herido quien sufre, es la mujer que ve morir a su hijo quien sufre. Las causas de las guerras que reflejan los libros de historia —banderas, patrias, religiones— son ficticias; el dolor y la muerte, reales.

A la hora de la salida, los niños de infantil formaban en fila para bajar al patio. Todos corrían para ser el primero. Cuando llegué, Sam aún no había bajado. Reconocí a Aurora, la madre de Paula. Como sospechaba, en el colegio no se hablaba de otra cosa que de los atentados. Sonó el timbre y, al abrirse la puerta, los niños se abalanzaron sobre sus madres y los bocadillos de la merienda.

Sam sonrió feliz al verme y me abrazó tan fuerte, con tanta

alegría, que sentí una punzada de remordimiento, como si al dedicar tanto tiempo a la tesis, lo estuviera traicionando. Pensé que el amor que sentí cuando nació sería suficiente para convertirnos sin más en una familia de seres felices con una relación perfecta. Casi cinco años más tarde, empezaba a comprender algo tan sencillo como que el amor no lo puede todo, ni siquiera el desinteresado amor de una madre. O quizás mi amor tenía impurezas, era de segunda categoría. No me sacrificaba lo suficiente. Porque las madres de primera, las sublimes, se entregan hasta el vacío, porque eso es ser una madre, la que da todo por sus hijos.

Por eso, ni Sam ni Artemio ni yo éramos felices, porque yo era una egoísta, no solo continuaba dando clases en la facultad por las mañanas, sino que además, dedicaba las tardes a elaborar una tesis que a nadie le interesaba tanto como que cuidara de mi hijo.

—Qué bien, mamá, has venido a buscarme. ¿Y Elena?

—Le he dado el día libre. Hoy te toca madre gruñona —bromeé—. Vamos al parque a jugar con tus amigos. Se me ha olvidado el bocadillo, pero compraremos algo de camino.

—No, mamá, quiero merendar en casa contigo.

Sentí un inmenso alivio. Yo no sería la mejor madre, pero sin duda, él era el mejor hijo.

Ya en casa, Sam merendó e hizo los deberes deprisa, después me pidió que le contara la historia antigua antes de que Artemio llegara.

—¿Qué historia, Sam, la del libro viejo? —Así llamábamos a la edición que Gerardo me había regalado.

—No. Quiero que me leas la tuya, lo que ocurrió de verdad entre moros y cristianos hace muchos años.

—¿La tesis doctoral? ¿A eso te refieres, cariño? Es muy aburrida.

—No, mamá, quiero que me cuentes nuestra historia, la que llevas dentro.

Una especie de aire helado arrastró la sangre de mi cuerpo. ¿Cómo había entrado Sam en mi sueño? No, no era un sueño. Sam se había expresado con sencillez infantil, era la historia que yo llevaba en las entrañas desde que lo concebí. En mi mente, irrumpieron los dos dibujos que le había mostrado a Ágata. Abrí mi cartera, los saqué con nerviosismo y los coloqué uno junto al otro sobre la mesa de la cocina. Los analicé de nuevo con otra perspectiva. Busqué las diferencias como en los pasatiempos del periódico. Las madres: una interpuesta entre el hijo y el padre guerrero, enfrentándose a su violencia; la otra, quieta, al lado del padre fiscal, muda y resignada ante la tumba del hijo. En ese preciso instante caí en la cuenta de lo que por ser evidente había pasado por alto. Un miedo indefinible, pero vívido, palpable, se adueñó de mí.

En el dibujo de la familia medieval, el muchacho estaba vivo, protegido por el cuerpo de su madre. En el actual, Sam estaba muerto.

ZULEMA
VILLA GODOMAR

Sentados en la mesa, uno frente al otro, Adulfo empapa el pan en la leche caliente del cuenco y come con premura, mientras Zulema estruja la desesperación entre las manos y le implora clemencia con la mirada. El guerrero no le habla, no la mira. Alza el cuenco con *melus* y bebe a grandes sorbos con el ansia de quien intenta olvidar. El licor lo embriaga, el sopor empaña sus ojos. Cuando el plato y el cuenco están vacíos, se levanta de la mesa a trompicones y se desparrama en el lecho. Cae dormido al instante, entre broncas respiraciones. A Zulema le parecen los bramidos de un animal herido por la traición. Un repentino remordimiento le corroe el pecho, quisiera consolarlo, abrazar su hombría derrotada, decirle que ella no es culpable de su dolor, que ha sido la vida quien los ha puesto uno junto al otro y les ha acorralado en esa pesada soledad, en ese terrorífico silencio que ninguno merece, tampoco su hijo Akar.

Pero la angustia la amordaza y el miedo le congela los huesos. Se levanta de la mesa, atiza la lumbre y se acuesta en la yacija vacía donde dormían sus hijos, al otro lado de la estancia. Abrazada a las cobijas, aspira el hedor del barro y el guano con los que Isenhard y Akar hicieron el adobe para la cabaña refugio. Por más que se lavaran en el río, el olor se les quedaba impregnado en el pelo, en la piel, en las manos. Intenta pensar en algo bello, algo que calme la inquietud clavada en su corazón, pero en Villa Godomar, este poblado árido y frío, Zulema ha olvidado las cosas dulces. Los ojos se le cierran poco a poco, las pupilas se mueven tras los párpados, saltan de un recuerdo a otro, desdibujando el presente, y la somnolencia se empapa del aroma a pan recién horneado, el olor tierno y cálido de Akar al nacer.

Cuando Zulema sintió los pinchazos que anunciaban el parto de su pequeño, la luna llena de Rayab iluminaba el cielo lleno de estrellas. Unas estrellas gordas, hinchadas de noche, que alumbraban un claro de bosque en el monte Auseva. Los jefes de linaje, reunidos en asamblea alrededor de la hoguera, planeaban la rebelión contra el valí. El soberbio y codicioso Munuza, gobernador de Ifriquiya, nombrado por el califa valí de la zona norte de Hispania, exigía inflexible que al final de la cosecha cada varón acudiera a Gixon a satisfacer el tributo, la Yizia. Los obligaba a pagar en su presencia, sin caballo, a pie y con la cabeza gacha como gesto de sumisión, agradeciendo que les hubiera perdonado la vida tras la derrota. Su esposo regresaba de la expedición cada vez más taciturno y malhumorado, con más rabia envenenándole el alma.

Hacía varias lunas que un puñado de hombres cansados de humillarse se negaron a pagar. Munuza había enviado al más fiero de sus generales, el yemení Alqama, a someterlos. Los cristianos rebeldes sabían que si les daba alcance mataría a todos los hombres y esclavizaría a mujeres y niños. Varias familias de linaje astur y otras de godos acogidos a su hospitalidad abandonaron las tierras del poblado de Bres y huyeron a la montaña cruzando el río Piloña.

Zulema observaba la reunión desde el umbral de la cabaña con Isenhard de la mano. La voz de Adulfo se oía por encima de todas:

Hablo yo, Adulfo, de la estirpe goda. Me negué a capitular en Toledo y os digo que no dejé atrás mis tierras para vivir escondido en estas montañas como conejo en madriguera. Ningún sarraceno me obligará otra vez a bajar la cabeza e implorar por mi vida y la de mi familia. Lo juro por Dios Nuestro Señor, el único verdadero.

Zulema no sabía cuánto de lealtad al rey y cuánto de temor a perderla había en ese juramento. Recuerda la precipitada huida de Toledo hacia el norte con Isenhard en los brazos. Otros nobles visigodos se apresuraron a capitular y a pactar con los musulmanes el pago del Jarach para mantener las tierras. Adulfo no se rindió y tuvieron que abandonarlas como botín de guerra para los sarracenos.

No era la primera vez que Adulfo se negaba a pactar con el enemigo musulmán. Antes de que el infame Rodrigo fuera derrotado y muerto en Guadalete, Yussuf y su padre intentaron liberarla ofreciéndole una gran fortuna. Pero su esposo resolvió que no había oro suficiente para comprar la libertad de su esposa, y una vez que nació Isenhard su prisión se tornó inexpugnable. Si Adulfo hubiera pactado, el acuerdo habría servido de puente de paz en el corazón dividido de Zulema. Hubieran podido seguir viviendo en Toledo con el respeto de los musulmanes y el apoyo de Yussuf y de su padre. Pero movido por la fe ciega en Dios y su rey, Adulfo decidió luchar y no dudó en sumir a los suyos en la desgracia de una vida de guerra.

Después de su esposo, arengó el jefe de los astures.

Hablo yo, Pelayo, de linaje Astur, hijo de estas montañas. Y digo a los godos que están refugiados en nuestras tierras que jamás nos sometimos a su rey Rodrigo, aunque acogimos a sus leales tras su derrota por odio a la traición. Fueron los de vuestra sangre, los godos de Witiza, quienes, ávidos de poder, os vendieron a los infieles y traicionaron a Dios. Y tampoco me volveré a humillar ante los sarracenos, defenderé mi casa, mi familia y mis campos con esta espada de Cristo que ha hundido la lengua de carpa en el corazón de toda clase de enemigos.

Alto, espigado, con cabellos y barba largos y oscuros, el astur hablaba con elocuencia y elevaba su hierro al cielo con energía. En el rostro de los suyos se leía la admiración. Cesó el discurso, avanzó con zancadas de dignidad hasta el fuego y clavó con un solo golpe la espada en un montículo rocoso. El más viejo de los jefes de linaje llenó un cuenco con agua del arroyo y se lo ofreció con palabras solemnes: «Al pie de esta nogaleda, a la orilla de este río, quien tenga sed, que beba». Pelayo bebió de un trago y los líderes astures golpearon sus escudos aclamándolo entre gritos.

Él, Pelayo el Astur, era el Princeps. Los pocos fieles a Rodrigo que siguieron a Adulfo desde Toledo permanecían a la expectativa, callados, observándolo, conscientes de que serían derrotados en la votación. Zulema los había escuchado la noche anterior, reunidos en la cabaña, mientras animaban a su marido para liderar la revuelta contra el Valí. Adulfo deseaba ser el elegido con toda su alma y se sentía orgulloso, pero los godos eran menos numerosos y no conocían tan bien el terreno como los astures, y tampoco estaban seguros de poder imponerse en la elección.

Proclamado Pelayo líder de la insurrección, comenzó a hablar de una emboscada en el desfiladero y de una cueva cercana donde esconderse. Arengaba a unos y otros. No tenían que temer a los sarracenos, aunque fueran muchos, desconocían el terreno escarpado de las montañas; y ellos, astures y godos, eran guerreros duros y bravos, mucho más que los bereberes, acostumbrados a las blanduras del desierto. Los astures le vitorearon de nuevo y corrieron a sus cabañas para regresar con armas, que arrojaban en el centro de la reunión. Las llamas de la hoguera alumbraron de bronce arcos y saetas, puñales, espadas cortas de antenas, hachas de talón y doble filo, lanzas, hondas, anillas y falcatas. Armas que cortaban, herían y mataban, armas que se hundían en la carne del hombre, pero no alcanzaban al espíritu de Dios. Al verlas, Zulema sintió que la mano de Isenhard apretaba con fuerza la suya y una nueva punzada, más aguda que las anteriores, la obligó a doblarse sobre sí misma; el líquido caliente bajaba por sus piernas, a su alrededor se formó un cerco de tierra húmeda. Se sujetó el vientre y le dijo a su hijo que avisara a Sara para que la ayudara: su hermano estaba a punto de nacer.

Sara lo dispuso todo con movimientos seguros y precisos, que habían pasado de mujer en mujer a través de los siglos. Le daba bebedizos, le limpiaba el sudor con paños húmedos que olían a menta y le presionaba con cariño el vientre mientras decía: «Ya queda poco, niña». Apenas sintió dolor. Akar encontró pronto la salida al mundo y se deslizó con suavidad entre las manos firmes y nervudas de la judía. Su llanto al respirar parecía más un grito de júbilo por la vida que el lamento temeroso de un recién nacido. Sara lo recostó sobre su corazón, cortó el cordón y limpió la sangre de su cuerpecito con los paños hervidos. Zulema lo miró y se sintió hechizada por su cara restregada de luna, irisada de estrellas, por su boca humedecida, abullonada. Acarició su cuerpo, trasparente como el rocío de la noche, pequeño, pero vigoroso y cubierto de una pelusa oscura y suave como la piel del melocotón. Entonces, el olor dulce, cálido y amable del pan recién horneado se abrió paso entre el de la sangre y los ungüentos y embriagó sus sentidos. Y su pecho se hendió por la alegría.

El llanto de vida de Akar alertó a Adulfo del nacimiento. Acudió a la cabaña, y al ver a su nuevo hijo, arrojó la espada al suelo, tomó el escudo y cubrió el envés con una piel de lobo. Sus manos grandes y fuertes posaron al recién nacido con delicadeza en la cuna improvisada y regresó a la asamblea. En el centro del círculo, junto al fuego, lo alzó orgulloso sobre su cabeza y gritó al cielo.

—Este es mi hijo, sangre de mi sangre goda. Se llamará Akar, espada de Dios, un valiente guerrero cristiano. Nacido durante esta asamblea, esta que os muestro es la señal divina de nuestra victoria.

Akar fue el bálsamo del orgullo herido de su esposo aquella noche. El hijo recién alumbrado, bautizado como guerrero con la espada. Ella hubiera querido llamarle Hilal, luna nueva, o Basim, el que sonríe toda la vida, porque los nombres nos marcan. Isenhard, entretanto, recostado junto a ella en el lecho, la acariciaba para consolarla como si hubiera adivinado su pena.

Akar, dónde estará ahora, ha vivido tan poco. Los gemidos de Adulfo dormido sobresaltan el ensueño de Zulema. Asustada, se incorpora en la yacija. No ocurre nada. El guerrero habla en sueños. Suelta un hipo, luego una risotada, vuelve a gemir y, finalmente, respira pausado. Ella se tranquiliza, y en ese instante lleno de silencio, le parece oír unos golpecitos en la ventana. Posiblemente sean las ráfagas del viento contra la madera. Se remueve en el camastro y se acomoda para evocar de nuevo la feliz ensoñación. Vuelve a oír el ruido; son golpes de nudillos y un susurro de mujer: «Soy yo, Sara». Se levanta de un brinco y se acerca al hueco de donde proviene el sonido.

—Gracias a Dios, amiga mía. ¿Dónde está Akar? ¿Sabes dónde está mi niño?

—Está bien, tranquilízate. Está a salvo con Yussuf en el campamento árabe.

—Bendita seas, Sara, la angustia me apuñalaba el pecho, creía que había muerto. —Zulema eleva sin querer un suspiro profundo y Adulfo se remueve en el lecho.

—Shhh, niña, nos van a oír. Si nos descubren, nos matarán. ¿Ha preguntado alguien por mí estos días?

—No, no creo.

—Está bien, mejor ser muda e invisible. Mañana, cuando en

tierren al hijo del herrero y estén todos en la ermita, distraídos con el rito, quédate rezagada. Yo iré a tu encuentro y hablaremos. La voz cálida de la judía cesa, las pisadas alejándose de la cabaña se oyen cada vez más tenues.

Akar está bien, sano y salvo, con Yussuf. Es todo lo que necesita saber para que la sangre vuelva a correr con calma por sus venas. El ronquido de su esposo no parece ya un estertor fiero. Solo deberá aguantar un poco más en este poblado frío e inhóspito. Yussuf los rescatará también a ella y a Isenhard muy pronto. Los llevará a Alejandría y ella sentirá de nuevo el aroma de las especias, el calor del sol, los colores tornasolados le bañarán los ojos, correrá libre con sus hijos por la orilla del mar, con la brisa suave acariciándoles la piel, leerá los libros de la biblioteca y sentirá la eterna voz arrulladora de su madre como la música lejana de un laúd. E Isenhard por fin, sonreirá entre los brazos de su abuelo, rodeado de papiros... El sueño la vence poco a poco y Zulema duerme hasta el amanecer.

La despierta el sonido plañidero del cuerno que convoca a funeral desde la cabaña del herrero. Hoy celebrarán el rito por los cristianos que cayeron en la emboscada. Las gentes del poblado acuden a la llamada como si las piernas no pudieran con el peso de la muerte de los suyos, la recrean en el cuerpo del hijo del herrero. El pequeño, amortajado, descansa a la entrada de la cabaña sobre unas parihuelas. Adulfo y otros tres guerreros fuertes lo levantan sobre los hombros e inician el camino para ascender a la ermita, seguidos de la madre y los hermanos. Poco a poco, los escasos hombres que regresaron ilesos al poblado, y el resto de las mujeres y niños se van uniendo a la comitiva. Zulema los sigue rezagada.

Al llegar a la ermita, depositan el cadáver junto a la tumba excavada en la roca. Al lado del hueco ovalado espera una laja de piedra para cubrirlo. El herrero, diestro en la labor, se ha adelantado para preparar la sepultura. Zulema lo ha visto hacerlo decenas de veces a la exigua luz del amanecer: repica con un gran punzón el contorno, rebaja la roca a golpe de pico, repasa y pule el hueco con la azuela, pronuncia los rebordes y esculpe canalillos de desagüe. Esta vez, ha labrado además la figura de un joven jinete desnudo galopando hacia la eternidad en un caballo sin riendas ni ronzal.

Observa el rostro serio y dolorido del artesano, los surcos de su piel parecen hoy más profundos que cuando partió acompañando a Adulfo para la batida contra los sarracenos. La mujer se acerca al cuerpo del hijo y besa la parte de rostro que asoma de la mortaja. A la entrada de la iglesia hay dos cacerolas también excavadas en la roca. El cura echa aceite en ambas; en una se quema y perfuma el aire, mientras bendice el óleo de la otra. Después, entre rezos, unge los ojos del chico: «Por esta santa unción y por su piadosísima misericordia, Dios te perdone cuanto has cometido por la vista», repite la oración con la nariz y después con la boca, borrando así los pecados cometidos por el chico.

Zulema huele la muerte. Aparta la mirada del rostro inerte del muchacho que tanto le recuerda al de Akar y advierte que Sara le hace señas para que se retire del grupo, distraído con la ceremonia.

—Cuenta, Sara, qué ha ocurrido.

—Habla bajo, niña. Ha sido terrible. Alqama me interceptó y leyó la carta. Los bereberes decidieron preparar una emboscada a Adulfo y sus hombres. Yussuf solo pudo retener a Akar para que no resultara herido en la razia. Dejaron los fuegos encendidos, escondieron bajo las gualdrapas montículos de tierra y piedras simulando cuerpos dormidos. Los sarracenos se escondieron en el bosque, y en cuanto Adulfo y los suyos se arrojaron sobre el campamento, cayeron sobre ellos. Los pillaron desprevenidos. Tu marido, tal y como te había prometido, dejó a Akar y al hijo del herrero alejados de la pelea cuidando de los caballos, les prohibió que entraran en combate: «Vuestra misión es la más importante, necesitamos los caballos para huir y ponernos a salvo en Villa Godomar», les persuadió.

—Gracias a Dios, Adulfo cumplió la promesa de proteger a nuestro hijo. Akar está bien. ¿Te dijo Yussuf cuando vendrá a buscarnos?

—Espera, Zulema, hay más. Al leer la carta, tu hermano también accedió a tu ruego y decidió no participar en la emboscada para no herir a ninguno de los tuyos. Buscó a Akar y encontró a los dos chicos con los caballos. Yo lo vi. Vi cómo lo cogía por la espalda y le tapaba la boca para que no gritara. El hijo del herrero, al darse cuenta, sacó la espada y se lanzó con enorme ímpetu sobre Yussuf. Tu hermano sacó un alfanje largo del cinto, y antes de que pudiera cruzarlo para repeler el ataque, el chico se incrustó en él con el propio impulso, vencido por el peso de la espada. ¿Entiendes? Akar vio cómo tu hermano mataba a su mejor amigo cuando intentaba liberarlo. Gritaba y pataleaba mientras Yussuf lo arrastraba. «Te mataré, te mataré con mis propias manos, perro sarraceno», le decía, «Has matado a mi amigo». Tu hermano casi no podía con él. «¡Para!, soy yo, Yussuf, el hermano de tu madre, te estaba esperando, no quería matarlo, pero tu amigo cristiano sí quería matarme a mí». Akar se quedó petrificado, pero enseguida cayó en la cuenta del peligro que corría Adulfo. Comenzó a gritar: «¡Padre es una emboscada, una emboscada sarracena!». Yussuf le tapó la boca, tuvo que amordazarlo y atarlo a un árbol. Luego tomó el cuerpo muerto del chico y lo llevó al campamento. Me ordenó que entretanto vigilara a Akar para que no escapara. Después, regresó y partió con él hacia la ciudad de Amaya. Gracias a Yahvé solo Akar sabe que fui yo quien avisó a los árabes con tu carta. A Zulema se le hiela la sangre a medida que escucha el relato de la judía. Un terror frío penetra en sus huesos. El sol en Villa Godomar no calienta jamás por mucho que los rayos caigan verticales sobre la aldea en el solsticio de verano. El sacerdote, que ha acabado la unción, ahora lee salmos a voz en grito: «¿Hasta cuándo, oh, Jehová, arderá tu ira como el fuego? ¿Qué hombre vivirá y no verá muerte? ¿Cuándo librarás su vida del poder del sepulcro?».

Si Zulema pudiera, cerraría los oídos, se tumbaría en el hueco excavado y se quedaría quieta descansando bajo la laja, porque esa espada, la que atravesó el corazón del hijo del herrero, ha dado de lleno también en el suyo. Quizás está muerta y aún no lo sabe. «Señor, ¿dónde están tus antiguas misericordias?». El cura sigue agitando a los fieles. «Se airaron las naciones, y tu ira ha venido, y el tiempo de juzgar a los muertos, y de dar el galardón a los profetas, a los santos, a los que temen tu nombre, a los pequeños y a los grandes, y de destruir a los que destruyen la tierra. Acuérdate, Señor, del oprobio de tus siervos; porque tus enemigos, oh, Jehová, han deshonrado los pasos de tu ungido».

Quizás los óleos santos han ungido también los ojos de Zulema, y su boca y sus pies, porque solo siente frío, un frío intenso, y oscuridad. ¿De dónde sale esa oscuridad? Hace unos momentos el cielo estaba claro y despejado de nubes. Las palabras del salmo atruenan en la loma. Adulfo deposita el cuerpo inerte del chico en la bañera esculpida y el herrero la cierra con la laja. «Porque el Señor mismo, con voz de mando, con voz de arcángel y con trompeta de Dios, descenderá del cielo; y los muertos en Cristo resucitarán primero», continúa el cura. Zulema exhala con la boca abierta, jadea. Los fieles responden con un murmullo: «Amén, y Amén». El relato de Sara es un eco lejano: Akar amordazado, gritando con la furia de sus ojos, pidiendo que lo liberara, que lo dejara ayudar a su padre; Sara intentando explicarle que sus manos viejas y secas, con las que le había traído al mundo, solo intentaban ayudarlo; Sara contándole que había llevado la carta por deseo de su madre. De haber podido soltarse, Akar la habría matado para acudir a luchar al lado de Adulfo. Las voces se apagan poco a poco, solo oye el ruido de su respiración acelerada que se vuelve un anhelo ronco, silbante. Un montón de burbujas chocan en su pecho, inclina hacia atrás la cabeza, boqueando el cielo. Las piernas se le ablandecen, el pecho se tensa, siente vomitar su sangre. El cielo gira a su alrededor a toda velocidad. No puede moverse, ni hablar ni siquiera hacer señas. La gran cruz, la cruz de la iglesia se mueve, se tambalea, está cayendo sobre ella, sus brazos de flecha apuntan a su cabeza. Grita y se desploma.

ALBA
BILBAO

Amaba a mi hijo. Era mi responsabilidad, pero hasta el día del atentado de las Torres Gemelas no había tenido ningún interés intelectual para mí. Me había vuelto domesticable para satisfacer sus necesidades, le había cedido el terreno de mi propia existencia de mala gana. Pero cuando Sam me pidió que le contara la historia de la familia que yo llevaba dentro, sentí una enorme excitación. El hijo, carne de mi carne, se descubría ante mí como cerebro de mi cerebro. Intenté buscar una explicación racional al lazo mental e invisible que nos unía. Busqué en bibliotecas, en revistas de bebés, comencé a leer todos los manuales de maternidad que no había leído hasta entonces y encontré la respuesta en un estudio de J. Lee Nelson. La investigadora americana había descubierto que durante el embarazo las células de los hijos pueden escapar del útero y desperdigarse por el cuerpo de la madre. Después del nacimiento, permanecen en ella y forma parte de su corazón latiente hasta la muerte. En algunos casos, incluso llegan a curarlo si está enfermo. Llamó al fenómeno microquimerismo fetal.

Como en la quimera de la mitología griega, mezcla de león, cabra y dragón, mi cuerpo albergaba partes de Sam que me acompañarían toda la vida, y algunas habitaban mi mente. El estudio decía que aún no se había podido averiguar en qué medida determinaban el comportamiento de la madre las células del bebé que pasaban a su cerebro.

Una fusión tan estrecha me entusiasmaba y me sobrecogía a la vez. Por fin, había descubierto pasión en la maternidad, el embarazo me había transformado en quimera, imaginación, sueño, mito, ilusión, fascinación... Y no estaba loca, había una explicación científica. No solo yo formaba parte de Sam, también él formaba parte de mí. Cambió mi forma de entender la vida.

Algo más me hizo vivir aquel descubrimiento con alegría: Artemio, excluido de esa fusión, se había equivocado. Los mensajes de la mujer medieval y su hijo no me pertenecían solo a mí, eran eslabones de una cadena de eternidad que me unía a Sam.

Sueños, mensajes, tesis doctoral, elementos que se relacionaban más allá de mi voluntad parecían trazar un camino de obligado recorrido relacionado con el designio de nuestras vidas.

Empecé a pasar más tiempo con Sam y a compartir con él mis pensamientos. Le hablaba sobre mi tesis y le leía párrafos bélicos del *libro viejo*, la obra de Miguel de Luna que me había regalado Gerardo. Mi hijo se convirtió en mi mejor confidente.

A pesar de que oculté el asunto del microquimerismo a Artemio, notaba que la complicidad que detectaba entre nosotros lo perturbaba. Días después de los atentados de Nueva York, Sam me pidió que jugáramos a batallas entre moros y cristianos. Sentada en la sillita de madera que llevaba su nombre, le conté la batalla de la cueva de Covadonga, el supuesto inicio de la reconquista de la península por los cristianos, como si fuera un cuento.

Después sacamos las figuras de LEGO y convertimos los muñecos de *Star Wars* en guerreros cristianos y musulmanes. Con las piezas del mecano, cajas de cartón y papel de plata construimos el campo de batalla: un monte, un campamento árabe, rocas, un río... Sam improvisó la cueva en el interior de la tienda de campaña india que le habíamos regalado por su cumpleaños. Representamos la batalla: Pelayo con sus soldados en el monte Auseva, el ejército moro de Alqama con muchísimos soldados a la entrada de la cueva. El obispo Opas, que se había unido a los árabes, subido a un montículo para convencer a Pelayo de que se rindiera.

Yo le ponía una voz atronadora al obispo, hermano de Witiza y aliado de los sarracenos.

—Pelayo, Pelayo, ¿dónde estás?

Sam, convertido en el digno Príncipe Astur, se asomaba por la abertura de la tienda y respondía:

—Aquí estoy. ¿Qué quieres, obispo traidor?

Poseída por Opas, le contesté:

—Hasta hace poco toda España estaba unida y mandaban los visigodos, pero han sido vencidos por los musulmanes. Solo quedas tú con los tuyos en esa cueva. No podrás resistir. Ríndete y salvareis la vida.

Pero Sam/Pelayo, investido de la autoridad del héroe cristiano, no se arredró y dijo sin titubeos:

—Yo soy cristiano. No tengo miedo, acabaré con todos los moros con la ayuda del Dios verdadero.

Comenzamos a dar vida a la batalla en el escenario de juguete. Movíamos los brazos articulados de las figuras, los soldados imperiales, convertidos en salvajes sarracenos, iniciaron la batalla. Las pistolas futuristas hacían de hondas, las espadas galácticas, de lanzas y los fusiles fueron reconvertidos en catapultas.

Yo lanzaba bolas de papel de plata con fuerza hasta la cueva, pero allí, la Virgen María, una réplica de una tabla flamenca que adornaba la cabecera de nuestra cama, manejada hábilmente por Sam, las devolvía a los musulmanes. Los sarracenos caían bajo sus propias piedras y flechas. De la tienda de campaña india salían bolas que caían como rocas sobre el campamento árabe y lo arrasaban. Los soldados de plástico huían despavoridos; otros yacían en el suelo. Los caballos articulados galopaban en las manos de Sam, que gateaba a gran velocidad entre el decorado; algunos, heridos por las saetas, emitían quejosos relinchos.

El suelo de la habitación quedó cubierto de muñecos destartalados y piezas desencajadas. La Virgen sonreía desde la tabla flamenca. Un magnífico campo de batalla construido por la mente de Sam con la visión cristiana de la *Crónica Albelda*.

Observé su rostro, las mejillas sonrosadas por la excitación, los inmensos ojos azules brillando de curiosidad.

—¿Así fue en realidad, mamá? ¿Así lo has escrito en tu tesis?

Me sentía feliz, orgullosa de su imaginación, de su curiosidad.

—Verás, hijo, es difícil saber lo que ocurrió en la realidad, hace tantos siglos... A eso nos dedicamos los historiadores, es lo que investigo en la tesis. Cuando hay una guerra, una batalla, hay vencedores y vencidos; y, al menos, dos formas diferentes de contar lo que ocurrió. Los musulmanes dicen otra cosa.

—¿Qué dicen, mamá?

—Los libros escritos por ellos narran que, en aquellos tiempos, se alzó un asno salvaje llamado Pelayo en tierras del norte de Hispania. Los musulmanes habían conquistado casi todo el país, los pocos cristianos que no se habían rendido huyeron al norte. Solo quedaba por invadir un monte donde Pelayo se refugiaba con un pequeño grupo de familias cristianas. Los musulmanes lo atacaron sin cesar hasta que apenas quedaron un puñado de hombres y mujeres. La mayor parte de los cristianos murió de hambre. No tenían otra cosa para comer que la miel que dejaban las abejas en los agujeros de la roca. Al cabo de un tiempo, los musulmanes, cansados, los despreciaron: «Treinta asnos salvajes, ¿qué daño pueden hacernos?», y se fueron a conquistar otras tierras.

Sam se echó a reír.

—¿Asnos salvajes?

—Así es, hijo, burros. Para los cristianos, la de Covadonga fue una gran batalla y Pelayo un héroe al que ayudó la Virgen. Para los musulmanes, una pelea de nada y Pelayo un burro. Los árabes no se rindieron ni huyeron, fue Alá quien les ordenó que avanzaran a la conquista de tierras más interesantes.

—Mamá, si los cristianos eran tan fuertes y muchos, ¿cómo pudieron conquistarlos los moros?

—Bueno, sobre eso también hay diferentes teorías. Incluso algunos piensan que no utilizaron la fuerza; lo más probable es que parte de los cristianos los ayudaran a entrar en Hispania. Cuando los musulmanes la invadieron, vivían juntas gentes muy diferentes: iberos, vascones, astures..., que practicaban religiones distintas. La mayor parte de la península estaba dominada por los visigodos, pero entre ellos se llevaban mal. Por un lado, los partidarios de Witiza querían poner en el trono a su hijo mayor; y por otro, estaban los que seguían a Rodrigo, nombrado rey por los señores godos, según su costumbre. Los witizianos ayudaron a los musulmanes en los inicios de la invasión, pues pensaban que los ayudarían a poner a su rey en el trono.

—Mamá, ¿tú crees que Dios existe?

—¿Por qué me preguntas eso?

—Todos dicen que su dios es el bueno, el único y el verdadero. Pero hay guerras, los hombres se matan y Dios no hace nada para que se lleven bien.

La curiosidad de Sam no dejaba de sorprenderme. Su mente virgen, ávida de verdad, comenzaba a acercarse al mundo real antes que los demás. Ágata tenía razón, su inteligencia era extraordinaria. Después de su diagnóstico, comencé a prestar más atención a otros niños de su edad y advertí la diferencia. Mi hijo se adelantaba a mis explicaciones con sus preguntas y aprendía a una gran velocidad. Su profesora también me dijo que leía y comprendía las fichas de actividades por sí mismo, que estaba muy adelantado para su edad. Durante el recreo, no quería jugar al balón, prefería leer cuentos y no hacía más que preguntas, curioso. Aquella actitud lo aislaba de sus compañeros.

Habíamos decidido, por cómoda inercia, que Sam estudiara en el mismo colegio religioso que Artemio, y ahí estaba la primera frontera: el Dios verdadero. Sabía que luego vendrían otras: las ideas políticas auténticas, los dogmas científicos, los prejuicios sociales santificados. Traspasar fronteras mentales exige una fortaleza extraordinaria. La misma que doce siglos atrás había tenido un niño refugiado en la soledad de una cueva rodeado de papiros, convertido en un infeliz ermitaño, protegido con una espada transformada en cruz, incrustada en un arco mozárabe; la misma fortaleza de una mujer que, lejos de su mundo árabe, se convertía en madre de los hijos de un caudillo cristiano. Ante mí, un Sam explorador, de cerebro despierto y ágil, atravesaba los límites de forma tímida e ingenua y me interrogaba. El destello de su curiosidad brillaba en sus pupilas posadas en mí, y yo las sentía como los focos del policía que intenta arrancar una confesión. Respondí entre titubeos, dudando entre protegerlo con fronteras o darle la mano en la búsqueda de sus propias verdades.

La curiosidad de Sam, su forma de comprender el mundo desde tan pequeño, le traía problemas. No podía pasar un día más sin que Artemio y yo habláramos sobre cómo abordar la educación de nuestro hijo.

Nos interrumpió el sonido de la llave girando en la cerradura. Miré el reloj. Los siglos habían avanzado a gran velocidad en la habitación de juegos. Eran casi las diez y Sam aún no se había bañado ni yo había preparado la cena.

—Es papá, cariño. Se ha hecho muy tarde.

Oímos los pasos acercándose al cuarto. Grité: «Hola, ¿Artemio?». No contestó al saludo, se plantó en el umbral de la puerta escrutando el desorden del campo de batalla. Sam estrujó con fuerza el cuerpo maltrecho de un soldado sarraceno que aún tenía en la mano. Los ojos inquisidores del padre se posaron por unos segundos en mi regazo donde reposaba la vieja edición, luego se dirigió a Sam con gesto agrio y una violencia imperativa:

—¡Recoge inmediatamente tus juguetes!

Intenté replicar.

—¡Tranquilo, Artemio! Me he despistado, se nos ha ido el tiempo jugando. Preparo la cena y después recogeremos.

—Te pasas el día mimándolo, es un vago. Es él quien tiene que ordenar su cuarto.

Sam, nervioso, comenzó a recoger torpemente. Intentaba abarcar demasiadas piezas a la vez y se le caían al introducirlas en la caja. Todo estaba tan revuelto que tropezaba con los soldados y los caballos desparramados en el suelo. Artemio comenzó a gritar: «¿Eso?, ¿eso es recoger? ¡Mira! Yo también ordeno así». Cogía las figuras y las estampaba contra la pared. Estaba furioso. Encerró a Pelayo en su puño y lo acercó a la cara de Sam como si fuera a incrustárselo. Nuestro hijo retrocedió y resbaló al pisar una bola de plata. Cayó sobre la tienda india y rompió a llorar. Me abalancé sobre él, le rodeé con mis brazos y lo acuné: «No pasa nada hijo, no ha sido nada».

—¿Se puede saber qué te pasa, Artemio?

No contestó, pero podía leer la rabia en las arrugas de su rostro, en sus ojos inyectados en sangre. Salió dando un portazo. Sam no paraba de llorar, así que le preparé la bañera con agua caliente y burbujas de jabón. Cuando se calmó, lo dejé jugando con un barco e hice la cena. Al ponerle el pijama, aún hipaba de congoja. No quiso comer nada, ni siquiera las croquetas de mi madre que tanto le gustaban. Se quedó dormido sobre la mesa de la cocina, mientras yo le susurraba que su padre había tenido un mal día en el trabajo, que el enfado no tenía que nada que ver con él.

Cuando lo acosté, entré a tientas en mi dormitorio, Artemio estaba en la cama. Encendí la lamparita de la mesilla y busqué el camisón bajo la almohada. Mientras me desvestía, observé su rostro contraído, tenía los párpados cerrados, aunque no parecía dormido. Se le veía tan cansado como el guerrero que regresa derrotado de una dura batalla. En los ámbitos judiciales, la beligerancia de Artemio hacia la banda ETA era bien conocida. Él sabía que esa actitud lo ponía en el centro de la diana terrorista. Y yo no servía de mucho a la hora de crear la atmósfera del hogar ordenado y en calma que debía acogerlo al final del día. Hubiera hecho cualquier cosa para volver cinco horas atrás y evitar el doloroso episodio de rabia. Mi marido estallaba cada vez más a menudo por cualquier nimiedad, sobre todo con Sam. Sentía una dolorosa necesidad de conseguir que comprendiera que no podía seguir así, que la violencia de la banda lo había alcanzado y nos hería. Los ataques de ira estaban acabando con nuestra familia. Se removió entre las sábanas como si pudiera oír mis pensamientos

—¿Estás dormido? —pregunté.

Sin moverse ni abrir los ojos respondió:

—Lo siento, siento haberme puesto así. Mi nombre ha aparecido en los papeles incautados a esos cabrones del Comando Madrid. Desde mañana llevaré escolta.

Intuí la humedad de las lágrimas contenidas en los párpados cerrados. Se dio la vuelta en la cama con el rostro hacia la pared para ocultar la impotencia. Extendí la mano para acariciarle la nuca, pero la visión del rostro de Sam congestionado por el llanto me detuvo a medio camino.

Hacía frío. Subí la calefacción antes de acostarme. Nuestros cuerpos en los márgenes del colchón no se rozaron durante la noche, defendieron el territorio espalda contra espalda.

ZULEMA
VILLA GODOMAR

«Respira, mujer. Ha llegado el alba. Recobra el hálito de la vida. Eres madre. A las manos que ahora te sostienen te debes. Esperan que despiertes para que las guíes a través de los siglos». La voz de la mujer extraña, la que habita los sueños de Zulema, truena en su cabeza sin consciencia. Le es familiar, parece que la hubiera escuchado en otra vida. O en el momento de nacer, como si fuera la voz de la madre muerta hace años, o quizás la que puso sonido a la primera palabra que salió de su propia garganta.

La oye como un eco del universo mientras un penoso ahogo le aplasta el corazón. No puede moverse ni hablar ni hacer señas. El pecho, distendido e inmóvil; los músculos, rígidos y tirantes como cuerdas de un arpa. Forcejea agonizante para robarle un bocado al aire. El cuerpo le arde entre regueros de sudor. Un paño frío se desliza suave por su frente y la alivia por unos instantes. Abre lentamente los ojos y, entre nubes de vapor, distingue el rostro preocupado de Sara, pero vuelve a cerrarlos vencida por el peso de los párpados. Unas manos pequeñas, amorosas, sostienen con suavidad su cabeza y la levantan hasta que siente el roce del borde de un frasco en los labios. Reconoce el fuerte olor del alcanfor y del beleño; el remedio de la judía para la asfixia. «Bebe, niña, arrojará los pensamientos tristes, alejará las almas en pena que te hablan en sueños, calmará el dolor en tu pecho y pondrá fulgor en tu mirada».

«Madre, bebe, por favor. Despierta, no me dejes solo». La voz de Isenhard suena frágil y quebradiza, a punto de llorar. Quiere acariciarlo y gritar: «No te rindas, hijo, no lo hagas. Tú eres fuerte, aunque yo no esté, eres fuerte», pero la garganta no le responde, los labios apenas consiguen exhalar un susurro.

Oye el crepitar de la leña en el fuego. La resina, el romero, la salvia y la mejorana hierven en la olla. La mezcla de aromas inunda la cabaña.

«Madre, no te mueras, no me dejes». Zulema ya había oído las palabras de su hijo en la boca de Yussuf, muchos años atrás. Entonces, ella, una niña pequeña, no entendía por qué todos: su hermano, su padre, Amina, las sirvientas... tenían el rostro compungido. Solo su madre permanecía serena, callada, tumbada sobre la cama, vestida de blanco, los rayos de sol iluminando su piel de ébano. Su perfume de jazmín sobrevolando la estancia. Estaba tan bella con los oscuros ojos entornados, solemne como una reina dormida.

Durante años, cuando su hermano le hablaba de ella, lamentaba haberla olvidado, o peor, temía haberse construido una imagen falsa con los retazos de los recuerdos de otros. Sentía el olvido como una traición, y el remordimiento le hería el alma. Por eso, cuando recuperó su recuerdo en el desierto, una esperanza abstracta e indefinida nació en su corazón. La caravana avanzaba desde El Cairo hacia Alejandría, los pensamientos de Zulema se encadenaban como las dunas, sin orden ni concierto: ella en los brazos de Asra; Yussuf en brazos de la guardiana del palacio, Amina sollozando en la despedida, el mar Rojo, la navegación por el Nilo... Los pendientes de esmeraldas que Yussuf le había comprado en el bazar danzaban en sus orejas al ritmo del camello.

Durante los tres días que duró el viaje, el paisaje era siempre distinto ante sus ojos. Observaba, perpleja, el perpetuo y suave movimiento de la arena y sentía que no eran ellos, sino la propia tierra la que viajaba a su alrededor. La planicie en forma de regazo, el viento preñado de polvo dorado, la tibieza del aire, las dunas turgentes como pechos maternales y los oasis fértiles y húmedos, igual que las partes privadas de una mujer le devolvieron el cuerpo y el rostro de su madre. Allí, en el silencio único e infinito del desierto blanco de Farafra, allí donde solo resuena lo esencial, recuperó su voz pura y sus palabras limpias: «Soy yo, Zulema, tú habitas en mí y yo en ti. Nacemos para vivir, hija, nada más. Vive, esa es tu tarea. Tu vida solo te pertenece a ti».

Las palabras se alejan, intenta retenerlas, gritar que vuelvan, pero su lengua es esparto viejo; le duelen los labios cuarteados: «Agua». Lo ha dicho, apenas perceptible, pero el hilo de voz ha llegado hasta Isenhard, que descansa junto a ella con el oído atento y la cabeza apoyada en la yacija. «Agua, Sara. Ha dicho que quiere agua. Eso es buena señal, ¿verdad?». Zulema hace acopio de fuerzas para incorporarse. Su hijo la ayuda mientras Sara le acerca el vaso de barro a la boca. Da varios sorbos con avidez y el líquido se le desparrama por la comisura de los labios. Tose y lanza un esputo verdoso. Sara la limpia. «Despacio, niña. No te atragantes». Isenhard vuelve a acostarla con mimo. Dormir, necesita dormir y recordar. Recordar a su madre, asirse al recuerdo de sus palabras en el desierto.

Llegaron de noche, después de un largo camino de oasis, dunas, templos y edificios funerarios. En el cielo brillaba la luna menguante. A unas leguas, el fuego perpetuo del gran Faro iluminaba el mar y la costa. Los haces de luz caían sobre los rostros de los hermanos de su madre, que los esperaban con sus familias junto el astillero, en la casa donde Zulema había nacido. Cuerpos y rostros desconocidos que la besaban y abrazaban con el calor del amor sincero. Su padre y Yussuf, hurgando entre las imágenes de la memoria, lanzaban nombres al aire en un intento de adivinar al pariente que tenían delante. Estallaban en carcajadas cuando lo conseguían. «¿Lo ves, Marcos? Te he reconocido, imposible olvidar ese mostacho de barredera, aunque ahora sea blanco». Una mujer pequeña y regordeta, de semblante alegre, le acariciaba el rostro a Zulema sin poder contener las lágrimas. «Gracias a Dios, estáis ya aquí. La niña se ha hecho mujer, es tan bella como mi hermana».

Por la mente de Zulema pasan caballos salvajes azuzados por la fiebre, los recuerdos de los días felices en Alejandría. Su gran familia de cristianos coptos convivía en armonía con musulmanes, judíos e incluso con «paganos descreídos», como los llamaba la tía Sagira. El negocio familiar, que empezó como una modesta carpintería de ribera, se había convertido en un importante astillero. Había sobrevivido indemne a las batallas y los vencedores siempre lo habían respetado.

Su padre dirigiría la construcción de las naves con un nuevo codaste para controlar el rumbo. Zulema y Yussuf asistían tanto a los templos cristianos como a mezquitas y sinagogas, con curiosidad ausente de fe, y admiraban los ritos como escenificaciones de cuentos ancestrales. Paseaban por las siete vías de la ciudad y se detenían a contemplar las telas bordadas, los cueros repujados y las tallas de madera expuestas en las entradas de las casas de los artesanos. De madrugada, en las escuelas, escuchaban hablar a los maestros sobre la vida, los astros y el cuerpo humano. Escribían las lecciones e iluminaban los manuscritos con colores.

Leían, reían y aprendían bajo la mirada del gran Faro. Los obreros del astillero, encargados de mantener la enorme hoguera en su cúspide, se turnaban para guiar por las rampas a las bestias de carga, que acarreaban la leña para alimentar el fuego perpetuo. Los barcos de mar adentro se orientaban durante la noche gracias a las llamas y por la gran columna de humo por el día. En las jornadas de niebla, los hombres los guiaban soplando, desde lo alto de la torre, por las bocinas de las estatuas de tritones músicos.

A la luz del faro, Zulema descubrió la mirada del deseo de los hombres. Notaba cómo deslizaban los ojos por las curvas de su cuerpo y escudriñaban entre los pliegues de su túnica. Le gustaba provocar ese afán. Tanto ancianos como jóvenes acudieron a su padre para desposarla. Cada vez ofrecían una mayor suma de dinero. Almalah Alhakim, el sabio navegante, los recibía y los rechazaba con cortesía; su joven hija sería el báculo de su vejez. Después, los despedía con una advertencia: cualquier aproximación a ella sin su permiso sería considerada una afrenta al honor de la familia que vengaría el propio califa, de quien él mismo era consejero. Yussuf se encargaba de evitar esa aproximación. Solo Samir pudo saltarse las reglas. El bueno de su primo trabajaba en el astillero; dibujaba los planos de los barcos con gran destreza. Tenía la misma edad que Yussuf y se hicieron amigos los tres.

Al atardecer, Zulema cambiaba las túnicas y velos por ropa de muchacho y navegaban en la faluca del astillero contemplando la puesta de sol. Samir les enseñaba a trimar las velas mientras contaban historias. A él le gustaba escuchar de labios de Zulema las peripecias de su viaje desde Damasco; y a ella, cómo Cirilo, un antepasado de la familia, se hizo anacoreta y vivió en el desierto.

La miraba con deseo, sí, pero el de su primo era un anhelo envuelto en un halo de dulzura. Cuando sus miradas se cruzaban, Samir bajaba la cabeza, avergonzado, y a veces susurraba: «Perdón, eres tan bella». Yussuf, entonces, estallaba en carcajadas «como mi padre se entere que quieres a mi hermana como mujer, acabarás en el desierto, como tu antepasado. Te convertirás en un anacoreta te guste o no».

—Zulema, ¿te gusta Samir? —se lo preguntó un día, cuando se quedaron a solas.

—Es simpático nuestro primo, y dulce.

—Quiero decir, si te gusta como hombre. ¿Harías con él lo que te enseñó Asra, la guardiana del palacio?

—¿Te refieres a prensar el azafrán? Hermano, Samir tiene falo, podría preñarme y yo no quiero esposo. Quizás soy tríbada y solo me gustan las mujeres.

—Eres una desvergonzada, hermana, juegas con él, le sonríes mientras alargas tu cuello de gacela para seducirlo. ¡Pobre Samir! Está enamorado de ti.

La verdad era que Zulema amaba a Yussuf. No había ojos que la acariciaran con mayor suavidad, ni labios jugosos que quisiera besar más, no imaginaba pecho con más ternura en el que refugiar sus alegrías y sollozos. Eran sus manos las que imaginaba recorriendo sus cuerpos entrelazados, pero Zulema nunca lo habría confesado. El hermano no tenía permitido desposar a la hermana; pero ella nunca se desposaría con un hombre por el que no sintiera lo mismo que por Yussuf. Mientras esperaba que llegara, era feliz junto a él dejándose agasajar por Samir.

Samir, su pobre y candoroso primo. No podía imaginar entonces el destino que les tenía preparado aquella dulce atracción. Al recordarlo, el dolor vuelve a apretarle el pecho.

«Sara, su piel está muy pálida y fría, madre no hace más que sudar. Apenas respira. No dejes que se muera. Juro que iré a luchar, aprenderé a manejar la espada, seré un guerrero cristiano, pero no mueras, madre». La voz de Isenhard quiebra a Zulema: «No, hijo, no. Tú no tienes la culpa de nada. No debes claudicar. Debes vivir. Tu vida es tuya, solo te pertenece a ti. Es lo que me dijo madre, tu única misión es vivir». Debería habérselo explicado antes, cuando aún tenía fuerza para respirar. Ahora su voz es un grito apagado, implora a Dios que le dé fuerzas para que las palabras lleguen hasta Isenhard, pero Dios no existe. Si existiera, la inocencia lo conmovería. La inocencia de Isenhard, la inocencia de Samir... Era solo un muchacho...».

El día en que padre recibió el mensaje del califa, su primo estaba en el astillero. Los carpinteros se afanaban en el ensamblaje del esqueleto de una nave nueva. En el aire flotaba el olor de las maderas del sicomoro, la palmera y el tamarisco. Zulema observaba a su primo, concentrado sobre los papiros. Sus manos de largos dedos dibujaban con exquisito cuidado las herramientas de trabajo y el despiece del casco de las naves. Al lado escribía con letras redondas las instrucciones para el tronzado y desbaste de los árboles, el corte de tablones, la talla de mortajas, el acabado... «Tío, tus inventos son magníficos. Nuestras naves son las más veloces y ligeras de todo el Mediterráneo. Los comerciantes de telas nos han encargado cuatro más para transportar lino y algodón».

La vida transcurría plácida en Alejandría hasta el día que un mensajero de Damasco, cubierto de sudor, se presentó en el astillero. «Busco al sabio Almalah Alhakim».

—¿Quién busca al consejero del califa? —preguntó Samir, reticente, como si hubiera intuido hostilidad en su rostro curtido por el desierto.

—El mismo protegido de Alá, el bien loado califa de la estirpe del profeta, es quien lo busca. Tengo un mensaje para él.

Padre rompió el lacre y extendió el papiro. Su rostro se ensombrecía a medida que avanzaba en la lectura.

Musa-ben-Nusair, gobernador de Tingitania, había obtenido permiso del califa para extender la santa guerra y conquistar los territorios al norte de Ifriquiya, dominados por cristianos visigodos. Tariq-ben-Malluk, capitán general del ejército musulmán, había viajado a Damasco para convencerlo de las excelencias del botín de guerra que obtendrían. Los moradores de Tanja y otros africanos hablaban del cielo claro y sereno de Iberia, de las muchas riquezas, de la bondad de todas las estaciones, de las oportunas lluvias, de los ríos y sus fuentes y los magníficos monumentos. Pero para llegar a esos territorios había que atravesar Alzazac, el mar de las angosturas. El califa ordenaba al sabio

Almalah Alhakim poner su oficio a disposición de los astilleros de Túnez, y proveer una caravana de naves mercantes en la que viajaría junto a él un grupo escogido de carpinteros experimentados y artesanos coptos del astillero de Alejandría. Al mensaje lo acompañaban dos grandes cofres con veinte mil dinares, acuñados en Damasco, para comprar provisiones y pagar sueldos. Con aquel oro, el califa compraba la paz de Zulema y los suyos. Su padre, resignado, repartió uno de los cofres entre las familias de los carpinteros elegidos para acompañarlos. El primero, el más hábil e inteligente: el joven más tierno y querido del astillero, Samir, que daba saltos de alegría ante la mirada apesadumbrada del sabio navegante y la tía Sagira.

—Samir, Samir...

—No, madre, no soy Samir, soy Isenhard. La calentura ha bajado.

Zulema siente la mano suave acariciándole la frente, mientras oye la voz firme y segura de Sara.

—El sofoco y el sudor han cesado. Respira, niña, te pondrás bien. El peligro ya ha pasado.

ALBA
BILBAO

«Socialización del sufrimiento», así llamaban los terroristas a la estrategia de persecución dirigida a eliminar y expulsar del País Vasco a quien pensara de modo diferente al suyo. Poco después de que Artemio apareciera como objetivo en los papeles de ETA, dibujaron una diana en nuestro portal. En el centro estaba escrito su nombre. Los vecinos empezaron a saludarnos con recelo y comentaban a nuestras espaldas: «A ver si pide pronto traslado. Nos pone a todos en peligro». La banda no solo lo había colocado a él injustamente en el punto de mira, sino que por extensión, nos arrastraba a Sam y a mí. La policía vasca vigilaba nuestras vidas. Cada mañana, a la hora que Artemio salía al juzgado, un par de policías pasaban por casa.

Nos impartieron un curso de seguridad. Yo tenía que revisar los bajos del coche cada vez que salía con Sam; casi siempre íbamos solos porque Artemio rehuía acompañarnos para evitarnos riesgos. Me agachaba con una linterna enorme, el corazón encogido y las piernas temblorosas, y no conseguía respirar con tranquilidad hasta que arrancaba el motor y no saltábamos por los aires. Nos presentaron a Matías, el primero de los muchos escoltas que nos asignaron. Nos acostumbramos a comunicarle nuestros horarios, aprendimos a sentarnos en los restaurantes mirando hacia la puerta, a cambiar las rutinas y los recorridos habituales, a no acercarnos a las papeleras ni a los contenedores, a tener ojos en la espalda cuando caminábamos, a desconfiar de las sombras, a observar cualquier movimiento alrededor, a callar lo que pensábamos, a doblegarnos como juncos esperando que la ráfaga violenta pasara sin hacernos daño. Los estallidos de furia de Artemio por nimiedades eran cada vez más frecuentes. Una niebla preñada de tensión y miedo empañaba nuestros días. Los fines de semana nos íbamos de excursión fuera del País Vasco, en un intento de buscar un oasis de paz. Cuando salíamos, íbamos cantando en el coche; al regresar, el silencio se adueñaba de todo. La primera vez fuimos a una playa de Cantabria, no recuerdo cuál. A pesar de que ya era otoño, los rayos de sol nos calentaban. Yo observaba a padre e hijo jugar en la orilla sentada en un montículo. Con los pantalones doblados por encima del tobillo, dibujaban en la arena húmeda con un palo. Cada uno debía adivinar lo que el otro había trazado antes de que las olas lo borraran: «¡Una paloma!», «¡un perro!», «¡mamá!», «un árbol», «¡un guerrero!», «¡una cruz!». Cuando Sam acertaba, estallaba en carcajadas, y Artemio, henchido de alegría, lo aupaba mientras giraba con velocidad como si estuvieran en una atracción de feria. El pelo rubio de nuestro hijo flotaba en la brisa y el azul del mar brillaba en sus ojos. Artemio reía relajado, lo abrazaba y lo alzaba cuando las olas rompían más fuerte y la espuma amenazaba con mojarle el pantalón. El graznido de las gaviotas y el rumor de la marea componían la banda sonora de aquel momento que parecía un anuncio de televisión. Paladeé los minutos de sosiego mientras me decía que tenía derecho a vivir esa felicidad, a sentir ese profundo amor. No iba a permitir que nadie me lo arrebatase. Resistiríamos. ETA claudicaría algún día y Artemio por fin sería el padre cariñoso y protector que llevaba dentro.

Sin embargo, la realidad, huraña, se sentaba a unos metros de mí. Matías, el corpulento guardaespaldas, observaba con atención los movimientos de Artemio. La brisa le ajustaba la cazadora al cuerpo y se marcaba el bulto del arma en el costado. Aquel día fue el último que padre e hijo rieron juntos.

Me preocupaba cómo iba a afectarle a Sam la tensión que soportaba su padre. No los dejaba a solas. Procuraba que la casa estuviera siempre ordenada y la cena preparada para cuando Artemio regresaba. Intentaba pasar con nuestro hijo todo el tiempo libre que me dejaba el trabajo en la universidad. A menudo, jugábamos en su cuarto. Sam permanecía callado mientras construía un misterioso objeto con cartones, cuerdas y papel de aluminio. Me dijo que estaba fabricando una máquina del tiempo. Cuando le pregunté para qué, solo me contestó: «Para escapar de papá». Consulté su hermetismo con Ágata y su respuesta me sorprendió mucho: «Respeta los silencios de tu hijo, pero tú no te calles, no tengas miedo de hablarle de tus sentimientos, de lo que ocurre con su padre. Busca un momento tranquilo y habla con él. Debes ser sincera si no quieres seguir apareciendo sin boca en sus dibujos. Te necesita más que nunca».

Seguí su consejo y un día fui a recogerlo al colegio. Le propuse jugar con plastilina. Yo reblandecía la pasta amasándola con las manos y el pequeño rodillo de plástico, mientras él iba haciendo figuritas.

—Sam, ¿tú entiendes por qué Matías siempre va con papá?

Sam no se inmutó y continuó modelando la figura de un hombre. La apartó un poco para verla en perspectiva, hizo un gesto de reprobación y la aplastó para empezar de nuevo.

—Sam, ¿me oyes? ¿Te acuerdas cuando salimos en la *globada* por la paz?

Cada año, desde 1985, coincidiendo con el aniversario de la muerte de Gandhi, el colegio de Sam celebraba el día de la No Violencia con una marcha que se iniciaba en el patio y finalizaba en el teatro Arriaga. Ese año, Alba madre y yo nos unimos al recorrido junto a otras familias. Sam iba entre nosotras dos, de la mano, orgulloso y decidido con un globo blanco atado a la muñeca. En la plaza del teatro, un miembro de Gesto por la Paz leyó un manifiesto y los niños soltaron los globos entre aplausos.

—Claro que me acuerdo, mamá. Mi globo era el más grande de todos. Subió hasta el cielo.

—¿Tú sabes lo que es la violencia, Sam?

—Nos lo explicaron en el cole. Coloreamos muchos dibujos, hicimos murales con fotos de bombas y pistolas, las tachamos, y al lado pintamos palomas y niños sonriendo. También hicimos un teatro: dos niños de clase se peleaban por un juguete, lo rompían y se hacían daño. Eso es violencia. Luego hablaban y lo arreglaban. Se hacían amigos y jugaban juntos. Hacían la paz.

—Muy bien. ¿Y sabes qué es ETA?

—Sí. ETA quiere mandar en Euskadi y por eso pone bombas y mata a mucha gente. Ellos rompen el juguete. Son violentos.

—Muy bien, Sam. Ya sabes que papá es fiscal. Los fiscales luchan para que los terroristas vayan a la cárcel, para que no pongan más bombas ni maten a nadie. Matías cuida de papá para que los de ETA no le hagan daño. ¿Lo entiendes. hijo?

—Mira, ya están. —Ignoró la pregunta mientras señalaba las tres figuras de plastilina que había modelado: un hombre corpulento con una espada, un niño y una mujer de pelo largo.

No me sorprendió, me había acostumbrado a que Sam me hablara de la familia de mis sueños.

—Ya lo veo, cariño, pero ahora estamos hablando de papá, de por qué lleva escolta.

—Ya lo entiendo.

—Entonces, ¿no quieres hablar de eso?

—Papá siempre vuelve a casa enfadado. Siempre me grita. Rompe mis juguetes. Papá quiere mandar. Es violento. ¿Quién me cuida a mí? ¿Tú me cuidarás como Matías a papá?

Volvió a concentrarse en la plastilina. Comenzó a construir una escena con las figuritas. Puso a la mujer entre el niño y el guerrero, que apuntaba con la espada al corazón de la madre, el niño salía corriendo.

Sam me había explicado sus sentimientos y también los míos. A sus ojos, yo me había convertido en su escolta, me interponía entre él y su padre. No supe responderle. Me pregunté cómo había logrado colarse la violencia en nuestras vidas, en nuestro hogar. Esa misma noche, después de acostar a Sam, volví hablar con Artemio.

—No podemos seguir así. Sé de sobra lo duro que es tu trabajo, pero no puedes descargar la tensión en casa, no puedes gritar a Sam de ese modo. ¿Sabes que piensa que no lo quieres?

—Claro que le quiero. ¿Cómo podéis pensar algo así? ¿Acaso no fui yo quien te convenció para tenerlo? ¿Ya le has contado eso o solo le hablas de tus mierdas medievales? ¡Yo peleo cada día porque nuestro hijo viva en un mundo sin amenazas! Y quiero que se sienta orgulloso de tener un padre fuerte, pero la verdad, Alba, es que cada día pienso que puede ser el último. A veces sueño con la presión fría del cañón en la nuca, luego oigo un estruendo y una risa sarcástica. Son ellos riéndose porque han ganado, porque estoy muerto.

Me abrazó, podía sentir el temblor de su mentón en mi mejilla. El miedo transformaba al fiscal duro y seguro en un adolescente bravucón e inmaduro.

—Lo siento mucho, Alba, sin vosotros, sin ti, sin Sam, no podría vivir. Todo lo que hago, lo hago por vosotros.

—Sam es pequeño y no lo comprende. Solo te ve por la noche, cuando llegas a casa cansado y buscas cualquier excusa para descargar tu furia. Deberías hablar con él, trata de jugar un rato, pregúntale por los deberes, ayúdale a hacerlos. Es muy listo, pero tiene problemas en el colegio con los otros niños. Deberías venir a hablar con la psicóloga.

La sola mención de Ágata le quitó la congoja de repente.

—Ese dibujo es solo un chantaje para que te preocupes por él, para llamar tu atención. No hay que ser psicólogo para ver que Sam tiene un complejo de Edipo como una casa. Pero tienes razón, hablaré con él.

La noche siguiente le contó un cuento a Sam antes de dormir, le dio un beso y le dijo que lo quería. Yo estaba escuchando detrás de la puerta y le creí. Me creí aquella confesión de amor tan mecánica, quizá porque no quería que se terminara el anuncio de familia feliz que habíamos protagonizado durante unos minutos en la playa.

Días después, el 7 de noviembre, a las 7:25 de la mañana, me desperté sobresaltada segundos antes de que sonara el despertador. Sentía una dolorosa punzada en el pecho.

—¿Qué te ocurre, Alba?

Intenté decirle que había tenido una pesadilla, que el eco de los disparos de la suya había llegado a mis oídos, pero un acceso de tos seca me lo impidió.

—Tranquilízate, cariño.

Desde hacía unos meses, el asma me atacaba cada vez más a menudo. Artemio me acercó los inhaladores. Aspiré, conté hasta diez, expiré y bebí un vaso de agua. Poco a poco me fui tranquilizando.

—No te preocupes, estoy bien.

—¿Se te pasará? No quiero dejarte sola, pero en tres cuartos de hora tengo vista en la Audiencia. ¿Quieres que llame a tu madre?

—No hace falta, de verdad, ya se me está pasando.

Esperé a que Artemio saliera de casa, desperté a Sam y lo ayudé a vestirse para llevarlo al colegio antes de acudir a la universidad. Estábamos desayunando los dos en la cocina frente a frente, yo me pasaba la lengua por mis labios burlándome de él, que tenía la boca manchada de chocolate. «Pareces un payasete», le decía. Y entonces sonó el teléfono de casa.

Descolgué con extrañeza en la cocina. La policía estaba tratando de localizar a Artemio sin éxito. No contestaba al móvil. Sentí que me arrancaban de golpe el alma, los días azules, el gozo de la brisa del mar. Intenté coger aire, pero solo oí el silbido que emitían mis pulmones. Apenas conseguí balbucear que debía de estar a punto de llegar a la Audiencia. Mis músculos se tensaron hasta el dolor esperando el topetazo de la terrible noticia, el golpe del horror absoluto que se escondía tras la voz afligida del agente. Los segundos que permaneció en silencio me parecieron horas. «Han asesinado al juez Lidón», dijo por fin. «Ha sido en el garaje de su domicilio. Estaba con su mujer en el coche, su hijo menor lo esperaba a la salida. Lo siento. Necesitamos localizar a su esposo cuanto antes». El aire entró en mis pulmones y el cuerpo contraído recuperó la voluntad de vivir. Al alivio, lo sucedieron los remordimientos. Habían dado en una diana muy próxima. Habían matado a alguien que conocía, que saludaba cada jueves cuando me lo cruzaba en los pasillos de la universidad, alguien por quien sentía simpatía y cariño.

Los ojos azules de Sam, exageradamente abiertos, escrutaban mi rostro. Sus labios de payaso de chocolate se habían contraído y unos chorretones marrones se le escapaban por la comisura.

—¿Qué pasa, mamá? ¿Está bien papá?

—Sí, Sam, papá está bien, tranquilo.

Respiré hondo intentando contener el llanto tembloroso que pugnaba por escapar de mi pecho. No sabía cómo explicarle a mi hijo lo que había pasado sin que las paredes de nuestro hogar seguro se le derrumbaran encima.

—Sam, no te preocupes, me han dado una mala noticia.

Bajó la cabeza, y cuando volvió a alzarla, su mirada se tropezó con mis ojos llenos de lágrimas mansas que se deslizaban por mis mejillas sin permiso.

—Mamá, tengo miedo. Las malas noticias ponen a papá muy enfadado.

Lo abracé con fuerza contra mi pecho, hubiera deseado volver a cobijarlo en mi vientre para protegerlo.

El teléfono volvió a sonar. Artemio hablaba al otro lado. Estaba nervioso.

—¿Ya lo sabes?

—Sí. Acaba de llamar la judicial, te están buscando. Dios, qué miedo he pasado al pensar que te había ocurrido algo. Pobre Jose Mari...

—Es terrible. Lo han matado en la puerta de su casa, con su mujer al lado. Podía haber sido yo, esos asesinos lo hubieran preferido, ¡seguro!, pero yo voy con escolta. Él la había rechazado porque su nombre no había aparecido en ninguna lista de ETA, se creía a salvo por aquella sentencia... Pero se lo advertí, con esos hijos de puta no hay salvoconducto que valga, les da igual.

Un temblor en su voz delataba una ira dolorosa y contenida. Sam tenía razón, los disparos que habían alcanzado al juez también habían herido a su padre y estaba rabioso.

—Por favor, Artemio, no es momento de críticas. Tranquilízate. Voy a llevar a Sam al colegio y voy a por ti. Seguro que la universidad suspende las clases.

Tenía que calmarlo, temía que se desbordara delante de sus compañeros. Sabía a qué se refería cuando decía que Lidón se creía a salvo. El juez había sido ponente de la sentencia que condenaba a nueve guardias civiles por haber torturado al padre de un etarra mientras lo tenían detenido. En sentido contrario, había condenado a prisión a varios terroristas. Artemio y otros tantos jueces investigaban de puntillas las acusaciones por torturas. Consideraba traiciones las sentencias que las condenaban y cobardes a los jueces que las dictaban.

Dejé a Sam en el colegio y, antes de encontrarme con Artemio, pasé por casa de mis padres. Tal y como imaginaba, Alba madre estaba al corriente del asesinato. Me abrió la puerta temblando. Su piel parecía más pálida que de costumbre, en sus ojos enrojecidos se adivinaba el llanto reciente. Se secó las manos en el delantal y se arrojó en mis brazos en el mismo umbral de la puerta.

—Dios mío, Alba, ese profesor tan amable, otra familia destrozada. ¿Cómo estás? ¿Dónde está Artemio?

—Está bien, mamá, estamos muy tristes, pero bien. He quedado con él en el juzgado, comeremos juntos. Van a instalar la capilla ardiente en el Palacio de Justicia. Iremos luego a dar el pésame y a acompañar a la familia.

Estábamos en el salón con la televisión sincronizada en el canal autonómico que daba la noticia del atentado con profusión de imágenes. Había algo en Alba madre que conmovía, parecía el catalizador del dolor de todas las madres con hijos muertos a causa de la violencia.

—Debes de pasar mucho miedo por Artemio, hija. Yo también, y por ti y por Sam. Cualquier día... una bomba. Dios mío, ¿es que esto no va a acabar nunca?

Esta vez fui yo quien se echó en sus brazos. Necesitaba liberar la tensión contenida. El relato salió de mi boca en forma de cascada.

—Cuando llamó la policía a casa creí que lo habían matado a él. Sentí que iba a desmayarme, pero... pero Sam me miraba tan asustado... Luego, cuando oí el nombre de Lidón, di gracias a Dios. Di gracias a Dios porque el huérfano no era mi hijo. ¿Qué clase de persona soy?

Lloraba a borbotones sobre el pecho de mi madre.

—Cálmate, cariño. Eres humana. Tanta ira hace que nos sintamos perversos. Yo también he agradecido a Dios que no fuera Artemio. Tienes mala cara, descansa un poco.

Me sentía mareada, aturdida, no podía alejar de mi mente las imágenes del profesor ensangrentado y las palabras de Artemio al enterarse de la noticia.

—Mamá, creo que no estoy bien. ¿Sabes lo primero que me ha dicho Artemio cuando me ha llamado? Ha sacado a relucir la sentencia por torturas. «Se sentía blindado», eso me ha dicho.

—Está nervioso, se le pasará cuando reflexione. Lo más fácil es dejarse llevar por la sed de venganza, la violencia es contagiosa, hija. ¿Cómo estáis en casa? Quiero decir, ¿cómo lo lleváis Sam y tú?

—Artemio siempre está tenso. El poco tiempo que pasa en casa le grita por tonterías, se impacienta con él. Cada vez que se lo reprocho, me salta con que le resto autoridad, que soy una blanda y lo estoy malcriando. Acabamos discutiendo. Es como si la ira formara parte de nuestra familia. Se sienta a nuestra mesa y duerme en nuestra cama. Dirige nuestras vidas. Me asfixia tanta patria y tanta bandera. Me importan un pimiento la unidad de España y la independencia de Euskadi. Y tengo miedo, mamá, miedo por Artemio, por Sam, por mí. Solo quiero vivir en paz.

—Las palabras brotaban impotentes.

—Te entiendo, hija. Verás, hay algo que no te he contado nunca, Alba. Yo vi muchas veces a tu abuelo pegar a la abuela y era incapaz de hacer nada. Tan solo contenía la respiración y agradecía al cielo que no me cayeran a mí los golpes. Solía contar en bajo hasta cien. Aguantará cien, me decía. Para mí, esa era la frontera entre el dolor y la muerte. Adoraba a mi madre, pero jamás le conté a nadie lo que sufría, ni siquiera cuando algún vecino me preguntaba. La abuela Agradecida siempre se interpuso entre nosotros y el bruto, así lo llamábamos tus tíos y yo. Ella recibía las palizas para impedir que nos pegara. El bruto tenía que descargar su ira, le daba igual con quien con tal de que fuera más débil que él. Ni una sola vez grité para defenderla.

—Eras una niña, mamá.

—Ahora lo sé, Alba, pero durante mucho tiempo me sentí culpable de su muerte. El día que murió celebrábamos su cumpleaños, fui yo quien hizo que el bruto se enfadara. Tropecé cuando llevaba la tarta a la mesa y acabó por el suelo. Durante años creí que era yo quien debería haber recibido los golpes. Arrastré una tristeza monstruosa durante cada minuto de mi vida hasta comprender que nadie merecía una paliza, que él solo buscaba la excusa para empezar. Su violencia nacía de dentro. Por eso, hija, cuando propusieron en la parroquia salir a la plaza Circular después del atentado de aquellos militares, yo me apunté de las primeras. Solo había que estar en silencio a la vista de todos. Me dije que eso sería capaz de hacerlo, permanecer quieta, callada, con una pancarta pidiendo la paz. Y pude, y aún puedo, Alba, aunque algunos nos insulten, amenacen o nos tiren piedras. Cuando lo hacen, me acuerdo de tu abuela y cuento; ahora sé contar mucho más allá de cien. Acudir a las concentraciones transformó mi silencio cobarde en grito valiente. El resto ya lo sabes, tuve que dejarlo porque Artemio se disgustaba. Él piensa que a la violencia se la combate con más violencia, pero tú sabes que no es así.

Pensé en lo diferente que había sido mi infancia. Ella, a la que habían arrancado la seguridad en la niñez, había construido un hogar cálido con los algodones de su inmenso amor y la fe en un Dios que nos regala la esperanza de la resurrección después de la muerte.

En cambio, yo dejaba que los demás me protegieran, me amaran, me ayudaran, me dirigieran. Ni siquiera con la preparación y la independencia económica que me daba el trabajo en la universidad, había sido capaz de construir para Sam el hogar confortable y la familia tranquila que mi madre había conseguido. Yo había derrochado el tesoro de fuerza y valentía con el que me había protegido mi madre, como esos herederos vividores que dilapidan la fortuna de sus antepasados.

¿Qué podía contestarle cuando me preguntaba por mi matrimonio? Que Artemio y yo no opinábamos igual respecto a muchas cuestiones, que tenía un carácter fuerte, sí, pero que era fiel, trabajador y nunca nos había puesto una mano encima. Que Sam necesitaba a su padre, pero había algo en nuestro hijo que lo irritaba. Que su simple presencia detonaba su ira. No, mi madre no podía entenderme. Ella era una madre sublime. Yo solo podía decepcionarla.

—¿Me estás escuchando, Alba?

—Perdona, mamá, estoy cansada. No sé dónde tengo la cabeza.

—Te decía que siempre nos tendrás a tu padre y a mí, pase lo que pase. Lo sabes, ¿verdad?

Mi móvil sonó. En la pantalla, el nombre de Gerardo.

Me disculpé y salí al pasillo para que mi madre no oyera la conversación.

—Alba, acabo de verlo en los informativos. Es una tragedia. ¿Qué tal estás? Mañana asistiré al funeral, espero que me puedas dedicar unos minutos. Tengo que contarte algo importante.

ZULEMA
VILLA GODOMAR

A Zulema le parece absurdo seguir viva. Porque esa sucesión de agonías, de lúgubres momentos, no es vida. El sudor frío le trae el espanto de Akar al ver a Yussuf hendir la espada en el pecho del hijo del herrero. ¿Por qué sigue viva, respirando mientras se ahoga? El aire entra en su pecho, como el filo de un cuchillo, con el eco de los gritos de su pequeño: «¡Padre, es una emboscada, una emboscada sarracena!». Sara se lo había advertido: «Akar ama a Adulfo, es un guerrero cristiano».

Ahora, la incertidumbre le duele como un monstruoso ciempiés amarillo colgado de su corazón. ¿Y si Akar la odia por traicionar a su padre? La muerte la tienta. Una luz resplandeciente la atrae como la flor a la abeja, oye el arrullo de un arpa, y cuando está a punto de sumergirse en la melodía, la mujer de piel alba y cabellos de miel le grita: «Eres madre, no puedes descansar. Escucha a tu hijo». Y Zulema, con su último aliento, reacciona y le da la espalda al destello brillante, retrocede y camina hacia el lamento desgarrador de Isenhard, que proviene de sus mismas entrañas. Poco a poco, va recobrando el hálito. El sudor cesa y se despierta. Reconoce a la amiga judía y a su hijo mayor a ambos lados de la yacija. Están en la cabaña de Sara.

—¡Madre! ¡Madre! Ya estás bien, ¿verdad?

En las mejillas de Isenhard, las lágrimas, mezcladas con el hollín del hogar, forman regueros grises. Sara le alcanza un cuenco de barro para que beba.

—Gracias a Yahvé, el peligro ha pasado, muchacho. No llores más. Tu madre ha decidido quedarse con nosotros.

Zulema, aún con ojos empañados, contempla al hijo. Ha vivido ya doce lunas del mes de Shaabán. Es un chico alto, de cuerpo fuerte, pero le parece tan frágil, tan fuera del lugar donde habitan, que es como si hubiera venido al mundo por equivocación. No consigue recordar la alegría en su hijo mayor, solo un sentimiento trágico y una necesidad infinita de amor y calor, como si aún necesitara el cobijo de su vientre para sobrevivir.

—Yo cuidaré de ti, madre. Mira, Sara ha preparado caldo de corzo y puré de castañas. Come un poco, te ayudará a coger fuerzas. —Zulema le acaricia la mejilla mientras Isenhard contiene las lágrimas a duras penas, intentando demostrar la hombría que no tiene.

—¿Cómo es que has venido al poblado, hijo? Padre se enojará —le dice con el residuo de voz que la fiebre le ha dejado y en el que apenas se reconoce.

—Tranquilízate, madre, padre no me ha visto.

—Se ha marchado. Ha organizado una batida para buscar a Akar. En la aldea solo quedamos mujeres, niños y tullidos.

—¿Cuánto llevo inconsciente, Sara?

—Tres días con sus noches. Tuve que ir a buscar a Isenhard. Imaginé que estaría impaciente sin noticias tuyas. Ya le he contado que Akar está a salvo con tu hermano.

—Sí, madre. No quiero seguir solo en la cueva. Ahora yo cuidaré de ti. Tienes que ponerte fuerte para volver conmigo al eremitorio antes de que padre regrese. El tío Yussuf nos recogerá allí. Iremos a Alejandría con el abuelo.

Zulema piensa si la judía le habrá contado también cómo ha sido la emboscada en la que el hijo del herrero ha muerto y que su hermano pequeño quizás la odie por traicionar a su padre. Es Isenhard quien se adelanta y responde a sus preguntas.

—Sara me lo ha contado todo. Akar y el tío Yussuf vendrán a buscarnos pronto. Come, madre, tienes que coger fuerzas para cabalgar. He estudiado los mapas del abuelo. Iremos primero al sur y luego navegaremos en una bagala hasta Alejandría. Allí nos iluminará la luz permanente del faro y por fin seremos libres. Mira, he traído el cofre con los papiros. Están las cartas y el diario de navegación.

Zulema se incorpora con esfuerzo. Junto al hogar, descansa el pequeño baúl con los escritos y dibujos que pudo conservar de su padre. Es el gran tesoro de su hijo. No se separa de él desde que aprendió a leer. Es su tabla de salvación.

Suspira, se aferra a las manos del muchacho, toma impulso y se levanta, pero las piernas de algodón apenas la mantienen en pie. Él la abraza por la cintura y ella apoya el brazo en su hombro. Consigue dar unos pasos hasta sentarse en el banco junto a la mesa. Bebe el caldo y come la pasta de castañas con pequeños pedazos de corzo. Pronto se siente saciada y se apoya en su hijo de nuevo para volver a la yacija.

—Descansa, madre, yo te leeré lo que escribió el abuelo en el libro sobre la travesía desde Alejandría hasta Ifriquiya.

Ella deja mecer su pensamiento en la voz aún infantil de Isenhard:

Día uno. Navegamos hacia poniente. El viento de popa hincha el vientre de la vela y nos empuja a gran velocidad sobre un mar en calma. Las palomas y los cuervos, atados al mástil y sujetos en los bragueros, ansían ir a tierra, emprenden el vuelo y chillan frustrados cuando el cabo que los ata los devuelve a la cubierta. Nos serán útiles si los vientos de un temido temporal nos llevaran mar adentro, lejos de cualquier tierra. Los soltaremos y nos orientarán hacia la costa, pero de momento, no hemos dejado de verla; la tierra nos vigila desde la banda de babor y el tiempo apacible nos permite ver las estrellas luminosas que nos guían durante la noche.

Samir ha demostrado ser, no solo un gran maestro carpintero, sino también un marinero de instinto. A menudo charla con el arráez y le hace indicaciones muy acertadas para corregir ligeramente la orza cuando el viento nos desvía de rumbo.

Isenhard interrumpe la lectura, Zulema advierte que ha llegado al punto que despierta su curiosidad.

—¿Qué le ocurrió a Samir, madre? Pronunciabas su nombre mientras delirabas por la fiebre. Casi no me has hablado de él.

Ahora lo entiende, su hijo ha elegido de forma deliberada ese párrafo del libro para preguntar por el primo. Ella siempre le ha narrado las fantásticas experiencias de Alejandría para mantener viva su esperanza, pero se ha cuidado de omitir los hechos dolorosos que la trajeron a Hispania para no añadir más penas a su corta vida. No sabe cómo eludir la respuesta. Cuando recuerda a Samir, el remordimiento y la pena le corroen el alma. El recuerdo de su dulce primo ha discurrido por el fondo de su corazón como un riachuelo subterráneo, sin ver la luz de la palabra. Aunque intentara contarle a su hijo una mentira piadosa para acallar su curiosidad, la verdad asomaría a sus ojos desbordados de lágrimas.

—Ahora necesito descansar para recuperarme cuanto antes, hijo. Hablaremos más tarde.

Lee la decepción en la cara de Isenhard. Sabe que solo ha ganado un poco de tiempo. Es testarudo, su curiosidad sin límites lo llevará a preguntarle una y otra vez, hasta que el recuerdo sangre a borbotones.

Zulema finge dormir mientras levanta con temor la venda de su memoria. Samir, su madre, el hijo del herrero... Cuántos muertos abriga su pecho, cuánto peso en su corazón. Será por eso por lo que los viejos están tan cansados y tristes, porque las muertes pesan y las almas queridas los reclaman desde el otro lado. Qué vigoroso era Samir, qué fuerte su determinación, en su alma joven la muerte no pesaba. Durante la travesía de Alejandría a Ifriquiya, su primo se transformó ante sus ojos. Sentada en la proa de la bagala, observaba sus movimientos ágiles mientras se deslizaba sobre cubierta, atento al viento y a la vela, ávido de experiencias, deseoso de explorar los confines de la tierra, de saber... Crecía sin parar, feliz en el mar.

Mientras el joven aferraba su mano al timón y orzaba ligeramente oteando el horizonte, Zulema lo miraba. Sintió su carne de mujer, sus latidos y ríos despertando al deseo. Imaginaba el abrazo, el gemido jadeante, el cuerpo de Samir en llamas sobre ella y quiso arder con él. Perpleja, su mente bebía el mar y a la vez el desierto, las olas de agua como las ondas de arena. Para ella todo es lo mismo: libertad, sobre todo apasionada libertad.

Contemplaba con gozoso deleite la estampa de Samir con el torso desnudo golpeado por el viento, cuando su primo avistó la tierra de Ifriquiya.

—Ahí está, tío. ¡Mira, las piedras que dijiste!

El sabio navegante puso la mano atravesada sobre su frente, extendida hacia el horizonte, para dar sombra a sus ojos.

—Sí, ahí está lo que queda de Cartago.

Con el viento de través, Samir orzó ligeramente para desviarse hacia el promontorio. Zulema solo veía piedras, columnas de una tonalidad amarilla que se alzaban hacia el cielo con impotencia. Se aproximaron hacia la bahía donde se ubicaban el puerto y el astillero antes de que las tropas del califa sometieran a los bizantinos. Un esquife los esperaba haciéndoles señas, para que lo siguieran hacia el interior a través de un estrecho pasillo de mar. A la bagala en la que navegaban Zulema, el sabio navegante, Yussuf y Samir la seguían en comitiva otras tres pilotadas por los expertos carpinteros de ribera de Alejandría, todas cargadas con maderas de acacia, sicómoro, tamarisco y palmera, hierro, alquitrán, algodón y cáñamo para construir naves. Las garcetas de blanco plumaje posadas en la orilla levantaban el vuelo y protestaban con estridentes graznidos por la intromisión en los nidales. Poco después, el corredor se abrió y apareció ante ellos una inmensa laguna de aguas turquesas, en cuya parte central emergía una pequeña isla con una fortificación en lo alto.

Aquel puerto era muy diferente a como Zulema lo había imaginado. El astillero, construido para las flotas militares del emir de los creyentes, parecía un recinto fortificado rodeado de muros elevados. Al lado del taller para la construcción y reparación de embarcaciones, se resguardaban las galeras de guerra, cuyos cascos panzudos revelaban la presencia de bancos de remeros para ayudar al impulso de las velas. Bajo las proas asomaban cabezas de bestias terribles con la boca abierta para vomitar el fuego de la guerra. Ni rastro del fluir alegre de las ligeras bagalas mercantes del puerto de Alejandría.

Los hombres del destacamento enviado por el gobernador de la provincia de Ifriquiya, Musa ibn Nusair, los ayudaron a atracar. El marcial recibimiento en tierra poco tuvo que ver con la cálida acogida de Egipto. Aquellas eran gentes de guerra. Zulema lo percibió nada más verlos. Hombres rudos de ojos ávidos del ardor de la batalla, con cicatrices y melladuras. Había oído a su preceptor en Damasco hablar de ellos. Bereberes de las tribus del desierto, gentes de los oasis, que bajo el mando de la reina cristiana Kahina, ofrecieron una dura y cruel resistencia antes de ser conquistados. Habían llegado hasta palacio noticias de su ferocidad. Degollaban a las familias de los pequeños agricultores de las zonas húmedas del litoral y quemaban sus tierras para que los soldados del califa no encontraran provisiones para continuar la guerra.

Musa, el caudillo yemení, consiguió persuadirlos con astucia de que eran hijos de árabes y de que, guerreando a su lado, conseguirían grandes riquezas. Pactaron y se sumaron a las tropas del califa al olor del botín. Al mando de unos pocos oficiales árabes, entre los que se encontraba el hijo del propio Musa, aquellos hombres de tribus bárbaras y belicosas habían conquistado todo el Magreb en el nombre de Alá.

Dos marinos lanzaron una tabla desde la nave. El sabio navegante fue el primero en pisar tierra, escoltado por Yussuf y Samir, detrás iba Zulema, que, por instinto, ocultó su rostro con el velo. Solo dejó sus ojos a la vista de las miradas lujuriosas de los bereberes.

—Bienvenido, sabio y piadoso Almalah Alhakim. Alá todo poderoso sea contigo. El acatado gobernador de alto linaje, Musa ibn Nusair, me envía y te hace llegar sus saludos y hospitalidad. Ha ordenado preparar dos grandes jaimas junto al astillero para vuestro descanso. La caravana de camellos está preparada para salir mañana al amanecer hacia el palacio de Kairouan, donde os espera un gran recibimiento.

Después de intercambiar los saludos de respeto, Yussuf y Samir se quitaron las camisas de lienzo y se lanzaron a las aguas turquesas de la laguna, para refrescar sus cuerpos sudorosos tras un largo día de navegación. Las miradas aviesas de los bereberes cohibieron a Zulema, que, por vez primera, sintió pudor. No pudo disfrutar del baño del atardecer, tuvo que conformarse con observar los cuerpos libres de su hermano y su primo.

Suspira al evocar la piel tostada de Samir, aún abriga el deseo en su pecho, hubiera querido ir tras él, abrazarlo con las piernas en el agua, besar sus labios mojados... El gemido que se le escapa no le pasa desapercibido a Isenhard, a su lado en el camastro.

—Madre, ¿estás despierta?

—Déjala descansar, muchacho. Ya tendrás tiempo de escuchar sus historias. Tu tío y tu hermano no tardarán en venir a buscaros.

—Ya la dejo, Sara, pero es que nunca me cuenta qué le pasó a Samir. Debió de ser importante para ella. ¿Por qué no me habla de él?

—Quizás no fuera tan importante como imaginas.

—Lo fue; escucha lo que escribió el abuelo en su diario.

A dos días de la luna del Saguel, en año 92 de la Hégira. Hemos atracado sin contratiempos en el astillero de Túnez. Durante la tranquila travesía, he visto cómo Samir mira a Zulema y mi hija a él; en sus ojos hay deseo, joven deseo lleno de amor que no puedo permitir que fructifique en este lugar. Conozco a Musa. Es astuto, cruel, codicioso y ávido de poder. No nos permitirá abandonar el astillero militar para volver a Alejandría. Necesita una gran flota para conquistar las tierras de más allá del Atlántico y controlar todo el Mediterráneo occidental. Él y su ejército son buenos a caballo y con las armas. Han sometido a todo el Magreb. En cada guerra, un saqueo. El gobernador se queda con la mayor parte del botín y le escatima la suya al califa. Ahora, a su ejército bereber, solo lo frena el mar.

Los hombres que he visto hoy al bajar a tierra no son hombres de mar, son soldados. Mercenarios, algunos dedicados a lanzar el temido fuego líquido, hábiles y fieros en el combate, pero torpes para calcular la fuerza de los vientos y las corrientes. No saben mantener el rumbo.

Ninguno será capaz de adquirir la pericia y la destreza del noble e inteligente Samir en la construcción de barcos ni su habilidad en la navegación. El astuto Musa no solo nos necesita para construir una flota más ligera y potente que la que ya tiene, sino también para marcar las estrategias de navegación y desembarco. Después de ver a sus hombres, he comprendido por qué convenció al califa para que viniéramos a este bárbaro lugar.

Nos retendrá en el astillero de guerra. Zulema no puede vivir entre esta gente ruda y primitiva. Se lo prometí a su madre en el lecho de muerte. Cada día recuerdo sus palabras: «No te dejo solo. Nuestra hija lleva mi espíritu, cuídala libre como a mí. Júrame que ningún hombre comprará su cuerpo, júrame que será tomada por amor, que unirá su alma a la de alguien bueno y sabio como tú». Y yo, que solo me hice sabio por gracia de su mirada, lo juré.

Musa nos ha llamado a su presencia en el palacio de Kairouan. Pobre Samir, tendré que negociar con el ambicioso gobernador. Mi sobrino tendrá que quedarse al frente del astillero como maestro armador, a cambio, yo regresaré con Zulema y Yussuf a Alejandría cuando las naves de guerra estén terminadas. Debe ser antes de la luna del mes Ayyar, es el momento propicio para atravesar el estrecho de Alzazac y conquistar las tierras cristianas de Hispania. Ruego a los cielos para que mi hija nunca llegue a enterarse del sacrificio que he de imponer a mi amado sobrino.

Isenhard interrumpe la lectura, un temblor en la voz denota su emoción.

—¿Lo ves? Samir tuvo que ser importante para madre. Cada vez que le he preguntado por él, ella cuenta una bonita historia de Alejandría, pero no me dice qué ocurrió con nuestro primo. Ese Musa es un guerrero, no le gustaba al abuelo, a mí tampoco. Yo quiero aprender de los libros y llegar a ser sabio como él. No quiero matar hombres ni que me maten.

—Debes tener esperanza, hijo, pronto vendrá tu tío Yussuf y nos rescatará.

—Sospecho, Sara, que Samir murió. Si viviera habría tomado

por esposa a madre y yo sería hijo suyo. ¿Imaginas? Hijo de un navegante, experto constructor de barcos y no de un sanguinario guerrero como mi padre. —Isenhard baja la cabeza apesadumbrado y añade en voz baja—: Tendría una bella piel oscura en la que no me picaría el sol y mis ojos mirarían la luz de frente sin tener que refugiarse en la oscuridad de una cueva.

Al oír estas palabras, Zulema se encoge en la yacija, apenas consigue seguir fingiendo que duerme. Su hijo se siente solo hijo de ella, quizás por eso le pesa tanto. Parece como si en sus venas solo hubiera prendido su sangre. Qué luna, qué aire hizo que concibiera a Isenhard libre de la huella del infame Rodrigo y al margen del Dios cristiano. Sara interrumpe su congoja, severa y protectora a la vez.

—Pero qué cosas dices, muchacho. Un niño nace de mujer con la semilla del hombre. Tú eres hijo de Adulfo, él es un hombre noble y fiel, un caudillo cristiano que liberó a tu madre de la esclavitud por amor. ¿Quizás erró al hacerlo? Sin él no hubieras venido a este mundo. No lo odies, muchacho. Son los indescifrables designios del Creador los que te ponen a prueba, no tu padre. Estas manos huesudas te trajeron al mundo hace doce años. Cuando apenas tenías el tamaño de mi antebrazo, tu cabeza empujaba con fuerza el vientre de tu madre buscando la vida, te afanabas en respirar el primer aire y berreabas como un guerrero. Ahora eres hombre, enfrenta tu destino con el coraje del amor. La mezquindad del odio te hace débil. Empuña la espada, Isenhard. Defiende con valor lo que amas. Queda un largo camino hasta Alejandría, no llegarás hasta allí solo con los papiros y la flauta, cobijado en los pliegues del vestido de tu madre.

Zulema no puede evitar estremecerse cuando oye las palabras de Sara, palabras de aparente dureza que revelan una verdad que hiere. Desde que los visigodos la secuestraron, la judía ha sido su única amiga fiel, la única que la ha sostenido en la dura realidad. La forma en que ladea su cabeza al hablar y mira hacia la yacija revela que la sabe despierta y que las palabras están destinadas también a ella.

—Es hora de acostarse, muchacho. Tu madre duerme. Mañana iremos a la cueva a esperar a tu hermano y a tu tío Yussuf.

Oye los pasos de Sara dirigiéndose hacia el hogar encendido, seguido del chapoteo del agua contra las paredes de la chimenea y el ahogado crepitar del fuego apagándose.

Ahora todo está oscuro. Rememora los años con Adulfo, la sonrisa inocente de Akar sosteniendo la espada de madera. Su pequeño, un cristiano. No puede vaciar sus venas de la sangre de guerrero y llenarlas de dulces poemas y besos. Le dolerá alejarse de su padre; estará tan desubicado en Alejandría como Isenhard en Villa Godomar. Cuánto se enfadó ella al enterarse del sacrificio que su padre le impuso a Samir, y ahora es ella quien sacrifica a Akar. Esta noche, la inquietud se convierte en ojos enemigos que la acechan, formas grotescas que la vigilan y devoran su anhelado reposo. La angustia fluye en su pecho como una alimaña que brama. Si pudiera oírla, le gritaría a Dios: «¡Aparta de mí este tormento!».

ALBA
BILBAO

No había visto a Gerardo desde que Sam nació, cuando me comunicó que se trasladaba con Berta a vivir a Valencia. Durante los primeros meses después de que se fuera, hablábamos a menudo por teléfono y nos escribíamos largos *e-mails*, pero poco a poco se fueron espaciando. Creo que fui yo quien comenzó a utilizar un tono banal y él quien demoró las respuestas. Supongo que ambos eludíamos la intimidad de otros tiempos como si supiéramos que en ella había una tentación. El caso es que me convertí en una amiga cada vez más lejana. Nuestras conversaciones se redujeron a explicarnos los progresos de nuestras respectivas tesis, a comentar muy por encima nuestra felicidad conyugal, y a la evolución de la política y el terrorismo en el país.

Después de casi cinco años, nos vimos a la salida de la misa funeral de Lidón ante la vigilante mirada de Artemio. Todavía conmocionados por la brutalidad de la muerte del profesor, cruzamos los saludos de rigor, recordamos algunas anécdotas entrañables que habíamos compartido con el juez, y quedamos para comer al día siguiente.

Me esperó en un campus todavía de luto, sentado bajo el magnolio que había dado sombra a nuestras confidencias durante la época de estudiantes.

—¿Te acuerdas? —me preguntó, nada más verme, evocando un pasado inocente mientras me besaba en la mejilla.

Sonrió. Alcé la cabeza para encontrar sus ojos. No recordaba que fuera tan alto.

—Imposible de olvidar. El árbol de nuestros secretos. ¿Qué es eso tan importante que querías contarme? Estamos aquí por eso, ¿no? —bromeé.

—Berta y yo vamos a divorciarnos. —Su voz sonaba serena y firme bajo nuestro magnolio—. Quería decírtelo personalmente.

—Ni siquiera me dio tiempo a sorprenderme, porque enseguida añadió—: Eso es todo. —Se removió, parecía avergonzado—. Hace frío, vámonos. He reservado mesa en nuestra taberna favorita en Zierbana. Seguimos hablando en el coche, de camino. El cielo gris amenazaba con soltar sus nubes en cualquier momento.

—Lo siento, Gerardo. Creía que las cosas iban bien entre vosotros. Nunca me has dicho que tuvierais problemas.

Una lluvia menuda comenzó a manchar el cristal delantero. Activó el limpiaparabrisas. El ruido de las escobillas deslizándose de derecha a izquierda acompañaba la conversación.

—No ha habido grandes disputas. Nuestra relación se ha agotado en la rutina. Además, Berta quería tener un hijo, y yo sigo sin tener el más mínimo interés en reproducirme. No veo razón alguna por la que asumir la responsabilidad de convertirme en padre. Eso ha sido la gota que ha colmado el vaso. Supongo que te cuesta entenderlo. Tu relación con Artemio tiene todo lo que, según Berta, le ha faltado a la nuestra: pasión, un hijo... Por cierto, ¿sigue tan celoso el fiscal? Ayer no parecía muy contento de verme.

La lluvia arreció. El ruido ensordecedor de las gotas elásticas estrellándose contra el cristal se adueñó del interior del coche. Me gustó ir así, en el coche con él, en el asiento de la esposa, en una especie de burbuja tranquila de intimidad cotidiana. Me causaba placer imaginarnos como pareja, un placer frívolo, adolescente, que contrastaba con la triste noticia de su divorcio. Quizás, lo que me había contado, hacía que él ya no fuera mi amigo, le devolvía a mi vida como mi *antiguo novio*.

Aparcamos a unos metros del local. No teníamos paraguas. Gerardo, con gesto útil, práctico, sacó del maletero un viejo chubasquero de plástico. Fue el primer regalo que le hice. Siempre lo llevaba en el coche, durante nuestro noviazgo lo utilizábamos para sentarnos en una campa húmeda o para refugiar nuestros besos bajo la lluvia. Después de tanto tiempo, aún lo conservaba. Me agarró de la cintura, me acercó a él y lo puso sobre nuestras cabezas. Sentí un estremecimiento, puede que él lo advirtiera. Corrimos hacia el restaurante abrazados bajo aquel toldo amarillo.

Ya en la mesa, observé a Gerardo. Su silueta, enmarcada por la ventana con los cristales goteados, se recortaba sobre un fondo de mar revuelto. Había olvidado ciertos detalles físicos de él. No solo que era muy alto, también, por ejemplo, que su cuello largo y fino le daba un aspecto frágil, que sus ojos negros brillaban melancólicos cuando la nostalgia ocupaba su cabeza, que el pelo rizado se le alborotaba cuando se agitaban sus pensamientos. Sin embargo, la sensación suave de sus labios al besarme permanecía indeleble, el refugio tibio de su abrazo, cálido sin asfixiar, su andar pausado contemplando cada detalle del camino, la incertidumbre en sus palabras que invitaban a reflexionar. Comparé sus rasgos con los de Artemio: el cuello y los hombros fuertes, el pelo recortado, los autoritarios ojos castaños, el paso rápido, decidido y firme, la personalidad porfiada que no cejaba nunca, la seguridad rotunda en sus convicciones.

—Un paisaje gris para un día de nostalgias.

Las palabras se escaparon de mi boca sin querer. La carta del menú aún permanecía cerrada entre mis manos.

—¿De qué tenemos nostalgia, Alba?

Me gustó también que hablara en plural como si estuviéramos conectados por una cotidianidad cómplice. Durante un instante me sobrecogió la idea de que aquella confortable sensación no la había sentido con Artemio, ni siquiera cuando éramos novios.

Me pareció que Gerardo me miraba de forma furtiva, diferente. Sentí el impulso de confesarme, de hablarle de las contradicciones, las penas y las necesidades de mi vida. Le dije mentiras, o quizás medias verdades.

—Y Sam, ¿qué tal lo lleva? —Me preguntó con una suave hondura que parecía interrogar mi alma.

Me imaginé cómo habría sido mi vida con Gerardo, qué habría ocurrido si no hubiera huido a Roma. Un fugaz asomo de rencor emergió de alguna parte de mí. Traté de castigarlo, de demostrarle una parcela de éxito frente a su fracaso conyugal.

—Sam es la aventura más excitante y arriesgada de mi vida. La maternidad me ha hecho feliz. ¿Sabes? A pesar de todas las dudas que tuve al quedarme embarazada, no me he arrepentido jamás de tenerlo. Sam es lo mejor que me ha ocurrido en la vida.

Una camarera rolliza se acercó a la mesa y nos preguntó qué íbamos a comer. Gerardo no dio muestras de haber recibido la puya y me preguntó con otro guiño de intimidad compartida:

—¿Lo de siempre?

—Lo de siempre —contesté.

Había transcurrido mucho tiempo desde la última vez que habíamos estado en ese restaurante, pero él hablaba como si hubiera sido la semana anterior. Estoy segura de que la camarera pensó que éramos marido y mujer. Me preguntaba si Gerardo advertía que aquel simulacro de insulsa intimidad me excitaba, si quizás también lo excitaba a él y por eso lo repetía.

—Compartiremos la ensalada mixta y el rodaballo al horno. Y para beber, el albariño.

Alargamos la comida, él fue desgranando los pormenores de su vida durante los últimos cuatro años. Presentaba la tesis en quince días, después se trasladaría a Burgos, donde había obtenido plaza de adjunto en la universidad. Con un entusiasmo que yo había olvidado y que encendía la luz de sus ojos, me expuso que la provincia era una fuente inagotable de asentamientos romanos. En 1962, un espeleólogo había comunicado al museo el hallazgo de un interesante yacimiento con magníficos mosaicos a pocos kilómetros de la ciudad. Ignoraba si se trataba de una villa o de una fortificación de gran magnitud, porque nunca se había llegado a excavar. Él se proponía hacerlo.

Mientras Gerardo hablaba, yo no podía evitar pensar que podría haber llevado otra clase de vida con él. Una vida sin hijos, de viajes y excavaciones arqueológicas. ¿La hubiera preferido? No, ahora no la prefería porque Sam no estaría en ella, y sin él, ya no concebía existir. Seguí pensando en esa otra vida como una especie de investigación, imaginé cómo habría sido el hijo concebido con él. ¿Sería un niño feliz? ¿Igual de inteligente, tan cariñoso, tan especial como Sam? Sin duda, se hubiera sentido más identificado y amado por un padre como Gerardo. Aquella posible vida había pasado por delante de mí como un tren al que yo ni había intentado subirme. Y en aquel instante, descubrí algo sobre mí misma tan evidente como perturbador: siempre me había dejado guiar por una forma cómoda de gestión emocional. Entre amar y ser amada, había elegido lo segundo, poner distancia con las pasiones incontenibles como si temiera arder en ellas.

Me sentí tentada de decirle lo que sentía por él, pero apenas abrí la boca, succioné mis propias palabras. Mi amor por Gerardo era consciente de su lugar. Un amor que seguía vivo como un hilo de agua dulce subterráneo, sellado con el silencio. Un amor inútil.

—Ahora que voy a estar en Burgos, podemos quedar más a menudo. ¿Qué te parece si organizamos una excursión a Cuyacabra? ¿Cuánto hace que no vas?

Gerardo movió su cuerpo hacia delante, estimulando la proximidad. Iba a contarle que no había regresado desde que estuve con él, que mi hijo, de alguna manera que no podía explicar, compartía mis sueños, y que me encantaría enseñarle la necrópolis, pero que Artemio detestaba ese lugar y me había prohibido llevar a Sam. No pude hacerlo porque nos interrumpió la llamada de Elena, la canguro de Sam. Me extrañó, apenas eran las seis de la tarde y habíamos quedado que lo cuidaría hasta las ocho. Contesté sobresaltada.

—Lo siento, Alba. No te asustes, Sam está bien. No quería molestarte, pero es que Artemio acaba de llegar. Estábamos haciendo los deberes y ha oído que Sam se quejaba porque no quería colorear una gallina. Ya sabes que no le gusta colorear, se aburre. Tu marido ha revisado el cuaderno y ha visto que en muchas tareas la profesora había puesto que estaban mal. Se ha enfadado muchísimo. Ha sacado a Sam a rastras a la escalera con las pinturas y la hoja de colorear en medio de gritos. «No entrarás en casa hasta que hagas las fichas perfectas».

—¿Dónde estáis Sam y tú ahora, Elena?

—Sam sigue sentado en el rellano del piso junto al ascensor. No para de llorar. Yo he entrado al baño para llamarte. Ha salido una vecina alarmada al oír los gritos. Artemio le ha dicho que se meta en sus asuntos. Ya sé que el niño es testarudo, pero mira, yo estudio Pedagogía, y ya te aseguro que esas no son maneras de educar. Perdóname si me meto, pero le tengo mucho cariño a Sam. Artemio me ha dicho que ya no hago falta, que puedo marcharme, que ya se encarga él. Le he contestado que me habías contratado hasta las ocho, pero él me ha pagado todas las horas y ha insistido en un tono bastante agresivo en que me vaya. Le he pedido que al menos me deje prepararle la cena. La verdad es que no me atrevo a dejar al niño con él. Por favor, Alba, ven en cuanto puedas.

—Estoy ahí en veinte minutos. Gracias por avisar, Elena.

La zozobra como un vendaval arrastró la burbuja de pasado en la que todo era aún posible.

—¿Qué pasa?

—Perdóname, tengo que volver inmediatamente a casa. Artemio ha regresado antes de tiempo y se ha enfadado mucho con Sam. La niñera está asustada. No lo conoce y no sabe manejar su ira.

—¿Qué quieres decir con que no está acostumbrada a su ira?

No respondí. Desvié la mirada hacia el impermeable que reposaba en el asiento vacío.

—¿Tú sí? —prosiguió él sin moverse.

Sentí que la garganta se me encogía. Temí que mi sensibilidad se desmadrara y estallara, dejándome ante Gerardo entregada a unas emociones que no quería reconocer y no podía dominar. Le contesté titubeante.

—Desde que Sam nació, no he podido ir tranquila a ninguna comida con los compañeros de la universidad. ¿Te acuerdas de Sofía, mi amiga la que trabaja en Bruselas? Me ha invitado un montón de veces a pasar unos días con ella. No he podido ir.

—No lo entiendo. ¿Necesitas el permiso de Artemio?

—No es eso, es que tendría que llevarme a Sam. No puedo dejarlo con él, porque siempre descarga la tensión del trabajo en casa. Y no quiere que lo deje con mi madre, dice que es una metomentodo. Siento que tengo que estar en medio de padre e hijo para que la vida discurra normalmente, para que Artemio no se altere. Llévame a casa, por favor. —Mi voz temblaba. Temblaba de miedo por Sam, de vergüenza por mi debilidad, por mi absurda impotencia.

Salimos del restaurante con premura. Había escampado y los rayos de sol tímidos se abrían paso entre las nubes. El impermeable amarillo se quedó olvidado sobre la silla.

Durante el trayecto de vuelta, permanecimos en silencio. Gerardo reflexionaba abstraído en la conducción; de vez en cuando me miraba de reojo y sus labios se movían, mudos, como si fuera a formular una pregunta para la que no encontraba las palabras. Yo me esforzaba por aparentar un aire de aceptación elegante de mis fracasos, de las posibilidades truncadas. Intentaba aparentar que tenía el control de la situación.

Aparcó frente al portal y me abrazó. Yo me demoré unos segundos en el cálido refugio de su cuerpo, como si pudiera absorber la fuerza que necesitaba para enfrentarme a lo que me iba a encontrar. Me besó en los labios con ternura.

—Esperaré aquí, en el coche, hasta que me envíes un mensaje para decirme cómo ha ido todo.

—Tranquilo. Estaré bien. Ya se le habrá pasado el enfado.

Salí del coche, y antes de cerrar la puerta, me lo dijo. Encontró, quizás en ese instante, las palabras.

—Te quiero, Alba, nunca he dejado de hacerlo. Sigo aquí.

Mi corazón se detuvo y sentí como si también se hubiera detenido el tiempo.

—Es demasiado tarde, Gerardo.

—¿Qué quieres decir? Nunca es tarde mientras estemos vivos.

Un instinto primitivo desplazó mi mano a la oquedad de mi vientre.

—Tengo un hijo, hay un niño. Y otro... otro está de camino. Esto no puede pasar.

Lo solté intentando que mis palabras lo acariciaran, con voz suave, evitando desbordarme. Después, me quedé erguida, aguantando la respiración, intentando mirar a otra parte y, finalmente, me giré para ofrecerle la espalda en vez de lágrimas. Tardé en conseguir introducir la llave en la cerradura. En el portal, tuve una visión fugaz de mí misma, vi a la adulta que era como una intrusa en la vida de la adolescente que había sido, y tuve que respirar hondo para escapar a la asfixia de un devastador sentimiento de derrota.

ZULEMA
VILLA GODOMAR

En la oscuridad nocturna de la cabaña, las formas grotescas de Musa devoran el sueño de Zulema. Asoman como relámpagos los rasgos angulosos del rostro: la nariz aquilina, los ojos negros arrogantes y ausentes de escrúpulos, la boca enmarcada en una afilada barba gris, abierta como en una carcajada convertida en grito.

Intenta en vano espantar las visiones cubriéndose la cabeza con la manta mientras se remueve en la yacija. El recuerdo la deslumbra con el resplandor de cientos de antorchas que iluminaban el palacio la noche en que conoció a Musa ibn Nusair. El sol se ocultaba cuando llegaron a Kairouan a lomos de los camellos desde el astillero de Túnez. Estaban cansados tras dos jornadas de camino. Varios sirvientes los condujeron a los aposentos de invitados, para que pudieran reposar y arreglarse antes de acudir a la recepción del gobernador de Ifriquiya. En Damasco se decía que Musa había hecho cautivos trescientos mil presos en su campaña del Magreb, de los cuales le entregó al califa sesenta mil para venderlos como esclavos y enriquecer el tesoro público, pero que él se reservó la mayor parte del botín humano, como delataba su suntuosa fortaleza. Dos esclavas, ataviadas con las ropas de fiesta de las tribus bereberes, acompañaron a Zulema a las estancias privadas de las mujeres. La desvistieron y le prepararon un baño, masajearon su piel con aceite de argán, la perfumaron, le tatuaron con henna roja los nombres de su padre, de Yussuf y de Samir en las manos, le dibujaron una fina línea negra alrededor de los ojos y otra desde el medio de las cejas a lo largo de la nariz hasta la barbilla. Finalmente, las muchachas cautivas, entre risas coquetas, dieron color a sus labios con un ungüento de granada y amapola. Quisieron adornarle las orejas con aros de oro, pero ella prefirió las esmeraldas que le regaló su hermano.

Las dos mujeres reían mientras se hacían entender con gestos delicados. Parecían felices, envueltas en un halo de belleza y sensualidad por el que Zulema se sintió traspasada. En el aire sobrevolaba un perfume de rosas de Damascena. Y ella experimentó la misma embriaguez que en el palacio de Damasco, cuando Asra, la guardiana del baño, la inició en los secretos de mujer. Se dejó llevar por la idea de vivir como las jóvenes, en habitaciones llenas de seda y ornamentadas con celosías donde flotaban los sutiles aromas de las flores del jardín interior. Por un momento, olvidó que aquellas jóvenes eran esclavas, propiedad del gobernador.

Ya en el salón de las recepciones, Musa les dio la bienvenida. Al principio, disimuló sus intenciones. Alabó con profusión la belleza de Zulema e hizo acopio de melosas palabras para honrar la sabiduría del bien nombrado «Sabio Navegante». Después, habló del abastecimiento de alimentos y materias, problemas propios de la vida errante de los bereberes que formaban el grueso del ejército del califa en esas tierras. Musa era astuto. Creyente y conocedor de la astrología, sabía moverse tan bien en el campo de batalla como en palacio. Adulaba, prometía, agasajaba. Dio múltiples rodeos hasta llegar a plantear lo que realmente le interesaba.

—Estimado Almalah Alhakim, me honra recibiros en mi casa. Si me lo permitís, os hablaré, no como gobernador, sino con la confianza del amigo.

—Adelante, Musa, os escucho con respeto.

—Sabéis que los muslimes tremolan las banderas del islam en

las torres de Tanja. Desde allí, durante la luna del Regeb, mi general Tariq atravesó el estrecho mar de las angosturas en el nombre de Alá. Llegó hasta la costa opuesta, los territorios de Rodrigo, señor de toda tierra desde Tanja hasta la Galia Narbonense. Tariq corrió esas tierras hasta las riberas del Guadiana para el terror y espanto de los moradores cristianos. Lo ha hecho con un puñado de hombres y la ayuda del que llaman Julián, un principal cristiano, gobernador de Gezira al-Ándalus, que está muy ofendido porque su rey ha deshonrado a su hija sin proponerle matrimonio.

Musa hizo una pausa para escoger bien las palabras. Zulema contemplaba sus gestos sinuosos, su lenguaje silbante, su mirada de pupilas fijas que se agrandaban al ritmo de la elocuencia del discurso. Percibió también el veneno de la cobra en su lengua.

—Y bien, valeroso gobernador, proseguid sin miedo, ¿qué es lo que deseáis decirnos...? —lo instó el sabio.

—No imagináis las tierras del otro lado del estrecho. Son fértiles y cálidas. Ha sido empresa fácil adueñarnos de gran cantidad de oro, joyas, enseres de inmenso valor y de cautivas de una belleza sin igual. El califa desea ampliar tan rica y gloriosa conquista para inculcar el conocimiento de la ley coránica. Pero el caudillo cristiano Teodomiro, que defendió con valentía el monte conquistado, Yebel-Táriq, ha pedido a Rodrigo que vaya a socorrerlo con la mayor diligencia, y ya están allegando a Sidonia cristianos de todas las provincias para combatir al lado de su rey.

—Lo sé, valeroso Musa, el califa me lo ha comunicado. Por eso estamos aquí, para construir barcos ligeros y rápidos que transporten el mayor número posible de hombres hasta los territorios de conquista.

Musa se acarició la barba, vaciló unos segundos y suspiró.

—Vos mismo habéis visto a los bereberes del astillero. Son fieros, belicosos e inquietos; de la tribu Masmuda sobre todo, pero también hay nafzas, malzuzas, zanatas... El botín ha despertado su codicia. Urge tenerlos ocupados combatiendo unidos por el califa, si no sus antiguas rivalidades tribales resucitarán y pelearán entre ellos.

—En efecto, he podido ver que son fieros guerreros, capaces de vencer a los cristianos y conquistar las tierras que habéis prometido al califa. No entiendo vuestra preocupación.

—Veréis, amigo navegante, los berberíes llevan a Alá en sus corazones desde hace poco tiempo y por eso su creencia no es firme. Oran de cara a cualquier *qibla* que se les antoja, sin advertir siquiera que se comportan como infieles. Son hombres del desierto, de espada y camellos, acostumbrados a tomar lo que desean por la fuerza. Temen la inmensidad del mar y no conocen de rumbos ni estrellas.

»Vuestra fama de sabio se ha extendido por todo el Magreb y ellos confían en vos. Necesitan vuestra dirección en la construcción de naves y, más aún, para encontrar el rumbo y los vientos propicios que les permitan cruzar el angosto mar.

Una sombra de amargura enturbió el rostro de su padre. Zulema intuyó que algo no iba bien, pero no sabía ver el peligro en las palabras del anfitrión. El sabio navegante subió los dos peldaños que hasta ese momento lo separaban del gobernador, se acercó a él y le entregó un papiro enrollado y lacrado.

—Me has de perdonar, honrado Musa, la calidez de tu acogida me ha hecho olvidar las formalidades. Debo entregarte las credenciales del muy loado y escogido califa al-Walid.

Musa lo miró con fingida sorpresa; su padre se irguió ante él. En ese momento, los ojos enfrentados de los dos hombres hablaban más que sus bocas. Las pupilas del gobernador proyectaban en las de su padre la luz férrea del filo de una espada. Las del sabio navegante eran un escudo pétreo y bruñido que recibía la estocada y la devolvía. Musa desenrolló el papiro y, mientras lo leía, el sabio navegante prosiguió su discurso.

—Puedes leer por ti mismo que el califa ordena nuestro regreso a Alejandría después de la construcción de veinte naves, las suficientes para enviarle a Tariq, tu general bereber, el refuerzo que demanda. Tienen capacidad para dieciocho millares de hombres bien pertrechados y otros tantos caballos. Arribarán sin contratiempos hasta el punto situado en las proximidades de esa roca junto al mar que, según afirmáis, solo a vos os ha revelado Alá. Las naves estarán preparadas antes del primer día del mes de raŷab, entonces os las entregaremos y mi sobrino Samir, mis hijos y yo volveremos a casa con la bagala en la que vinimos aquí. En cuanto a los carpinteros del astillero de Alejandría, son hombres libres, vos mismo podréis hacerles la oferta que consideréis oportuna para que se queden.

—Sabio Almalah, vuestro tono revela que os he ofendido, os pido disculpas. La admiración y afecto que os profeso quizás han afectado a mis modales. No pretendía molestaros y aún menos desobedecer al califa. Al contrario, todos sabemos de la gran influencia que vuestro consejo tiene en sus decisiones. Ya habéis comprobado la indisciplina y la mentalidad primitiva de los berberiscos. Pero solo con su ímpetu guerrero y su fiereza no conseguiremos conquistar las tierras de los visigodos. Lo que yo os propongo solo pretende engrandeceros a vos y al califa. Vuestro hijo Yussuf y vuestro sobrino Samir son jóvenes fuertes e instruidos. Abd Allah, mi hijo mayor, está embelesado por la belleza de vuestra hija. Creedme cuando os digo que desea desposarla. Ellos, tres jóvenes fieles creyentes árabes, pueden dirigir la expedición para la gloria de Alá. No tengo que deciros que repartiremos a partes iguales el botín que me corresponda.

Mientras hablaba, Musa sonreía y parecía clavar los dientes en el corazón del navegante, que se llevaba su mano al pecho como si sintiera un pinchazo de dolor. Fue la intención de desposarla con el horrible hijo mayor, que sonreía detrás del gobernador, lo que puso en alerta a Zulema. En ese instante, cayó en la cuenta de que Musa pretendía atarlos a sus planes, convertirlos en sus sirvientes de lujo, pero sirvientes, al fin y al cabo. Miró de reojo a Samir y vio la musculatura de su rostro contraída, se mordía los labios para reprimir la respuesta que su padre adelantó.

—Me temo, gobernador, que estoy mayor para hazañas bélicas, incluso para dirigirlas. Tampoco deseo más fortuna de la que poseo, tan solo quiero llegar a anciano en Alejandría, con la cariñosa compañía de mi dulce hija, y ser enterrado junto a mi esposa al morir. El propio califa bendijo mi deseo, incluso él mismo, que quiso convertir a Zulema en una de sus mujeres, renunció y me concedió el privilegio de su compañía en agradecimiento a mis servicios. Se ofendería si llegara a enterarse de que accedo al matrimonio con vuestro hijo. Pero no debéis preocuparos, mi buen amigo Musa, tendréis éxito en vuestra conquista. No nos necesitáis ni a mi familia ni a mí. Estoy seguro, porque cuando Alá pone en tu mano la cuerda de su propósito, todas las criaturas concurren a hacerte feliz, tus mismos enemigos te ayudan y, si se interpone alguna dificultad, el propio Alá cuida de vencerla y de allanarte el paso.

El rostro contrariado del gobernador le indicó a Zulema que había sido derrotado en el duelo de palabras, mas como el escorpión antes de morir, lanzó su último aguijonazo.

—Leo lo que decís en vuestras credenciales, pero estas no abarcan a vuestro sobrino. Si vuestro deseo es regresar a Alejandría, no puedo impedíroslo; bastará con que Samir se quede al frente del astillero y guie las naves hasta el punto de desembarco en la tierra de los godos. Estas son las órdenes del gobernador de Egipto, bajo cuya jurisdicción está vuestro sobrino —mostró a su vez otros papiros lacrados—. El joven se quedará en el astillero de Ifriquiya y acompañará en las naves a los muslimes hasta tierras cristianas. Debo recordaros que a él y a la familia de vuestra esposa muerta se les respeta la fe cristiana porque pagan el impuesto al califa con el trabajo en el astillero.

Su padre encogió la espalda como si hubiera cargado un fardo pesado sobre los hombros. Ahora Zulema sabe de esa carga, es la misma que la tiene postrada en la yacija sin poder conciliar el sueño, el peso de la culpa. Recuerda al sabio navegante buscando argumentos para convencer al gobernador.

—Musa, Samir no es un soldado. Nunca ha salido de los astilleros de Alejandría. Está instruido en la construcción de naves, no en el manejo de la espada. Si lo embarcáis y os atacan en el mar, os arriesgáis a que muera, a manos del infiel, el mejor de los maestros de los carpinteros de ribera.

«Os arriesgáis a que muera, a manos del infiel, el mejor de los maestros...», las palabras retumban en la cabeza de Zulema y un suspiro brota de su pecho. Isenhard se remueve en el jergón, a su lado. Teme haberlo despertado, se incorpora y escucha la respiración acompasada de su hijo, que sigue dormido profundamente, igual que Sara. Vuelve a acostarse y regresa al recuerdo.

No hubo argumentos que salvaran a Samir, el dulce Samir, rehén por su familia y por ella. Por ella obligado a ofrecerse en sacrificio. Al día siguiente, de madrugada, regresaron al astillero de Túnez. Musa insistió en que Zulema permaneciera en el gineceo de palacio, ya que el astillero era un lugar impropio para una mujer de su clase. El sabio navegante, inflexible, esgrimió una y otra vez que la compañía de su hija era el privilegio que le había concedido el califa. El gobernador tuvo que ceder y le regaló a Zulema las dos bellas jóvenes que la habían ataviado, Aruma y Tafrara.

La caravana de vuelta estuvo escoltada por soldados del palacio. Al frente de ellos iba Alqama, un árabe yemení de la tribu de Lajm, que había destacado como experto guerrero en la ocupación de Siria. Hombre de confianza de Musa, este le encomendó instruir a Yussuf y Samir en el manejo de la espada y en las estrategias de guerra. En segunda fila, delante de ella, su padre montaba encorvado sobre el camello, ensimismado en sus pensamientos. Los ojos inundados de amargura miraban al suelo. A Zulema le pareció que los dos días que habían vivido en el palacio lo habían transformado en anciano. Azuzó al animal para ponerse a su altura.

—Padre, ¿te encuentras bien?

—Sí, hija. Un poco cansado. Tu madre, allá donde esté, no me perdonará por abandonar a su amado sobrino Samir. Voy a causarle un gran dolor a tu tía Sara. Eso es todo.

—Padre, no debes preocuparte, yo quiero a Samir, quiero desposarme con él. Me quedaré en Ifriquiya acompañándolo.

Esas palabras lo enfadaron sobremanera. Volvió a su expresión un rigor momentáneo.

—Sigues sin entender nada. ¿Aún no has aprendido que lo peor en la vida es no ser lo que uno es? ¿Que la auténtica libertad es ser uno mismo? No he podido salvar a Samir de su esclavo destino, pero tú no, Zulema, tú no serás esclava de nadie, se lo juré a tu madre. Si te desposaras con Samir, pertenecerías a Musa. Voy a decir mi última palabra: en cuanto las naves estén acabadas, regresaremos a Alejandría.

El navegante cumplió. Durante el viaje de vuelta al astillero, no volvió a abrir la boca, pero no paraba de mirar a Alqama, al frente de la comitiva, montando a la par de Samir y Yussuf, riendo con estruendo obsceno mientras les hablaba de guerrear y matar al infiel como si de un juego se tratara.

Durante los meses siguientes, Zulema vio a su hermano y a su primo entrenarse en las artes de la guerra. Ambos eran buenos jinetes, pero las manos de Samir empuñaban la espada con la misma blandura y sentimiento de repugnancia que Isenhard. Sin embargo, sus dedos se deslizaban entre los planos y las maderas de sicomoro con la misma armonía y elegancia con la que su hijo mayor toca la flauta y los papiros de su abuelo. Quizás es el espíritu de Samir el que fluye por las venas de Isenhard, o quizás existe un espíritu común y afligido para los seres humanos atrapados entre dos mundos, enfrentados en una cruel guerra en la que se resisten a elegir bando.

Un día, Samir se retrasaba a la hora de acudir al entrenamiento. Zulema fue a buscarlo al taller. Lo encontró modelando un trozo de madera con una fina gubia.

—¿Qué haces, Samir? Alqama y Yussuf llevan un buen rato en el campo de entrenamiento.

Su primo se sobresaltó al oír su voz.

—¿Has venido sola? ¿Te han seguido?

—No temas. Están todos distraídos contemplando la destreza de Yussuf. Hoy ha tocado dos veces el pecho de Alqama con la punta de la espada.

Samir dio un par de golpes de talla más y le mostró el objeto: una pequeña cruz con un Cristo doliente y torturado.

—Es una bella talla, pero triste y cruel, primo. Nunca entenderé por qué el Dios cristiano permitió que torturaran y mataran a su hijo Jesús. ¿Cómo puedes creer en un dios tan despiadado que ni siquiera defendió a su hijo?

—No es crueldad, es compasión. Él hace libres e iguales a todos los hombres, Zulema. Nos ama, todos somos sus hijos. Por eso se encarnó en Jesús y permitió su muerte, para enseñarnos que resucitaremos, que después nos espera otra vida a su lado. Llevaré la cruz conmigo siempre. Debes tener fe, yo la tengo, me protegerá. Y ahora, vámonos antes de que nos echen de menos. —Metió la talla en un bolsillo oculto de su bombacho y salieron del taller con sigilo.

Samir sospechaba que los soldados berberíes y Alqama lo espiaban. Si daba cualquier paso en falso, como acercarse demasiado a Zulema, o si intuían que no lucharía contra los fieles de Cristo, acusarían al sabio navegante de traición ante el califa, y de no ser ejecutados, los cuatro acabarían como esclavos.

Guiaría a los bereberes en las naves hasta las tierras cristianas y luego regresaría a Alejandría, donde Zulema y él se amarían libremente con sus cuerpos, puesto que sus almas ya estaban unidas para la eternidad. Se lo confesó a ella con tal generosidad y confianza, que la caricia de su voz amansó la inquietud de Zulema.

Probó los labios de su primo en los escasos encuentros a solas que les propiciaban las astucias de Aruma y Tafrara, las coquetas sirvientas convertidas en sus confidentes.

Al contrario que Samir, Yussuf se desveló como discípulo aventajado de Alqama. Su potente brazo ceñía la espada con seguridad, asestaba golpes con fuerza certera y sus piernas se movían con rapidez para esquivar las estocadas del adversario. El general yemení solía explicarle estrategias bélicas que su hermano captaba rápidamente, pero además era capaz de aportar nuevas ideas que triunfaban en el campo de batalla. El yemení estallaba en carcajadas y le gritaba con camaradería: «¡El astuto gobernador vio el gran general que puedes llegar a ser!». Entonces, su padre, que los observaba en la distancia, se estremecía.

El sabio navegante había olvidado la felicidad de Alejandría, habitaba en él un rencor oscuro, una desconfianza profunda en la existencia y en los seres humanos, una amargura difícil de apagar. Solo las palabras amables de Samir, que lo relevaba de su responsabilidad y le aseguraba que regresaría con los suyos después de cumplir su misión, eran capaces de forzar en su rostro una piadosa sonrisa: «No es tu culpa, tío. Dios, por alguna razón que no comprendemos, así lo ha querido. Vosotros debéis regresar con Zulema. Dale esta carta a mi madre. Ella sabrá que no levantaré la espada contra los cristianos, tú ya has hecho todo lo posible para defender a la familia. Ahora soy un hombre, me toca mí. La cruz me protegerá. No te preocupes, regresaré sano y salvo».

Tres días antes del mes de raŷab, las veinte naves estaban preparadas para partir. Media docena de maestros carpinteros cristianos debían quedarse junto a Samir en el astillero de Túnez; el resto podría regresar a Alejandría. Cargaron la ligera bagala con la que habían hecho la travesía hasta Ifriquiya con provisiones, ropas, varios caballos pura sangre, los cofres con los papiros de su padre y dos baúles con vestidos de seda y joyas, regalos de Musa para Zulema.

Alqama obsequió a su hermano una cimitarra. En el puño repujado de piedras preciosas, tallada la *shahāda*: «No hay más dios que Alá, Mahoma es su mensajero».

—Yussuf, hermano de fe, el duro filo de esta espada ha cortado cabezas de muchos infieles. Algún día, Alá volverá a juntar nuestros caminos y guiará tu mano cuando la empuñes. Toma también este anillo, es mi sello. Házmelo llegar si deseas luchar por la ley coránica. Serás bienvenido al ejército del califa.

Zulema siente un frío intenso al imaginar el filo de esa cimitarra hundiéndose en el pecho del hijo del herrero ante los ojos espantados de Akar. Ahora entiende que miles de cadáveres no pesan, que los muertos solo pesan cuando le pones rostro a uno. Su pequeño, aún niño, ya se lo ha puesto al de su amigo. La primera vez que ella vio la muerte en el rostro de su madre era demasiado pequeña para sentirla, pero en las bellas facciones de Samir se hizo tangible.

El gran deseo de su corazón inquieto era yacer con su primo. El día anterior a partir hacia Alejandría, Zulema le insistió:

—Quiero ser tu esposa, Samir.

—Lo eres, Zulema, en mi corazón —contestó él cándidamente.

—No, digo de verdad. Quiero que me tomes, sentirte dentro como mujer.

—Sabes que eso costaría nuestras vidas y la de nuestras familias.

—Pero no tiene por qué saberlo nadie.

—Los esbirros de Alqama nos espían, y nada le gustaría más a Musa que atar a Yussuf y a tu padre a sus designios.

—Hay un lugar donde no pueden seguirnos, un lugar donde tú eres más poderoso que todos ellos.

Zulema señaló la bagala. Podían salir a la mar y regresar antes de que anocheciera; el tiempo suficiente para consumar su amor sin testigos. Al día siguiente, al separarse, hundirían el recuerdo de ese momento en un sueño sin orillas, que terminaría cuando volvieran a encontrarse en Alejandría. Solo así Zulema tendría fuerzas para soportar su ausencia, sintiéndose de verdad su esposa. Samir no pudo negarse a sus deseos. Convencieron a tres maestros carpinteros fieles a la familia de su primo para que los acompañaran, también a un joven berberí, aprendiz en la construcción de naves, de cuya lealtad Samir se preciaba, y a Aruma y a Tafrara.

Las doncellas fueron las encargadas de distraer a los soldados. Coquetearon como solo ellas sabían hacerlo y les prometieron sus favores. Mientras los soldados las esperaban al otro lado de la duna, de espaldas al puerto, Yussuf se entrenaba con Alqama, y su padre se ocupaba de los cálculos de la travesía de regreso a casa, Samir, Zulema y sus fieles soltaron amarras y zarparon con sigilo.

Aruma y Tafrara la vistieron de novia en el camarote de su padre. La perfumaron con aceites y esparcieron pétalos de rosa sobre el lecho. Samir dio órdenes de trimar las velas y marcó el rumbo a los carpinteros. Un viento suave los deslizaba por el mar en calma. El mundo parecía haberse parado ante su gran amor. «¡Qué ironía!», piensa ahora. Desconocía entonces que en el mar, la naturaleza se congela antes de la tormenta, así como en la vida, la felicidad suele preceder a la desgracia.

Samir apenas llevaba unos minutos con ella en el camarote, cuando los marineros egipcios lo llamaron a cubierta. Unas nubes se aproximaban por el horizonte. En pocos minutos, una sombra de plomo cubrió el sol. El aire comenzó a vibrar. Las crestas espumosas se multiplicaron. El viento racheaba cada vez más fuerte. La lluvia formaba regueros en cubierta. Samir ordenó a los hombres arriar las velas y ponerse a los remos. El oleaje hacía entrechocar las palas sobre un mar desatado que sacudía la nave. Los carpinteros se esforzaban, pero apenas podían con el remo timón para mantenerse de popa a las olas. Samir permanecía impávido para que no cundiera el pánico. Zulema lo admiró más que nunca.

Al cabo de una hora, las rachas de viento cesaron, y al rato, la lluvia. El cielo se convirtió en un velo blanco. El mar, tornasolado, tranquilo, sin un rizo. Del viento ni un susurro, de nuevo como si el mundo se hubiera detenido. Estaban a salvo. Sin embargo, el gesto de Samir se tornó preocupado.

—¿Qué ocurre? La tempestad ha pasado.

—No es eso lo que me preocupa. Hemos perdido el rumbo a causa de la tormenta. No sé cuán lejos estamos del astillero.

Mandó soltar una paloma del braguero para buscar tierra. El pájaro revoloteaba en todas direcciones buscando su libertad lejos del barco, pero regresaba una y otra vez. Samir, cada vez más apesadumbrado, cogía el animal entre sus manos, acercaba la cabeza a su boca y le susurraba: «Tú puedes, busca tierra y serás libre».

Pasaron la noche a la deriva, imaginando la desesperación del sabio navegante y de Yussuf. Samir sentía que los había decepcionado. Al amanecer, soltó otra ave. Esta vez ya no regresó a la bagala. Gracias al cielo, ya tenían claro el rumbo a seguir para llegar a tierra. Navegaron hacia la dirección que les indicó la paloma antes de perderse en el horizonte, y, casi al anochecer del segundo día, arribaron a un arenal desierto.

Creyeron estar en la costa de Ifriquiya, no sabían a cuánta distancia del astillero. Pero al aproximarse, observaron que más allá de la arena había árboles y una abundante vegetación desconocida para ellos. Echaron el ancla. El aprendiz bereber y los tres carpinteros fueron en avanzada con el esquife para explorar la tierra. Las mujeres y Samir se quedaron en la bagala, observando cómo los cuatro hombres sacaban la barca al arenal, llegaban hasta la orilla y desaparecían de su vista al adentrarse entre los árboles.

Comenzaba a anochecer y en la playa solo se intuían sombras. Samir estaba cada vez más preocupado por la cuadrilla. Encendió varias antorchas y sacó algunos papiros del baúl del sabio navegante para estudiar mapas, dibujos y marcas de tinta.

—¿Qué ocurre, Samir? ¿Por qué miras las cartas de padre?

—Creo que esto no es Ifriquiya, Zulema. Debemos de estar en tierras visigodas. Perdimos el rumbo del norte y el viento de levante nos ha arrastrado a la tierra de conquista. Hemos hecho la ruta que debería haber hecho con los soldados dentro de tres días. Me temo que si los hombres no han vuelto ya es porque están muertos o han sido apresados. Estamos en peligro, debemos salir de aquí cuanto antes.

Comenzó a andar hacia proa para levar ancla cuando se oyeron unos chapoteos en el agua. Demasiado tarde. Un grupo de hombres de rostro fiero y cabellos del color del sol, cubiertos de cueros y armados con espadas, abordaron la bagala. Uno de ellos tomó a Samir por la espalda y le puso una daga en el cuello. Gritaba, pero Zulema no entendía lo que decía. Los ojos de Samir, espantados, estaban fijos en ella mientras respondía a los visigodos en su lengua. Luego lo dijo en árabe para que ella lo entendiera: «No la toquéis, la princesa vale más viva y doncella; el califa negociará con vuestro rey su liberación». Zulema enseguida comprendió a qué se refería. Aún llevaba puestas las ricas ropas de novia y las esmeraldas. Tras de ella, las dos jóvenes berberíes se habían arrodillado serviles. Los guerreros cristianos la habían tomado por una princesa, y el dulce Samir la estaba protegiendo del único modo que podía: mintiendo. Entonces, el hombre que sostenía el puñal sobre su cuello comenzó a reír con estruendo, como lo hacía Alqama cuando entrenaba a Yussuf con la espada. Samir cerró los ojos, y cuando los abrió, movió sus labios sin emitir sonido alguno: «Juntos en Alejandría». Acto seguido, el guerrero deslizó la daga por su garganta y la segó de un tajo. Los ojos de Samir se volvieron opacos mientras caía en la cubierta sobre un charco de sangre. Al tocar suelo, un objeto salió despedido del bolsillo de su pantalón y rodó hasta los pies de Zulema: la pequeña cruz protectora.

Los guerreros visigodos se miraron entre sí extrañados. «¡Malditos salvajes! ¡Es cristiano, es uno de los vuestros y lo habéis matado!», les gritó con rabia, entre lágrimas. Quiso correr a abrazar a Samir, taponar el tajo con su velo, pero unas manos rudas se lo impidieron.

El recuerdo lacera su alma. Regresa a la cabaña y acaricia el tejido que la cubre: la ruda arpillera del sayo sobre su pecho sin alhajas. Cada vez que quiso ceder ante el sufrimiento, cada vez que ha deseado abandonar la vida, recuerda las últimas palabras de Samir. Su sacrificio no le permite derrumbarse. Las lágrimas salen mansas de sus ojos. Es Samir el río subterráneo que recorre lo más profundo de su ser. Ha emergido con el llanto liberado como un bálsamo para su espíritu. Se rinde al fin al sueño, un sueño sin orillas en el que se unen y vuelven a encontrarse en Alejandría.

ALBA
BILBAO

Mi encuentro con Gerardo y las sensaciones que había sentido junto a él, abrieron las compuertas de algún recóndito lugar de mi alma. Acababa de despedirme de él, subía en el ascensor pensando cómo enfrentarme a Artemio. Por fin me había dado cuenta de que hacía demasiado tiempo que soportaba con docilidad el dolor de Sam. No podía seguir justificando a Artemio, su mal carácter, su indiferencia o sus desaires por la tensión del trabajo. Aquel monólogo interno me hería tanto como la luz a las pupilas acostumbradas a la oscuridad. Estaba sacrificando a Sam por un amor fingido, porque, en realidad, nunca había dejado de amar a Gerardo.

El ascensor se detuvo, empujé la puerta y aspiré profundamente como si el aire contuviera la energía que necesitaba para enfrentar aquella situación. Solo obtuve un dolor sordo en el pecho; el asma se había convertido en mi compañera fiel durante los últimos meses.

La canguro esperaba impaciente mi llegada.

—Artemio está leyendo en el salón. Sam ha coloreado la gallina y lo ha dejado entrar. Lo he bañado y se ha quedado en su cuarto, pero he tenido que prometerle que no me iría hasta que tú llegaras.

—Gracias, Elena, ya me hago cargo.

Me sentía mareada y con unas irresistibles ganas de correr al baño. «Perdóname, Dios, por haber flaqueado, por haber bebido alcohol y haber bajado la alerta, por no ser una madre sublime, por haber abandonado a mi hijo».

—¡Mamá! —La voz de Sam, refugiado en su cuarto, sonaba implorante.

—Ahora voy, cariño —le dije de camino al baño.

Durante unas horas, me había olvidado de él, de que era su madre. Mi pequeño había sufrido y yo no había hecho nada para evitarlo. Artemio, en un arrebato podría haberle... No me atrevía siquiera a pensarlo. En el espejo del lavabo, mi rostro, un poco abotargado y con la mirada ligeramente empañada, contrariaba la embriaguez lúcida a la que me habían llevado dos copas de vino y un puñado de emociones. Me refresqué con agua fría. En la toalla quedaron dos chorretones negros del rímel. Artemio no soportaba esas huellas, «marcas de burdel», las llamaba, remarcando mucho la erre.

Al salir del baño me topé con él, se dirigía al cuarto de Sam. Me miró con el brillo de acero que adquirían sus ojos cuando se encolerizaba. Posó la mirada en las manchas. Creí que iba a decirlo, que era la toalla de una puta; sin embargo, contuvo la respiración y esperó a que fuera yo quien rompiera el silencio.

—Ahora la meto en la lavadora y enseguida estoy con Sam. Déjalo tranquilo. Por hoy ya ha tenido bastante.

Cerré los ojos esperando que alzara la voz. Dudó unos segundos y regresó al salón.

—Sam, soy yo, cariño. Abre.

Antes de abrirme la puerta, asomó la cabeza para cerciorarse de que estaba sola.

—Lo siento, mi vida. Elena me ha llamado, he llegado en cuanto he podido.

—¿Dónde estabas? Me has dejado solo. ¡Nos vas a abandonar, a papá y a mí! —me gritó entre sollozos.

—Sam, no estabas solo. Elena estaba contigo. ¿De dónde sacas la idea de que os voy a abandonar?

—Me porto mal y hago enfadar a papá y por eso nos vas a dejar.

Me agaché, sus ojos estaban llenos de lágrimas. Sequé sus mejillas con una caricia y lo abracé.

—Sam, tú eres mi vida, lo que más quiero en este mundo. Jamás te abandonaré.

—Pero quieres... quieres a tu novio más que a mí —hipaba, apenas podía hablar.

—¿Qué novio?

—Estabas divirtiéndote con un novio —bajó el tono de voz—, eso ha dicho papá, que nos vas a abandonar.

Y entonces empecé a comprender. Sam, su comportamiento, no tenía nada que ver con Artemio; su ira iba dirigida contra mí.

—No hay nada ni nadie a quien quiera más que a ti, cariño. Yo hablaré con papá. —Lo besé y le acaricié la mejilla con la nariz—. Siempre serás mi niño, con su olorcito a pan recién hecho, ¿cómo iba a abandonarte? Nunca me separaré de ti.

Intenté cogerlo en brazos.

—¡Cómo pesas! Ya no puedo contigo, te estás haciendo muy grande. Vamos a la cama. Te contaré un cuento de un niño y un gigante que...

No me dejó acabar.

—No, mamá. No quiero un cuento de pequeños, quiero la historia de la familia del libro viejo.

—¿Otra vez esa familia? ¿Se puede saber quiénes son?

Sam se desembarazó de mis brazos y sacó un papel del bolsillo de su bata. Lo extendió y me mostró un dibujo, lo había hecho sin que su padre se enterara mientras estaba en la escalera coloreando la gallina. Era parecido al que yo le había enseñado a Ágata en la última consulta: un niño ante una cruz, cerca de un hombre corpulento con una espada de la que caían gotas de sangre, y una mujer de larga y oscura melena que se interponía entre ellos protegiendo al niño. Algo más alejado, un hombre cabalgaba con una espada de filo curvo en la mano.

Me dije que había llegado el momento de desvelarle a Sam las visiones que compartíamos, pese al miedo que sentía a que aquello me situara ante los ojos de los demás, y sobre todo de Artemio, en el abismo de la locura. Interrogué a Sam sobre el dibujo. Volvió a decirme que la familia estaba en el libro que me había regalado Gerardo. Por más que yo insistía en que no era así, él se mantenía firme en que la madre y el niño salían de sus páginas para hablarle mientras dormía. Trataba de establecer un paralelismo con nuestra familia: «Son como nosotros», me decía. Pero lo que en realidad quería destacar era que la mujer árabe se interponía entre el padre y el hijo para defenderlo, que nunca dejaba a su hijo solo.

Inspiré hondo.

—No me voy a ir a ningún sitio, Sam, y menos sin ti.

Cogí su muñeco preferido de la mesilla, puse la mano de plástico en mi pecho y, con voz fingida, dije de forma solemne:

—Lo juro por el Pokemon Picachu. ¿Me crees ahora?

—Te creo —dijo riéndose.

Recostó por fin su cabeza en la almohada y me acosté junto a él.

—Mamá, ¿a ti también te habla la familia?

Me miraba como si supiera la respuesta, con los ojos enrojecidos, pero muy abiertos, calibrando mis gestos. Dudé unos segundos. Debía ser sincera si quería que confiara en mí cuando le decía que jamás lo abandonaría.

—A veces, hijo. A veces yo también sueño con ellos. Hablo con la madre.

Pareció aliviado.

—Quiero que me cuentes lo que sueñas, ningún cuento de pequeños, ¿eh?

—¿Por qué?

—Porque yo hablo con el niño. Él y la madre huyen muy lejos del padre y son felices. Así me duermo tranquilo.

El dique que contenía la historia en mi interior se resquebrajó, porque la historia fluyó como un torrente. Le conté que el niño se llamaba Isenhard y que era muy inteligente, igual que él; que la madre, Zulema, era árabe, y el padre, un guerrero visigodo que deseaba que su hijo luchara contra los musulmanes. Isenhard no quería, y por eso se enfadaba. Que el niño tenía miedo, pero que su madre lo protegía y que su tío árabe, el del caballo y la cimitarra, iba a ayudarlos a escapar. A medida que avanzaba el relato sentía que me liberaba. Las fechas y los hechos de los libros de historia se mezclaban con mis visiones y sueños sobre la vida de Zulema y de su familia; una vida que me parecía tan real y auténtica como la nuestra. La piel de aquella mujer cubría la mía y su alma me inspiraba cada palabra de amor, cada expresión de dolor. La división de su corazón era la fractura del mío.

Y recordé. Recordé que el niño tenía un hermano pequeño llamado Akar y, al contárselo a Sam, me acaricié el vientre sin darme cuenta, porque él también iba a tener un hermano. Su expresión se fue tornando plácida. Cuando se durmió, lo besé en la frente y lo arropé. Me quedé un rato observándolo, escuchando su respiración acompasada, pensando en lo que había ocurrido durante esa tarde en la que las vendas que me cegaban habían caído de golpe.

Evoqué a Gerardo. Sentí la ironía golpearme al recordar las palabras con las que me había dicho que se divorciaba: «Nuestra relación se ha agotado en la rutina. Supongo que te cuesta entenderlo porque la tuya con Artemio tiene pasión». Pasión. La pasión difumina tantas cosas, es lo que debía haberle contestado. Difuminó los ataques de rabia y celos que Artemio sufría cuando quedaba con Gerardo, cuando regresaba a Bilbao de vacaciones o me reunía con mis amigos. Artemio creía que yo le pertenecía. Practicaba el sexo como una lucha a muerte, de un modo primitivo, como un combate en el que solo había un vencedor. Antes, aquel deseo salvaje y posesivo me halagaba. Cualquier otra emoción me parecía tibia, desvaída, una manifestación adulterada del auténtico amor, el amor de Artemio. Después de nacer Sam, me costaba practicar esa forma de sexo. Un día me reprochó que ya no lo quería, le aseguré que sí, pero que no lo deseaba de aquella manera que me consumía al principio de nuestra relación. Intenté explicarle que mi amor se había transformado en algo más profundo, tierno y permanente. Él se rio de mis divagaciones, le daba lo mismo con tal de que siguiera a su lado, acostándome exclusivamente con él.

Cuando empezó a dar las primeras muestras de ira, creí que su rabia provenía de la amenaza de ETA y me esforcé en compensarle con cada beso y cada caricia. Pensaba que si estaba seguro de mi amor, se tranquilizaría y se convertiría en el hombre que yo quería que fuera. Nadie te prepara para el matrimonio. Te lanzas por un precipicio confiando que el paracaídas del amor se abrirá y amortiguará los golpes de la vida.

Pero el tiempo había pasado y mi amor estaba a punto de estrellarse. Ya no éramos dos, estaba Sam. Y otro que venía en camino. Me incorporé con sigilo para no despertarlo, tenía que hablar con Artemio, hacerle entrar en razón. Mis sentimientos hacia Gerardo no importaban, los moldearía, los haría dormir de nuevo. Al fin y al cabo, siempre había sido así. Estaba acostumbrada a controlar las emociones, a caminar por el sendero trillado que me resultaba más cómodo. Si Artemio era un buen padre, yo lo amaría, estaba a tiempo de salvar nuestra familia, aunque conllevara ciertos sacrificios.

Cuando entré en el salón, él estaba leyendo, el televisor rompía apenas el silencio. Alzó la vista. Pensé en sentarme a su lado, pero su fuerte mentón apretado me disuadió. Lo notaba tenso, a la espera de que yo abriera la boca para lanzar sus gritos. No sabía cómo abordarlo, cómo contarle que aún estábamos a tiempo de evitar que nuestra familia se hiciera añicos. Así que lo solté sin más, pensé que le haría ilusión y lo calmaría, luego podría hablarle de lo demás.

—Vamos a tener otro hijo. Estoy embarazada.

Se levantó de la butaca. Una sonrisa sarcástica cruzó su rostro como una cicatriz. No gritó, su tono de voz era bajo y deliberadamente pausado.

—Así que la señora, que apenas se puede ocupar de uno, ha decidido tener otro. ¿Seguro que es mío?

No podía creerlo, él siempre había querido una familia numerosa.

—¿Qué quieres decir? ¿Y por qué le has dicho a Sam que os voy a abandonar?

Artemio enrojeció y comenzó a gritar.

—¡Sé qué es lo que quieres! Pero ya te puedes ir olvidando de Sam. ¿Me oyes bien? No permitiré que te lleves a tu hijo.

—Así que se trata de eso, Sam es mi hijo, para ti solo es un rehén con el que someterme. ¿Qué sabrás tú de lo que quiero?

—Quieres irte con ese *pichafloja* de Gerardo, follar con él entre ruinas romanas y tumbas visigodas. Pues adelante, así todo el mundo sabrá lo que eres en realidad... eres una...

Lo vi en su rostro congestionado, sabía lo que venía, su explosión de ira. Sentí que me asfixiaba. Me quedé paralizada. Borracha, puta, loca de tumbas... La palabras me herían como balas. Me tapé los oídos y cerré los ojos, no podía escucharlo más; pero él seguía y seguía, me insultaba cada vez más fuerte, cada vez más cerca. Noté su aliento y abrí los ojos. De repente alzó el puño, los dedos apretados, la mirada enajenada. La luz se reflejaba sobre la alianza que se aproximaba a mí. Sentí un miedo cerval. Se detuvo bruscamente a escasos centímetros de mi cara y masculló algo que no entendí mirando hacia la entrada. No me golpeó, pero me empujó y perdí el equilibrio. Al caer, me golpeé contra la esquina de la mesa. Antes de perder la consciencia, vi a Sam en el umbral de la puerta del salón. Lo último que oí fue su grito, aterrorizado: «¡Mamá!».

Desperté en una habitación de hospital. Me dolía la cabeza y no podía pensar con claridad, pero oí a Artemio hablar con el médico: «No sabía que estaba embarazada. Sí, a veces bebe. Ya lo verá en los análisis. Hoy ha salido con un amigo y cuando ha llegado a casa estaba visiblemente ebria. Ha tropezado, ha perdido el equilibrio y se ha caído. No he podido sujetarla a tiempo, yo estaba pendiente de nuestro hijo, que se había despertado. Pero el bebé está bien, ¿verdad?, me alegro de que sea una niña. Ella también, seguro. Hará reposo, no volverá a beber».

Su voz me llegó como un viento helado, un frío que raspaba mis huesos. Las punzadas de dolor me retumban en las sienes, dentro del cráneo. Intenté gritar, decirle al médico que todo era mentira, una farsa, pero en su lugar solté un sordo gemido. Busqué con la mirada el móvil en la mesilla, no sé muy bien para qué, quizás para llamar a Gerardo, apenas me incorporé volví a perder el conocimiento.

A L B A
BILBAO

Cuando regresamos a casa del hospital después del accidente, Artemio se había vuelto a poner la máscara: «Cuánto lo siento, fui injusto contigo, estoy demasiado nervioso, mi trabajo... Yo cuidaré de ti». No le dije que lo había oído hablar con el médico. Mi primer impulso fue dejarlo. Comencé a trazar un plan. Me enfrentaría a él, me divorciaría, volvería a ser yo. Me reincorporaría a mi trabajo en la universidad a tiempo completo, acabaría el doctorado y accedería a la plaza de profesora titular. El sueldo me permitiría mantener a mis hijos. Alba madre me ayudaría con el cuidado de Sam y el de la niña que iba a nacer. Sí, podía escapar. Les explicaría a mis padres la realidad de mi matrimonio, ellos me ayudarían, podía refugiarme en su casa. En mi mente era capaz de sortear cada obstáculo, y, al hacerlo, crecía en mí una energía que había olvidado. Hasta que me topé con el escollo inevitable: «No permitiré que te lleves a tu hijo». Me vine abajo. En el mejor de los casos, si conseguía que el juez me diera la custodia —lo que no estaba claro porque él movería todas sus influencias —él tendría derechos sobre Sam. Se lo llevaría los fines de semana y vacaciones. Imaginé a mi hijo suplicándome que no lo dejara a solas con él. Le había prometido que no le abandonaría. Y oí la voz de mi madre: «En esta vida, Alba, los hijos son lo primero».

Sam no podía sufrir las consecuencias de mis decisiones fallidas. Me declaré culpable, culpable del fracaso de mi matrimonio, del dolor de nuestra familia. Asumirlo, de algún modo, me consoló, pues si yo era la culpable, también tenía en mi mano la solución. Tan solo tenía que restablecer el orden, pagar por mis pecados y enmendarlos.

Durante la penitencia, borré cualquier sentimiento hacia Gerardo, mis sueños y ambiciones, incluso la idea de elaborar una tesis brillante. Solo ansiaba un poco de paz, así que absorbí la frustración de Artemio para proteger a Sam. Me convertí en un pájaro que aceptaba su jaula, resignado.

Sonó el timbre. Al abrir la puerta me topé con un gran paquete. Detrás asomaba el rostro sonriente de mi madre.

—¿Cómo te encuentras hoy, cariño?

Mi mirada se posó en el enorme lazo rosa que adornaba el envoltorio.

—Es una cuna para la niña. No quería que nadie se me adelantara. Cuando tengáis claro el nombre, mandaré bordar las sabanitas y la manta.

La fragilidad de la figura de Alba madre contrastaba con el vigor y entusiasmo de sus ademanes. Pasó directamente a la cocina.

—¿Qué vais a comer hoy?

—No sé. Artemio come fuera y Sam en el colegio. Cualquier cosa. A las cinco tengo cita con la ginecóloga.

Buscó en la nevera y enseguida tomó el mando de los fuegos y las cazuelas.

—Tú tranquila, quédate sentada. Tienes que reposar.

—Lo sé, mamá. No te preocupes, voy a pedir una excedencia. He reflexionado. Creo que en este momento de mi vida necesito un poco de tranquilidad. Voy a dejar el trabajo, al menos hasta que los niños sean mayores. Me dedicaré a ellos, la familia es lo primero. Hasta he aparcado la tesis, como Artemio quería —añadí en un tono en el que se me coló el desencanto.

Advertí cierto recelo en ella, motivado quizá por mi decisión de dejar la universidad, pero enseguida añadió:

—Sobre eso, hija, ¿está todo bien entre vosotros?

—¿Otra vez, mamá? Ya te dije que Artemio está nervioso, a veces pierde la paciencia, llega saturado del trabajo, por eso tengo que dedicarle más tiempo a él y a Sam. Estamos contentos, vamos a tener una niña, ¿por qué insistes?

—Verás, hija, en el hospital, nos dijo a tu padre y a mí que te caíste porque estabas borracha, que habías salido con Gerardo y que volviste bebida, que por eso tropezaste. Dijo que no le habías contado lo de tu embarazo.

Debía de haber imaginado que extendería la mentira por todo nuestro entorno. No puedo decir que me hubiera enterado de repente de que Artemio no me quería, aun así, sentí la realidad como un bisturí que laceraba mi piel.

¿Cómo explicarle a una madre sublime lo que ocurría en mi matrimonio, cómo contarle lo que había descubierto sobre mí misma? Si yo era capaz de amar a un hombre, ese fue Gerardo. Y aun así, me casé con Artemio, por despecho y porque era lo correcto. Que ella nunca debió prohibirme viajar a Roma, que yo debería haber sido más valiente y tomar decisiones, volar del nido. Que su sobreprotección me había llevado a la infelicidad. Me avergonzaba ese pensamiento tan pueril, tan inmaduro. Además, ahora todo eso carecía de importancia. Ya era tarde para liberarme. Sam me encadenaba a Artemio. Y puesto que había decidido asumir el sacrificio, lo mejor era seguir callando. El silencio compensaba un poco la valentía que me había faltado en el pasado.

—Artemio es un exagerado, mamá. Es verdad que Gerardo vino al funeral del juez Lidón y que quedamos al día siguiente para comer, pero no estaba borracha. Solo fueron dos copas de vino blanco con la comida.

—Pero, Alba, estás embarazada...

—Lo sé, no volveré a beber alcohol durante el embarazo.

Ni siquiera la ginecóloga me había prohibido una copa de

vino con la comida, pero creí, en vano, que admitiendo el desliz zanjaba el interrogatorio. Mi madre entornó sus inquisitivos ojos azules.

—¿Me estás contando toda la verdad, hija?

—Sí. Artemio siempre ha estado un poco celoso de Gerardo. Es cierto que discutimos y que tropecé con la alfombra. Está arrepentido, me pidió perdón por gritarme. No tienes que preocuparte. Estamos muy ilusionados esperando a la nueva Alba.

—¿En serio, hija? ¿La llamareis Alba? —Había conseguido distraerla.

—En serio. Artemio está de acuerdo. Así que tendrás que llevarla en brazos a la pila bautismal.

Un enorme destello de alegría brilló en sus ojos, hasta que una duda atravesó su mente.

—Yo estoy ya mayor... Igual deberíais elegir a una madrina más joven.

—¿Es que no te hace ilusión? Contaba contigo para ayudarme a cuidar de tus nietos —bromeé.

—De eso nada, no hay nada que me haga más ilusión. Espera que se lo cuente a tu padre. Me hacéis muy feliz.

En su sombra de madre sublime vislumbré un resquicio de esperanza. Me sentí capaz de forzar mis deseos hacia esa vida de maternidad exclusiva que al principio había rechazado. Insistió en acompañarme a mi cita con la ginecóloga, pero me negué y conseguí que se marchara con la promesa de contarle cuanto antes los resultados de la visita.

En la consulta, seguía sin ver nada en la espiral de manchas negras y grises de la ecografía, pero a diferencia del embarazo de Sam, me esforzaba por distinguir el rostro y el cuerpo de mi hija. La ginecóloga halló un pequeño quiste ovárico. Nada grave para mí, pero podía perder el bebé. Debía hacer reposo y tomar medicación. Se reabsorbería por sí solo.

Imprimió la imagen y me la dio.

—Toma, para que presumas de niña. Seguro que se parecerá a ti. Enséñasela a tu marido.

Regresé a casa dándole vueltas al *accidente*. Unas veces pensaba que Artemio, ofuscado por la ira, había intentado pegarme, pero que al ver a nuestro hijo, había parado su puño justo antes de que tocara mi cara. Otras, realmente creía que había sido un accidente. En mi cabeza, aquellos minutos, quizás no más de diez, estaban confusos. Sin embargo, entre todas las imágenes que pasaban de forma borrosa y fugaz por mi mente, tenía muy presente un fotograma nítido que evolucionaba a cámara lenta: yo perdía el equilibrio, me tambaleaba, extendía las manos buscando a algo donde asirme. Mis pupilas se posaban desesperadas en las de Artemio, que estaba muy cerca. Hubiera podido sujetarme, pero en su mirada había un brillo perverso, el mismo que reconocía en sus ojos cada vez que un terrorista moría al estallar la bomba mientras la manipulaba. «Justicia divina» decía.

Artemio se sentía cómodo con ese tipo de justicia implacable. La humana, de la que él formaba parte, era falible. Jueces, fiscales, abogados eran seres humanos imperfectos. Me pregunté qué clase de pena merecía yo, si me odiaba tanto como a los terroristas, si el castigo por no cumplir el *mandato divino* de la sumisa esposa incluía matarme.

Cuando oí la llave en la cerradura, Sam dormía en su cuarto. Artemio regresaba tarde, como era habitual. Yo lo esperaba en el salón mientras veía los informativos de la noche. Otra bomba lapa había hecho estallar el coche de un joven concejal socialista y le había causado graves heridas. Irracional, indiscriminada y sin rumbo, la violencia tejía una epidermis de paquidermo en la sociedad y embotaba la empatía de aquellos a los que no tocaba de forma directa. Me incorporé y apagué el televisor para evitar que la noticia desviara la atención de

Artemio. Tenía que enfrentarme a él y a la violencia que empapaba nuestra familia. Era mi responsabilidad. Ya no concebía el amor entre nosotros, pero aún podía forzar un pacto con él para conseguir, al menos, cierta paz, por el bienestar de Sam y el de la hija que íbamos a tener.

—Buenas noches. Siento llegar tan tarde. Un día duro. Lamento no haber podido acompañarte a la consulta de la ginecóloga. ¿Cómo ha ido?

Me irritó que Artemio se justificara como siempre, con el único defecto que se podía permitir en la sociedad de principios del siglo XXI un hombre: dedicar a su trabajo extenuantes jornadas. Una justificación que no servía para mi trabajo en la universidad. No pude evitar el sarcasmo.

—¿Acaso te importa? Al fin y al cabo, según dices, esta niña no es tuya.

—Ya me disculpé. Nunca debí decir eso. Sabes que te quiero, que lo eres todo para mí. Sentí celos. ¿A qué clase de hombre le gusta que su esposa salga con un antiguo novio y que vuelva a casa con una sonrisa? Eso fue lo peor, Alba, conmigo ya no sonríes así. Haces el amor sin pasión, como un trámite.

—Para, Artemio, no sigas por ahí. Te oí hablar con el médico.

Sí, había bebido dos copas y estaba ebria, pero no de alcohol. Durante un rato volví a sentirme la mujer que un día fui, la que Gerardo amaba y que tú has destruido a base de gritos, de furia... Borracha, sí, pero no por el alcohol, sino de nostalgia de la felicidad que se me terminó el día que me casé contigo.

Artemio se puso tenso. Del puño blanco de la camisa, bajo la manga del traje oscuro, asomaba la mano cerrada, los nudillos crispados. Estaba perdiendo el control, podía verlo en su mandíbula, en el acero de sus ojos.

—Alba, no te consiento... Tú no vas a dejarme. Nunca. Jamás escaparás. Eres mía, mi mujer.

Cuando se me acercó, sentí una extraña liberación, como si no pudiera hacerme daño.

—Es curioso, en el fondo eres un terrorista más de esos a los que tanto odias. Ellos dicen amar y defender al pueblo que golpean y matan, al mismo que tienen aterrorizado. Como tú a Sam y a mí.

Me agarró por los hombros y empezó a sacudirme. De pronto, había abierto la puerta de la cárcel en la que había pasado tanto tiempo encerrada. No sé cómo explicarlo, pero me eché a reír como si una explosión de locura hubiera roto mis cadenas. Artemio se enfureció aún más. Levantó el puño y nuestros ojos se encontraron. Retrocedí, alcé los brazos y me protegí la cara. Bajó la mano, poco a poco, con la mirada fija en mi vientre.

—Escúchame bien. La niña, mi hija, te salva de recibir lo que mereces. Pero nunca, nunca, que entre en tu dura cabeza de furcia, nunca escaparás de mí.

Sentí que, de alguna manera, había ganado aquella batalla.

—No te molestes en amenazarme. Ya me quedó claro la primera vez que lo dijiste. Te quedarás con Sam y me arruinarás la vida. No te preocupes, seré la esposa sumisa que deseas. Voy a pedir una excedencia en la universidad, dejaré la tesis y cuidaré de Sam y la niña. Se va a llamar Alba. Ya se lo he dicho a mi madre, ella será la madrina. Me ayudará con los niños. Esa es una de mis condiciones. Y hay otra más, la principal. A partir de ahora, ni un solo grito a Sam, ni una amenaza, ni un golpe. Yo me encargaré de nuestros hijos. Ya no nos queremos, pero debemos respetarnos por ellos, para que crezcan en una familia tranquila. Solo quiero un poco de paz.

Artemio pareció relajarse.

—Pero yo sí te quiero, mi amor. ¿De verdad dejarás el trabajo por nosotros? Si es así, te prometo que de ahora en adelante nuestro hogar será un remanso de paz.

Noté algo en su voz que me puso de nuevo en alerta, algo que sonaba como no debería sonar. Eso que diferenciaba a Artemio de cualquier persona normal. Había aprendido a distinguir ese tono calculado, esa expresión en su rostro, la del cazador que acorrala a la presa.

—Verás, yo también he estado pensando mucho, y he pedido el traslado a Burgos. Estoy harto de que vivamos con esta sensación de peligro. Estoy seguro que me lo concederán. No hay nadie con más méritos que yo.

Hizo una pausa para contemplar mi reacción. Intenté mostrarme imperturbable mientras me quebraba en mil añicos. Él me escrutaba con una sonrisa sardónica.

—Volverás a quererme, ya lo verás, mi amor. Todo irá bien. Seremos una familia feliz. Aunque es una lástima, porque tu madre no podrá ayudarte durante mucho tiempo con los niños. Mi hija me querrá. Mi hija Alba me amará de verdad.

ZULEMA
VILLA GODOMAR

Zulema se despierta con los balidos de las ovejas. Sus ojos se abren perezosos. El cuerpo apenas responde a sus órdenes. «Ya hace un buen rato que ha amanecido. Venga, muévete», se dice tratando de incorporarse, pero apenas consigue un leve movimiento de los brazos. Lleva más de cinco días postrada en la yacija, entre fiebres y con la cabeza llena de las brumas del recuerdo. Respira hondo, comprueba que el aire entra en su pecho, libre de la opresión que se le instaló el día en que confundió el cadáver del primogénito del herrero con el de su hijo pequeño. Se yergue, mira a su alrededor, los camastros de Isenhard y Sara están vacíos. Siente que la sangre vuelve a correr con vida por sus venas. Y hambre, también siente mucha hambre. El hogar está encendido; la olla, vacía junto al fuego, a la espera de la primera comida del día. Más balidos en el corral. Se echa el paño de lana sobre los hombros y, no sin esfuerzo, consigue levantarse y caminar hacia la puerta de la cabaña. Al asomarse, ve a Isenhard concentrado en ordeñar la oveja más negra del rebaño. Zulema se detiene en el umbral para observarlo.

—Estate quieta, Zaína. Tienes las ubres llenas. —El animal aleja sus cuartos traseros; el chico la sigue, arrastra el tajo entre las piernas y se acerca de nuevo—. Vamos, no voy a hacerte daño. Seré más suave que tus corderos. Madre tiene que comer para ponerse fuerte.

Zulema sonríe, su hijo siempre tiene palabras amables y modos sosegados. Solo la espada y la guerra tuercen su natural gesto apacible. Sentado en la pequeña banqueta, masajea las ubres con suavidad. Los primeros hilos de líquido salen tímidos. El muchacho se humedece las manos con él y aprieta de nuevo. La leche brota a chorros hasta llenar la herrada de madera.

—Muy bien, Zaína. Eres una buena oveja. Te lo prometí, sin tirones. Hay mucha, llegará también para hacer queso.

El muchacho se pone en pie, retira la banqueta y levanta el cubo con cuidado, porque está a punto de rebosar. Cuando alza la mirada, sus ojos se encuentran con los de Zulema. Ella se sobrecoge, hay tanto amor en la mirada azul de su hijo, tanta nobleza solemne y frágil, que sería capaz de conmover a cualquier alma de paz. Su rubio hijo visigodo le recuerda a Samir de una forma absurda, tan diferentes el color de su piel y sus pupilas, pero igual dulzura en sus maneras. Tiene que salvar a Isenhard de la batalla. Su espíritu, al igual que el de su amado primo, no soportará la guerra.

—¡Te has levantado, madre!

Su tono alegre suena como un cántico de celebración.

—Sí, hijo. Estoy recuperada. Ya respiro —dice mientras hincha su pecho con el aire que toma a bocados de la tibia primavera.

Isenhard ríe a carcajadas, la oveja parece contagiarse y bala meneando la cabeza mientras hace sonar el cascabelillo.

—¿Ves? Zaína también se ha puesto contenta. Vayamos dentro, madre, hay que cocer la leche y el pan. Tienes que comer.

Zulema explora los corrales con la mirada buscando a su vieja amiga. No hay rastro de la judía.

—¿Dónde está Sara?

Isenhard se lleva el dedo índice a los labios y entra en la cabaña. Zulema comprende y lo sigue al interior.

—El hijo del pastor ha regresado al amanecer, después de echar al día a las ovejas. Durante la noche ha visto varios jinetes árabes junto al fuego de una pequeña hoguera, a poco más de tres leguas del poblado. Uno de ellos parecía un niño. Sara piensa que es el tío Yussuf con Akar y ha ido a su encuentro. Dijo que ya no tenías calentura y que cuando despertaras fuéramos a la cueva, lejos de los ojos de la aldea. Allí nos vendrán a buscar. Padre y los hombres estarán a punto de regresar, la mujer del pastor ha enviado a su hijo a avisarlos. Debemos darnos prisa.

A Zulema le brinca el corazón en el pecho, pero la alegría tropieza pronto con la añoranza. Lleva mucho tiempo esperando el momento de huir; tanto, que su piel ya acumula huellas indelebles de la tierra y de los hombres que se dispone a abandonar. Huellas de barro y sangre, cicatrices de heridas profundas como la que dejó en sus entrañas el depravado Rodrigo cuando la tomó a la fuerza, pero también pliegues suaves formados en su seno por el acunar de sus hijos. Durante unos instantes, evoca el rostro tosco y mellado de Adulfo lleno de indulgencia cuando la eligió por esposa. Henchido de orgullo el día que alzó al cielo a Akar. La firmeza de su voz y su brazo cuando la defendía de las lenguas maledicentes del poblado. La nostalgia es un ancla pesada que amenaza con dejarla clavada en Villa Godomar. Su joven hijo parece advertirlo.

—Madre, apura la leche. Vas a necesitar fuerzas. Queda mucho viaje hasta Alejandría.

Beben y comen deprisa y, a continuación, preparan los morrales con algunos víveres. Cargan el caballo que Adulfo le regaló a su hijo con los baúles del sabio navegante. Cuando Zulema va a trancar la puerta de la cabaña, Isenhard se echa la mano a la cabeza.

—¡Un poco más y lo olvido! Sara me entregó una carta. Me dijo que no te la diera hasta que estuvieras totalmente repuesta.

Entra de nuevo y entrega a su madre un pliego.

—Toma, es del tío Yussuf. Léela cuando lleguemos a la cueva. No perdamos tiempo.

Zulema la oculta en su pecho, entre la ropa. El corazón se le acelera y sus piernas corren ligeras en dirección al bosque donde se oculta el eremitorio. En cuanto llegan, lanza el morral al suelo, desdobla el papel y comienza a leer con avidez.

Yussuf, tu bien hallado hermano, con gran regocijo te saluda, Zulema, y te hace saber que la infinita benevolencia de nuestro padre perdonó tu desobediencia en el mismo instante en que la descubrió.

Enterados de tu apresamiento y de la muerte de nuestro amado y honrado primo Samir, seguimos al gobernador Musa y el general Alqama hasta estas tierras para conseguir tu rescate. Muchos fueron los intentos pacíficos de padre de ofrecer la fortuna de la familia a cambio de tu liberación. Uno tras otro fueron rechazados por los cristianos. Cuando se hubo convencido de que solo mediante la espada conseguiría tu rescate, padre adoleció gravemente de tristeza y gran melancolía, perdió el dormir y la apetencia. Después de días de calentura, al conocer que llegaba su muerte, congregó a su presencia al gobernador y al general, y ante ellos me declaró sucesor de la casa Alhakim, encomendándome tu protección como si fuera yo tu padre y el de tus hijos, Isenhard y Akar, cuya existencia conocíamos gracias a nuestros espías en los ejércitos de Pelayo. Y sabiendo que Musa no era fiel observador de los pactos, ante la empuñadura de la espada donde estaba inscrita la shahāda: «No hay más dios que Alá», le hizo jurar a él y su general Alqama que no cejarían en la ayuda hasta tu libramiento y el de tus hijos, e hizo firmar al gobernador salvaguarda por la que se os tendría por seguidores de Alá, al haber sido tu conversión por fuerza, y solo para desposarte con un principal caudillo cristiano.

Lo juró de forma honrada el general, mas no Musa, a quien quedó muy en el alma la enemistad que concibió contra padre cuando le negó en el palacio de Kairouan su alianza para la guerra. Con astucias, ha puesto impedimentos maliciosos a las excursiones para llegar a ti.

Renunciando padre a su natural piedad, mandó misiva al bien escogido califa, en la que denunció lo desmedido de la codicia del gobernador, quien siempre reservaba para sus arcas la mayor parte del botín de la conquista. El general fue llamado a Damasco donde, demostrada su ambición, fue ajusticiado y su cabeza cortada. Su hijo Abd al-Aziz, con quien Musa quiso desposarte, le ha sucedido como gobernador de al-Ándalus, ha tomado por esposa a la que fue del rey Rodrigo, y por orden del califa y temor a sufrir la misma justicia que su progenitor, se ha mostrado favorable a ayudar en tu liberación. Con salvoconducto por el firmado y el apoyo de un pequeño grupo de muslimes de la ciudad de Amaya, acudiré a buscaros al lugar señalado por la judía Sara en el próximo cambio de luna.

Mi alma está llena de gozo por nuestro inminente encuentro, hermana, pero se resquebraja cuando el deber me obliga a comunicarte que nuestro honorable padre, el sabio navegante Almalah Alhakim, falleció en Gixon durante la oración de Almagrib, en la puesta de sol, a veintinueve de la luna del Xawal, del año noventa y nueve de la Hixera.

Juro por Alá, mi muy amada Zulema, que junto a tus hijos, que son ya reconocidos descendientes de la casa Alhakim, honraremos en paz la memoria de quien fuera nuestro sabio, piadoso y justo padre, quien ya descansa junto a nuestra madre en Alejandría.

En la luna del Rabi' al-Awwal, del año ciento cinco de la Hixera, lo rubrica Yussuf Ben Almalah Alhakim.

«Padre ha muerto». Zulema respira lentamente intentando contener la emoción. Su último pensamiento fue para ella. El rostro se le ensombrece, dirige su húmeda mirada al fondo del río para ocultarle a Isenhard su pena. Allí donde el brillo es una lluvia de peces, de agua, lo sabe. Entiende que su padre ha muerto de la misma manera que el río discurre ante sus ojos. «Padre ha muerto». Lo repite una y otra vez para meter la idea en su cabeza. Una enorme tristeza la embarga, una tristeza que es un gran cansancio, pesado, sin rabia.

—¿Qué dice la carta, madre? ¿Son malas noticias?

No quiere afligir a Isenhard, que ha vivido con la ilusión de conocer a su abuelo, no hasta que estén libres, fuera de peligro. Permanece unos instantes callada, con la cara sin expresión, tan fatigada como si acabara de dar a luz. Intenta buscar consuelo en el fondo de sí misma: «Desde las profundidades te llamo... desde las profundidades te llamo... desde las profundidades te llamo...». Y surge, al principio pálido y vacilante; después, cada vez más fuerte. Sí, es padre, padre le habla, su alma habita en ella, como lo hace su madre, como lo hace su primo. El sabio navegante la coge de la mano y pasean juntos por el inmenso bosque de sus recuerdos. Alejandría, Yussuf, Samir, los atardeceres de coral navegando junto al faro, las palabras de padre para calmar sus enfados de niña: «Huye de la ira, Zulema, o morirás retorciéndote entre la espuma de tu rabia. La piedad, la piedad es la salvación».

—No, hijo mío, es que llevo mucho tiempo en esta tierra cristiana. Siento pena de abandonar a tu padre, de algún modo lo quiero. Sin él, ni Akar ni tú estaríais en este mundo. Estoy contenta. El tío Yussuf viene a buscarnos con un salvoconducto del gobernador de al-Ándalus. Seremos libres, viviremos en paz.

—Madre, no es necesario que mientas. Sé que Adulfo no es mi padre. No tienes que seguir fingiendo ante mí.

—¿Por qué crees eso?

—Las fiebres te hacían hablar dormida. Amabas a tu primo Samir, ibas a desposarte con él antes de que lo mataran, ¿no es cierto? Yo soy hijo suyo, me concebiste en el mar antes de naufragar. Por eso padre no me quiere, por eso siempre tengo esta ansia de huir.

Zulema temía haber revelado su terrible secreto entre delirios. Su gran secreto, Isenhard, hijo del rey Rodrigo, un bastardo que no pertenece a ningún lugar, ni cristiano ni musulmán. Aliviada, muestra una sonrisa resignada mientras revuelve el pelo de su hijo.

—Amaba a Samir, sí, pero Adulfo es tu padre. ¿Acaso no ves la similitud en el color blanco de tu piel y en el trigo dorado de tus cabellos? Tu padre es un buen hombre, no lo odies. Sin él, yo sería esclava, o peor aún, me habrían matado. Tú no habrías nacido. Él nos quiere a su manera. Ya eres casi un hombre, Isenhard, todas las lunas han pasado doce veces por tu vida. Eres el hijo de un caudillo cristiano y una musulmana, dos mundos enfrentados por designios ajenos. Has elegido el árabe, pero hazlo sin rencor. Perdona a tu padre, olvida el daño que te hizo y recuerda con cariño lo que creyó hacer por tu bien.

Piedad, clemencia, compasión, perdón, misericordia. El amor que aprendió de su padre, de Samir, es lo que la ha sustentado durante todo este tiempo. Ha visto demasiadas veces la ira que devora el espíritu de los hombres camino de la muerte. No quiere que Isenhard sucumba a ella, no quiere que se aloje en su pecho y pudra su alma. «Solo la piedad y el perdón cicatrizan las heridas y proporcionan la paz», las palabras de padre cuando era niña revoloteaban a su alrededor y apenas la rozaban, pero ahora, alojadas en su corazón, le indican el camino como si de pronto también ella se hubiera vuelto sabia. ¿Será este el modo de sobrevivir a la muerte? Quizás las almas no vayan al paraíso ni al infierno, sino al corazón de las personas que amamos.

Desde que salió de Alejandría solo ha encontrado ira. Hay ira incluso en el miedo de los hombres, en su deseo; también había ira en la lascivia del vil Rodrigo. Recuerda cómo la miró cuando los asesinos de Samir la llevaron ante él, todavía envuelta en el inmaculado vestido de novia, preservado para obtener un mejor botín por su rescate. En su cuerpo había un dolor infinito; en los ojos del viejo rey, ansia ardiente de venganza y dominación.

Como estaba previsto, las bagalas construidas bajo las instrucciones de Samir habían cruzado el estrecho con miles de bereberes para proseguir la conquista de las tierras cristianas. Las tropas de Tariq corrían Algezira causando terror y espanto entre sus moradores. La caballería musulmana atemorizaba los pueblos, asesinaba a sus moradores, y talaba y arrasaba los campos por doquier. Rodrigo había convocado a los cristianos de todas las provincias del reino en los campos de Sidonia. Envió en avanzadilla a la flor de la caballería cristiana, comandada por el insigne Adulfo, que se distinguía por su lealtad al rey y su fiereza en la batalla contra los pueblos rebeldes del norte.

Zulema, atada de pies y manos en una de las tiendas del campamento cristiano, escuchaba a sus captores mientras esperaban a ser recibidos por el mismísimo Rodrigo, a quien le exigirían una recompensa por tan importante cautiva. Aquella fue la primera vez que oyó hablar con admiración sobre el caudillo guerrero, cuyo rostro cruzaba una gran cicatriz. Los soldados loaban su destreza con la espada y el caballo, y aseguraban que mantendría a los herejes a raya hasta que llegara el refuerzo de tropas. Aún no sabía que Adulfo sería quien la salvara de su terrible destino.

Después de presentarla ante Rodrigo, intentaron negociar con Tariq: la princesa sería desposada con un noble visigodo para establecer una alianza con el califa. A cambio, los musulmanes retirarían sus tropas de los territorios del sur de la península. Fue Adulfo quien llevó al general bereber el mensaje del rey visigodo, quien recibió el rechazo y el sarcasmo musulmán:

«Venís a mí creyendo que es princesa y doncella quien solo es la hija mancillada de un mercader, y además, pretendéis la rendición de un bereber —le arrojó una bolsa con monedas de oro—. Esto es lo que recibiréis a cambio de una ramera».

«Una ramera». El rey cristiano estalló en cólera. Ya de noche, mandó que la llevaran a la tienda real para hacerle saber cuál era su valor. La abofeteó tan fuerte que cayó al suelo. El rostro enrojecido de Rodrigo era el vivo retrato de la ira. Le levantó las piernas y se las separó con fuerza, entonces se colocó entre ellas para impedir que las cerrara y la embistió con la furia de un animal herido. Zulema no tuvo para él pechos ni vientre, no tuvo ojos, boca ni pelo. La tomó como una escudilla en la que escupir su rabia y su lascivia, como algo de su propiedad, menos que su espada y su jumento. Dolor, repugnancia. El sucio rey buscaba el lugar en el que clavar su miembro como buscaba el corazón del enemigo para atravesarlo con un puñal. Zulema sintió un dolor inmenso, creyó que se había roto por dentro. Chilló, y sus propios alaridos le parecían los de alguien que agonizaba. Rodrigo hedía a *melus* agrio y grasa de animal quemada. Vomitó sobre él y la volvió a abofetear. Se acercó a las brasas de la hoguera y las removió. Volvió al lecho con el tizón ardiente, amenazador. «Deberías darme las gracias por haberme vertido en tu cuerpo de puta infiel». Aquello se repitió durante siete noches, hasta que Adulfo la eligió como recompensa por su lealtad al rey. Y cada una de aquellas noches de los primeros días de la luna del Regeb, Zulema abandonaba su cuerpo y su alma a las palabras de su madre en el desierto: «Se nace para vivir, hija, nada más. Vive, es tu principal tarea».

«Libertad, padre, es poco para honrarte. Lo que ahora deseo es tan inmenso que todavía no puedo ponerle nombre. Será en Alejandría donde lo encuentre y juro que, a los pies de tu tumba, lo gritaré».

ALBA
BILBAO

Me preguntaba qué habría querido decir Artemio con lo de que Alba hija lo amaría de verdad. Supuse que se había dado cuenta, antes incluso que yo, de que ya no lo quería. No era Gerardo quien le provocaba celos, sino Sam. Nuestro hijo lo hizo consciente de mi auténtico amor. Él lo acaparó todo, pasó a formar parte de mí. Jamás había amado a mi marido de ese modo. Creo que él anhelaba ese tipo de amor incondicional que nunca había sentido.

¿Podría amar a la niña que crecía en mí con las misma intensidad? Estaba de tres meses y mis sensaciones eran muy diferentes a las que había sentido durante el embarazo de Sam. No me comunicaba con ella. No soñaba con ella ni con ningún relato medieval.

Volví a leer el estudio sobre microquimerismo fetal de aquella investigadora americana. Me angustiaba pensar que las células del nuevo bebé determinaran mi cerebro. Imaginaba la niña en que se convertiría. Dócil, fácil de manejar; el reflejo de los deseos de Artemio. Es sencillo amar a los hijos que vemos como una prolongación de nosotros. Alba sería la extensión de Artemio: rubia, con unos ojos azules inocentes, llenos de dulzura, incapaz de comprender el mal ni la manipulación de un padre que se la sentaría sobre las rodillas cada vez que llegara a casa y la colmaría de atenciones. Un padre que la mimaría, mientras que a Sam solo le gritaría y depreciaría. Por eso no me había pegado, porque la niña era suya, su prolongación. La hija que esperaba solo reforzaría los barrotes de la cárcel que Artemio había construido para mí.

El día que nos comunicó que le habían concedido el traslado, yo estaba jugando con Sam. Construíamos una máquina del tiempo con papel de aluminio. Estaba disgustado porque solo lo había invitado a su cumpleaños un niño de clase, pues no tenía más amigos. Artemio nos escuchaba desde el umbral de la puerta. Nos arrojó la frase como un latigazo.

—No hace falta que hagas amigos aquí. En un par de meses nos vamos a Burgos. Abandonamos Bilbao.

Se giró, satisfecho, y se fue al salón a ver la televisión. Sam sollozaba. «Yo no quiero ir. Quiero quedarme aquí, contigo, con los abuelos. ¿Quién nos cuidará si nos vamos?».

Esa noche la pasé de nuevo en la habitación de invitados. Era obvio que yo tenía alguna tara que me impedía ser una buena madre, porque a pesar de lo mucho que me esforzaba, no conseguía que Sam fuera feliz. Tuve un sueño inquieto, sentí sobre mí una amenaza ancestral, algo horrible, inabarcable. Mi cuerpo lo habitaba un invasor. Se había colado una brisa por la ventana, ascendía por mis piernas y se introducía en mi útero. Al cabo de unos meses nacería una niña de ojos traslúcidos, malvada e incapaz de amar a su madre ni su hermano.

Me desperté inquieta, pero con la mente extrañamente despejada, clarividente, como si la luz del alba me hubiera proporcionado una revelación. No podía tener otro hijo. No en un hogar dominado por el miedo. Otro eslabón añadido a la cadena con que me ataba Artemio. Ni siquiera era capaz de proteger a Sam.

No me costó encontrar un médico que me facilitara las píldoras. En el Bilbao de entonces, aunque era ilegal, todo el mundo sabía a qué clínica había que dirigirse. Luego solo tuve que esperar a que la naturaleza se alineara con mis deseos: salía a correr mientras Sam estaba en el colegio, no descansaba... A los dos días comencé a sentir punzadas en el vientre. Las ignoré y salí a la calle dispuesta a realizar una larga caminata. A la altura del Sagrado Corazón me sobrevino la primera punzada, seguí corriendo hasta sentir la sangre deslizarse por mis piernas. Pedí ayuda a un par de mujeres, pronto llegó la ambulancia.

Mi hija Alba hubiera tenido unos hermosos ojos azules como su abuela y el pelo rubio como la luz de un limpio amanecer, sus movimientos hubieran sido armoniosos y sus manos suaves, llenas de caricias. Murió en la ambulancia con el implacable sonido de la sirena como música de un funeral anunciado. El enfermero que me acompañaba me dijo que no llorara, era joven y podía tener más hijos. Yo ya tenía un hijo. Lloraba por él.

Lo siguiente que recuerdo es despertar en el hospital, mi madre me cogía la mano. Su semblante era el reflejo de la ilusión rota. La boca torcida trataba de emular una sonrisa.

—Estás bien, hija. No te preocupes. Lo importante es que tú estás bien. Ya tendrás otros hijos.

No sé por qué, pero no me dolió verla así. Al contrario, sentí rabia, la necesidad de hacerle pagar por ser la madre sublime que yo no conseguía ser. Por haberme educado para ser tan complaciente, con ese miedo a perder su cariño o el de mi padre. Me odiaba a mí misma, pero no podía evitarlo.

—Por supuesto que estoy bien. No pienso tener más hijos. Además, el mes que viene nos mudamos a Burgos, Artemio solicitó el traslado y se lo han concedido.

—Cariño... No me habías dicho nada. Os llevareis a Sam también, claro...

Fui deliberadamente cruel.

—Sí. Hoy has perdido a tus dos nietos.

—Alba, estás muy afectada. Tú no eres así. Todo esto es muy precipitado. Necesitas reponerte, hija mía. Artemio siempre está trabajando, y si te vas, no podré ayudarte. ¿Por qué no se va él y cuando ya tenga el colegio, la casa y todo en orden os vais vosotros? Mientras, quedaos en nuestra casa. O por lo menos deja que Sam acabe el curso aquí. Sus palabras me sonaron a insulto: yo era incompetente y no podía proteger ni educar a mi hijo. No quise ver en el inmenso amor que inundaba su mirada. Amor por mí, su hija, a la que no veía feliz y con la que no conseguía comunicarse por más que le ofreciera su regazo para cobijarla.

—Mi familia es cosa mía. Nos iremos los tres juntos. Yo cuidaré de Sam.

Mis palabras se clavaban como puñales en su pecho, se desangraba.

—Yo siempre seré tu madre. Siempre estaré para ti.

Ya recuperada, y unos días antes de la mudanza, fui a la universidad para regularizar mi excedencia y recoger las cosas de mi despacho. De camino, oí en la radio del coche que ETA había matado al único concejal socialista del ayuntamiento de Orio de dos tiros en la cabeza. Ana, la secretaria del departamento de Historia, y con la que me unía cierta amistad, salió a mi encuentro. Los rumores le atribuían una relación con el catedrático Ayestarán. Se decía que él había estado a punto de divorciarse de su mujer, pero que la grave enfermedad de su hijo había supuesto un obstáculo insalvable.

—Me alegro de verte, Alba. Siento mucho lo que te ha pasado, ya verás cómo os va mejor en Burgos. Por cierto, ¿te has enterado de la noticia?

Pensé que Ana se refería al atentado.

—Sí. Un muerto más. Parece que nunca se va a acabar.

—Me refería a lo de Ayestarán.

—¡Ah! No, ni idea, ¿qué ha pasado?

—Casi se muere su hijo.

—No lo sabía. Pobre niño, tan enfermo desde pequeñito. Tiene que ser terrible para él y su mujer. Siempre pendientes de su salud. Iré a su despacho para despedirme.

—Ya veo que no sabes nada. El niño no tenía ninguna enfermedad.

—¿Cómo que no?

—Era la madre quien se las provocaba. Está loca. Munchausen por poderes, lo llaman los médicos. De cara a la galería era una madre perfecta, abnegada, y en realidad, estaba matando a su propio hijo. Muy fuerte. Así tenía pillado a Ayestarán.

Advertí en Ana más regocijo que consternación.

Llamé a la puerta de Ayestarán. Una voz apagada me animó a que entrara.

—Vengo a despedirme. Me he enterado de lo de su hijo. Espero que se recupere cuanto antes.

—Gracias, Alba. Seguro que en Burgos encontrareis la tranquilidad que necesitáis. Artemio me ha dicho que también vas a abandonar la tesis, que te vas a dedicar a cuidar de tu hijo.

—Sí, así es.

—Mira, hay algo que quería comentarte. Siento mucho haberte relevado del seminario. Fui terriblemente injusto. Yo creía que mi esposa era una buena madre, la mejor, pero ya no sé nada, Alba. No sé ni dónde está al límite entre el amor y la obsesión, pero hay algo que sí sé, Alba: eres una magnífica historiadora y la que más sabe sobre la invasión musulmana y las necrópolis visigodas. Tienes un gran futuro. No dejes tu carrera. Puedes dar clases en la universidad de Burgos. Yo mismo te recomendaré y seguiré dirigiendo tu tesis desde aquí. Es lo menos que puedo hacer por ti y por Artemio. Me atrevo a decir que tu marido es un amigo. Y no solo por la forma en que ha llevado en el juzgado el asunto de mi mujer. Los médicos la denunciaron; pero él ha sido el hombre en el que he podido desahogarme, a pesar de sus propias preocupaciones y pérdidas. Le dije que te animara a seguir en la universidad, pero según él, estas empeñada en dedicarte a tu familia. Alba, yo creo que puedes hacer las dos cosas. Así era Artemio, de puertas para fuera todo humanidad, amabilidad y cortesía. Aquella hipocresía le dio un empujón a mi coraje.

—¿Sabe qué? Me encantaría que siguiera dirigiendo mi tesis. Seguiremos en contacto. Y si me decido a volver a dar clases, le pediré esa carta de recomendación.

—Me das una alegría, Alba. No puedo resarcirte del daño que te hice, pero me quedo más tranquilo si me permites ayudarte en tu carrera.

—Gracias, pero no me debe nada. Una cosa más. No le diga nada a Artemio. Quiero darle una sorpresa. Si consigo acabar la tesis, se la dedicaré a él y a Sam.

—Cuenta con ello. Él se sentirá muy orgulloso. Y yo también.

Decidí regresar a casa dando un rodeo para despedirme de los lugares que me habían abrigado desde que nací. Lloviznaba. Me subí el cuello de la gabardina y ofrecí mi rostro al cielo para recibir el sirimiri. Luego miré al suelo, me detuve en observar las baldosas, los surcos circulares en forma de flor, los cuatro canales en los que se concentraba la lluvia. Al alzar la mirada, el Guggenheim emergía de la ría como un galeón del futuro, apresando las nubes en su cubierta de titanio.

La violencia de ETA había traspasado la piel de mi familia, se había adueñado de Artemio y me desterraba del lugar en el que deseaba vivir, pensar, expresarme en libertad y trabajar en paz. Supe entonces que, aunque otra tierra me acogiera, llevaría en mi corazón una fractura dolorosa, una desazón que sería compañera para siempre.

ZULEMA
VILLA GODOMAR

Isenhard espera el paso de la trucha sumergido en el río hasta las rodillas. Lanza el anzuelo sobre su cabeza, la mirada fija en las aguas que discurren con la fuerza de la primavera. Inmóvil, silencioso. Zulema, sentada en la orilla, a su espalda, observa sus hombros anchos, los brazos fuertes, los músculos trenzados bajo la piel como gruesas sogas, las piernas de muslos firmes, el pelo de color fuego que le cae por la espalda en una leve cascada de rizos. El cuerpo de su hijo se ha transformado en el de un magnífico guerrero. Solo en sus manos, de largos y suaves dedos, encuentra rastros de la fragilidad del pequeño ser que salió de sus entrañas. A veces cree que es realmente hijo de Adulfo, se le parece tanto...

Al pensar que pronto lo abandonará, Zulema se estremece. Adivina el dolor de su esposo y sabe que se transformará en ira. Hubiera merecido otra mujer a su lado, una leal, se reprocha. Ya había tenido dos faltas cuando él la tomó por vez primera en el lecho. Nunca ha sabido con seguridad si él sabía de su estado. Le suplicó a Sara que le sacara la vil semilla de Rodrigo de sus adentros. Cada noche de cautiverio, la fiel sanadora acudía a la tienda en cuanto el rey la abandonaba después de violarla. Lavaba la humillación de su cuerpo, le extendía ungüentos para aliviar el escozor de las heridas, la acariciaba y acunaba contra su pecho para reavivar su alma. «Debes ser fuerte, niña, esto pasará, lo importante es vivir. Tú eres vida, este hijo es tuyo, solo tuyo. No lo envíes a la muerte». A veces confundía sus palabras con las de su madre.

La vieja judía se había ganado la confianza y protección de Adulfo al curar el tajo con que los traidores seguidores de Witiza le habían marcado el rostro. Cicatrizó la herida con emplasto y arrancó las espinas de su corazón con palabras tibias. Se convirtió en su confidente, él le contaba sus más íntimos secretos. Así fue como Sara supo que Adulfo era hermano bastardo del rey Rodrigo. Hijo del mismo padre, el duque Teodofredo, y una esclava nórdica que cuidó de él con adoración hasta que murió de unas extrañas fiebres. El noble guerrero, al igual que Isenhard, era hijo de la ira. Había jurado fidelidad a la estirpe de Rodrigo a cambio de la libertad de su amada madre y la oportunidad de ser un noble espatario, pero guardaba en su pecho el dolor de haber sido engendrado con violencia. Sara se las ingenió para hablarle de Zulema, de los ultrajes a los que el rey Rodrigo la sometía, de su cautiverio. El guerrero vio en el sufrimiento de la joven cautiva el reflejo del de su propia madre. Fue la judía quien lo persuadió para que la tomara por esposa.

Ahora se pregunta si Adulfo alguna vez la amó. Quizás solo se apiadó de ella. Por eso en su corazón solo ha brotado agradecimiento hacia su esposo. Amor y compasión son cosas diferentes. Sin embargo, en Villa Godomar lo único que importa es vencer a la muerte. Todo se mezcla y se confunde. Nadie duda de que el espatario es un hombre leal y valiente, y ella una infiel que no merece su devoción. ¿Acaso tienen derecho a condenarla por sobrevivir a cualquier precio?

Recuerda cuando el destino puso al noble guerrero en su camino. Los soldados lo admiraban, aseguraban que mantendría a los herejes a raya hasta que llegara el refuerzo de las tropas convocadas por Rodrigo a los campos de Sidonia. Llevaba largos días de lucha y mantenía a los infieles a orillas del río Guadalete a costa de gran cansancio y numerosas bajas entre sus hombres. «Dos días más hasta que lleguen las tropas del norte. Te compensaré con lo que quieras, elige la riqueza que desees», le dijo el rey. «Ella», contestó el fiel caudillo mientras la señalaba sin titubeos. «¿Una esclava? Te entregaré cincuenta». «Solo ella. La quiero como esposa». Rodrigo accedió sin disimular una sonrisa sarcástica en la que se burlaba de su medio hermano: «Eres tonto, un bastardo fuerte y necio que elige una ramera como recompensa». Adulfo, imperturbable, con el mentón apretado y la mirada noble fija en los ojos reales, parecía decirle a Zulema: «No temas, soy firme, no cambiaré de opinión». Y el férreo guerrero cumplió su palabra, resistió a los musulmanes hasta que llegaron los refuerzos. Días antes de la última gran batalla, Zulema fue bautizada, y acto seguido, los unieron como hombre y mujer mediante el rito cristiano.

Pasadas unas semanas, noventa millares de visigodos llegados de toda la península se unieron al ejército de Rodrigo y se dirigieron hacia los campos que regaban el río Guadalete. Mientras, mozos de cuadra, algunos hombres de oficio y las mujeres esclavas permanecieron en el campamento aguardando el fin de la batalla. En la delantera y la retaguardia, nobles caballeros armados de lorigas y de perpuntes; en medio, los hombres a pie con lanzas, saetas, espadas y puñales; en los flancos comandaban los hijos de Witiza. A pesar de su hostilidad hacia el rey, se habían unido a la lucha alarmados por el avance despiadado de los infieles, que segaban las cabezas de los cristianos y las exponían en lanzas a la entrada de las poblaciones conquistadas. Adulfo odiaba a los witizianos, sospechaba que su adhesión en el último momento solo era un ardid para hacerse con el trono. La traición estaba en su naturaleza.

Zulema y Sara vieron partir a los visigodos dcsdc la loma tras las que se ocultaba el campamento cristiano. «Reza, muchacha, reza al Dios en el que creas para que guíe el brazo de tu esposo y regrese a ti. De ello depende tu vida».

Las tropas de Tariq eran inferiores en número y los de Rodrigo esperaban arrasarlas. No contaron con que a los bereberes no les quedaba otro camino que el de avanzar, pues detrás solo había mar. Su general había ordenado que los barcos regresaran al norte de Ifriquiya para impedirles la huida, y les había prometido gran parte del botín con el que se harían durante la ocupación.

Las huestes visigodas y las musulmanas se enfrentaron durante tres días. En el aire, resonaban con estruendo atabales y añafiles. El ruido de los cascos de los caballos retumbaba como si la tierra fuera la piel de un tambor. Zulema podía sentir el temblor bajo sus pies. Durante la noche, los gemidos de los heridos abandonados en el campo de batalla le impedía conciliar el sueño, y cuando lo conseguía, se despertaba sobresaltada por el grito exánime que anuncia la muerte. Fue por aquel entonces, cuando la extraña mujer de pelo del color del trigo y ojos claros como un limpio amanecer empezó a aparecérsele en sueños. Pensó que era una diosa y le rogaba que protegiera a Yussuf, que no lo rozaran las flechas ni el filo de las espadas.

Al anochecer del tercer día, apenas unos cincuenta cristianos retornaron al campamento. Zulema distinguió a lo lejos la silueta de Adulfo a caballo, encogido sobre sí mismo, las piernas desmadejadas y una gran mancha de sangre en la calza. Sara le dio un leve empujón: «Ve a recibir a tu esposo, consuélalo, llora junto a él, lava sus heridas y da gracias a su dios por devolvértelo vivo. Que todos te vean».

Corrió hacia su hombre herido; los cristianos se creyeron sus lágrimas infieles, pero su desconsuelo provenía de la muerte de la única esperanza que aún le quedaba: que los musulmanes ganaran la batalla, y su padre y Yussuf la rescataran. Adulfo, el noble y leal guerrero, había regresado a buscarla. Estaba a salvo, pero no podría regresar con los suyos.

—No llores, mujer, estoy bien. Los taimados hijos de Witiza, Agila y su ejército, nos han vuelto a traicionar. En medio del ardor de la batalla, han dejado los flancos al descubierto. El rey Rodrigo ha muerto. El mismo general bereber ha atravesado su pecho con la lanza después de recorrer a caballo el pasillo que los traidores han abierto hasta él. Han caído también la mayoría de los principales leales cristianos. Hay que levantar el campamento y llegar a Toledo antes que los infieles. Nos haremos fuertes entre sus murallas.

Al descubrirse la traición, los partidarios de Agila huyeron al noroeste de la península. Entre los pocos supervivientes que regresaron, solo un noble de alto rango, el obispo Opas, al que eligieron nuevo rey en una asamblea celebrada con premura antes de emprender la marcha hacia Toledo. Adulfo siempre había recelado de su lealtad a Rodrigo y no podía olvidar su amistad con Agila antes de que lo nombraran obispo. Consideraba que su juramento de fidelidad tenía más que ver con el poder que con una verdadera devoción.

Desmontaron las tiendas y cargaron armas y provisiones en los jumentos. Zulema subió a la grupa del caballo de su esposo. Opas, al frente de la comitiva, permanecía erguido en su montura con porte real. Más de diez días con sus noches tardaron los leales a Rodrigo en llegar a Toledo. Estaban exhaustos, la mayoría había hecho el recorrido a pie, muchos caballos murieron por el camino. Zulema levantó la mirada y se topó con una fortaleza amurallada en lo alto de un monte escarpado, ceñido por un río al que llamaban Tajo. Los supervivientes, en su mayoría mujeres y niños, arremolinados en la puerta de la ciudad, se lanzaron a recibir a la tropa entre lágrimas y abrazos.

Toledo estaba desprotegida. Rodrigo se había llevado a la batalla a todos los *comitatus*, guerreros que le habían jurado fidelidad, y a todos los espatarios de su guardia. La mayoría había muerto.

Opas ocupó de inmediato el Alcázar del Rey. La construcción, que se erigía a una altura considerable del río, era majestuosa y labrada a maravilla. Zulema se sorprendía a cada paso que daba. Había tesoros por doquier. En una estancia apartada se hallaban veinticinco coronas de oro, guarnecidas de jacintos y otras piedras preciosas, sobre una mesa también de oro, la mesa de Salomón. Adulfo, ya de noche, en el lecho, le explicó que cada una de esas coronas había pertenecido a un rey. Era costumbre después de la muerte de cada uno de ellos, colocarla allí. No le cabía ninguna duda de que Opas había regresado a la ciudad por su riqueza. No se fiaba de él. Estaba seguro de que entregaría Toledo a los infieles y de que se quedaría con parte del botín.

Su instinto no le falló. Semanas después, Tariq llegó a la ciudad con la tropa bereber, apostó el campamento junto al río y la cercó. Aunque la fortaleza del sitio les dio confianza al principio, los supervivientes de la batalla estaban mermados de ánimo, en sus mentes la derrota había acrecentado el valor y la ligereza de la caballería de los árabes. Sara, además, le advirtió a Adulfo de que los judíos estaban conjurándose para pactar con los conquistadores. Los rumores que corrían desde los pueblos conquistados aseguraban que los muslimes trataban mejor a los judíos que los cristianos. Solo Adulfo, sus espatarios y algunos fervientes cristianos, más temerosos de Dios que de la muerte, se mantenían firmes.

Después de tres días de cerco, Opas decidió capitular con las condiciones que le impuso el general bereber. Entregarían todas las armas y caballos que hubiese en la ciudad y se podrían retirar libres los que no quisiesen quedar en ella perdiendo sus bienes. Los que permaneciesen serían dueños pacífica e inviolablemente de sus casas y posesiones, aunque estarían sujetos a un tributo. Gozarían del libre ejercicio de su religión, del uso y conservación de sus iglesias, pero no edificarían otras ni harían procesiones públicas, gobernarían por sus leyes y jueces, pero no impedirían ni castigarían al que se quisiese convertir a la fe de Alá.

Adulfo y media docena de fieles espatarios decidieron huir al norte con sus familias antes que someterse. Sara, el pastor, el herrero y algunos otros hombres de oficio se unieron a ellos. Antes de dejar las murallas atrás, el fiel caudillo le lanzó a Opas una afrenta: «Siempre leí en tu rostro la traición. Juro que derramaré tu sangre si los infieles no te cortan antes la cabeza».

Zulema abandonaba Toledo abrazada a la cintura del guerrero, subida a su jumento, con la mirada en la lejanía, intentando distinguir la figura de su hermano Yussuf en el campamento bereber. Por sus mejillas se deslizaban lágrimas silenciosas. Sintió una patada en su vientre abultado. Aún quedaban cuatro lunas llenas para que naciera Isenhard.

Un viento suave peina sus pensamientos, y lanza un suspiro que la devuelve al presente. Mira a su alrededor, ve el río, la miserable caseta de adobe y el arco con la cruz clavada en el centro. Su hijo mayor sigue afanado en la pesca. Se ha cobrado tres piezas que agonizan en la orilla. Una aún mueve la cola, pelea por volver al río y respirar en libertad, ignorante de que no tiene posibilidad de sobrevivir. De pronto, el pez da un coletazo más fuerte y consigue desplazarse hasta el borde del agua. Otro pequeño avance y se salvará. Isenhard, de espaldas, no puede ver la lucha del pez. Zulema tiene de pronto una idea absurda. Quizás su alma esté conectada con la de esa trucha que pelea por sobrevivir. Ella también se siente atrapada, está al borde del agua, pero si Yussuf no llega pronto, morirá. Es su última oportunidad de volver a Alejandría. El pez boquea y se agita. El tiempo transcurre lento en la agonía. Su mente vuelve al pasado.

Dos lunas antes de lo previsto, Zulema sintió un latigazo que la obligó a doblarse sobre sí misma, cuando aún no habían llegado al territorio Astur donde pensaban refugiarse. Adulfo dio órdenes de interrumpir la marcha. En los márgenes del camino, bajo un árbol, las mujeres prepararon un lecho con pieles y gualdrapas. Entre aullidos, le pidió a Sara que le sacara de dentro aquello de una vez. Quería huir, volver a Toledo. «Calla, chiquilla, que no te oiga tu esposo». Zulema recuerda sentir cómo su cuerpo se abría por la mitad. Le dolían hasta las entrañas, pero no el alma, porque no estaba allí, seguía vagando por el campamento de Tariq para poder fundirse con la de su hermano. Prefería morir a vivir cautiva, eso le dijo a Sara. Entonces oyó el llanto enérgico de Isenhard saludando a la vida. La judía lo puso con mimo en sus brazos envuelto en unas pieles de borrego. Las manos blancas de dedos inmaduros, con uñas como escamas de pez, palpaban el aire mientras berreaba reclamando la presencia del espíritu de su madre. Lo abrazó y el llanto cesó al instante. El alma regresó a ella con un amor profundo, sin condiciones, más fuerte aún que su instinto de libertad. Un amor que no había experimentado jamás. Y supo que su vida ya no sería nunca suya, sino que le pertenecía al pequeño ser que dormía apoyado en su pecho, acunado por el latido de su corazón.

«¡Mira, madre! ¡Seis! Vamos a asarlas», exclama Isenhard mientras le muestra las truchas ensartadas en la lanza, y Zulema sale abruptamente de sus pensamientos anclados en el pasado.

Se acercan a la entrada de la cueva y encienden el fuego. Apenas surgen las brasas cuando oyen el crujido de unas ramas.

—¿Oyes? Son pisadas. Alguien se acerca. Escóndete en la cueva, hijo. ¿Quién va?

Entre la espesura del bosque asoma la figura enjuta de Sara, que le hace señas a quien la sigue para que avance hacia ella. Aparece entonces un hombre de movimientos ágiles, esbelto, el cabello enredado en rizos negros. Y unos ojos oscuros, profundos, brillan con una luz intensa como la de las estrellas, ojos como los de su pequeño Akar. Sí, a pesar de los años, los sufrimientos, la guerra, Zulema reconoce esa mirada inquieta y llena de amor.

—¡Yussuf!

Quiere abrazarlo, arrojarse sobre él, abandonarse en su pecho, vaciar el dolor, pero recuerda la carta: su padre murió, a Samir lo asesinaron... Y su hermano ha tenido que cambiar su destino para rescatarla y se ha convertido en guerrero. Todo por culpa de su desobediencia. Zulema hinca rodillas en la tierra y besa la mano de su hermano.

—Perdóname, hermano. No merezco tu generosa entrega, pero mis hijos sí, ellos llevan la sangre de padre. Solo por ellos he puesto, una vez más, tu valiosa vida en peligro.

El joven la ayuda a levantarse con dulzura y la abraza. Contiene la emoción mientras besa su frente. De entre la espesura de los helechos y pinos aparece el pequeño Akar. Zulema corre hacia a él y lo estrecha contra su cuerpo. Siente una cascada de alegría que desborda su pecho

—Akar, Akar, luz de mi vida. Cuánto te he echado de menos. ¡Isenhard!, puedes salir. Son tu hermano, Sara y el tío Yussuf. Han venido a buscarnos.

El muchacho se asoma al umbral de la cueva y duda. Yussuf detiene su mirada en él. Sus ojos se pasean por el color rojo de los cabellos y la piel nívea del sobrino, insultantes vestigios de su sangre visigoda. Zulema lee la sorpresa en el rostro de su hermano y teme que repudie a su hijo mayor, pero él enseguida exclama:

—¡Mi querido sobrino, tu mirada es tan sabia como la de tu abuelo el navegante!

El muchacho sonríe, entra en la cabaña y sale corriendo con el cofre, extrae los papiros que tantas veces ha leído y los muestra.

—Mira, hermano de mi madre. Los pensamientos de mi abuelo han entrado en mi mollera de tanto leerlos. Por eso salen por mis ojos.

Yussuf se acerca a él, recoge los papiros y los devuelve al baúl para abrazar fuertemente a Isenhard.

—Ya lo creo, ese arco de la entrada es como uno de sus dibujos —dice mientras palpa el cuerpo fuerte y joven del muchacho, como si buscara en él algún tesoro escondido por el sabio navegante.

Hay algo mágico en el abrazo. El tiempo se detiene y se hace el silencio. A Zulema la inunda una profunda sensación de paz. Contempla a Isenhard y a Yussuf y no son dos personas lo que ve, sino que su hermano se vacía para acoger al sobrino. El muchacho se remueve con regocijo en el abrazo, como si por fin hubiera hallado la verdadera cueva que lo cobija, el templo de amor paternal y protector que llevaba buscando desde que nació.

—No hay tiempo que perder. Subamos al camino, dos de mis hombres nos esperan con los caballos. Hay que darse prisa, en el descampado no hay follaje donde ocultarnos.

El grupo asciende del valle hasta el desarbolado. Al llegar, encuentran los caballos solos, atados a un pino a la entrada del bosque. No hay rastro de los dos bereberes que acompañaban a Yussuf. Al aproximarse a las monturas, oyen un grito agonizante que proviene del otro lado del camino. Un hombre fornido armado con una espada aparece ante ellos, apenas cincuenta pasos los separan. Antes de que Zulema pueda reaccionar, Akar grita: «¡Padre!», y corre hacia él.

Adulfo extiende sus brazos para acogerlo sin soltar la empuñadura de su acero. Con un movimiento brusco, coloca a su hijo tras él, para protegerlo. El guerrero avanza con furia con la espada en alto, dirigida al corazón de Yussuf.

—¡Maldito infiel, asesino de niños, no me robarás a mi familia!

La cicatriz supura odio, Zulema conoce la fuerza sobrehumana que la ira le confiere a su esposo. El horror la paraliza. Cuando el choque parece inevitable, el joven árabe se aparta y el guerrero se da de bruces contra el suelo. El golpe retumba en la explanada y la espada sale expulsada a cinco pies de su cuerpo. Se voltea para recuperarla y erguirse de nuevo. Antes de rozarla con los dedos, su hermano, más rápido, pone el filo de su alfanje en el cuello del caudillo visigodo.

—Maldito bastardo cristiano. Solo hay un ladrón aquí. Tú arrancaste de nuestra familia a mi amada hermana. Tú eres el animal que la tiene prisionera y la tomó como una de sus posesiones. Mira tu rostro mellado, solo produces repulsión.

Los ojos de Yussuf brillan de cólera, Zulema nunca lo había visto así, con el deseo de acabar con la vida de otro hombre, odia a Adulfo, va a matarlo.

De nuevo el tiempo se detiene a los ojos de Zulema. Solo Isenhard tiene vida, el muchacho avanza a la carrera hasta ponerse delante de su tío y aparta el brazo que empuña el alfanje. Su voz resuena profunda como el eco lejano de la del sabio navegante.

—¡No lo hagas! ¡Piedad! Es mi padre. La piedad es uno de los tesoros que el abuelo dejó en mi alma.

Yussuf duda, pero su rabia asesina muere en la profundidad de los ojos de su sobrino. Retira el filo del cuello del guerrero y el chico extiende su brazo para ayudar a Adulfo a levantarse.

El padre se aferra a la mano del hijo y se yergue tambaleándose. Sus brazos y piernas flojean, la sorpresa ha expulsado a la ira de su cuerpo y parece uno de esos espantapájaros desmadejados de los campos. Pero hay una extraña luz en su mirada.

—¡Hijo mío, ¡por siempre! —Y abraza a Isenhard.

Akar se une a ellos y por un instante se funden los tres. Yussuf se encabalga y toma las bridas de los caballos.

—Vamos, no hay tiempo que perder —los apremia—. Pronto aparecerán sus hombres para impedirnos la marcha. Vuestro padre ha matado a los soldados que me acompañaban.

Adulfo recobra las fuerzas y mira fijamente a Yussuf.

—Podéis huir por el este. Los hombres os buscan por los campos. Solo yo he sospechado la traición de mi esposa.

Zulema monta a caballo junto a su hermano mientras siente el dardo en su corazón, pero no sangra, está rígido, duro como hielo. Lo que ocurre está fuera de su voluntad, lo observa desde una eternidad que no le pertenece. Todo está escrito, se dice.

Isenhard sube a lomos de otro.

—Vamos, Sara —se impacienta Yussuf.

La judía niega mientras mira con dulzura a Zulema.

—Ya soy vieja, mi niña. El espinazo me salta por encima de la cabeza, camino lento. Solo entorpecería vuestra huida.

—No, Sara. No podemos irnos sin ti —ruega Zulema.

—Mi querida hija, llevo toda la vida de aquí para allá; mis ojos tristes, mirando de reojo, buscando entre la gente el hijo que nunca tuve. Yahvé se equivocó al darme un corazón de madre y un vientre seco incapaz de engendrar. Hasta que tú apareciste, yo no existía. Tú eres mi hija, y tus hijos, mis nietos. Pero no hay nada para mí en Alejandría y solo os retrasaría. Me quedaré, es mi decisión.

Por segunda vez en la vida, Zulema siente el abandono de una madre. Se acerca a Akar y le ofrece la mano para que suba al jumento. Pero el pequeño se agarra a la de Adulfo y mira con tristeza a su madre, mientras niega con la cabeza. En un tono que es más susurro que voz dice:

—Me quedo con padre. Soy un guerrero cristiano.

El caudillo recobra de pronto su condición humana, ya no es un muñeco de trapo. En el vientre de Zulema, se abre paso el dolor, más fuerte del que sintió al parir al hijo que ahora debe abandonar en las frías tierras de Villa Godomar. Piensa en llevárselo a la fuerza, subirlo al caballo y atarlo. Se le pasará el enfado. Sara parece oírla.

—No, hija. Tus hijos no te pertenecen, son hijos de la vida. Por sus venas corre sangre árabe y sangre visigoda. Por mucho que el hombre se empeñe en derramarla, una vez mezclada, toda es roja. Tu corazón sabe que Akar es feliz en la tierra en que nació. Yo cuidaré de él y de Adulfo. Tu noble esposo, estoy segura, ya ha perdonado mi deslealtad. Ama a la extraña familia en la que nos hemos convertido. Debemos separarnos para no destruirla. Es hora de que vuelvas a Alejandría con Isenhard. Míralo, cuando nació, pensaste que tu hijo mayor era la cadena que te ataba a un destino no deseado. Hoy es la fuerza que te empuja hacia la libertad.

Zulema reconoce en las palabras de Sara la verdad que surge del amor más puro. Mira a su pequeño, los ojos estrellados de Akar se nublan por un instante. Salta del caballo y lo abraza. Un último abrazo, un último beso. No podrá resistirlo. Akar, la luz de sus ojos. El día que decidió huir eligió entre sus hijos. Si dios fuera mujer no la habría puesto en semejante encrucijada.

Busca algo a lo que aferrarse, que le dé valor. Truenan en su cabeza las palabras del cura en la ermita, las palabras del libro de los cristianos: «Algún día, en el fin de este mundo, un auténtico Señor descenderá del cielo con voz de mando y con trompeta de Dios, y los muertos resucitarán. Luego, los que estén vivos, irán junto con ellos en las nubes para encontrarse en el aire». Y así ella se yergue, con la esperanza de un alba en el que todos se reunirán de nuevo. Estará con Isenhard y Akar, con su madre y con Sara, su otra madre, con el sabio navegante, con su amado Samir, y también con Adulfo. Para siempre. Sin guerras, sin ira, solo amor y gloria.

Azota el caballo e inicia la marcha por el este de la villa con la mirada al frente. Akar le lanza un beso. Hasta entonces, hasta que vengan el nuevo cielo y la nueva tierra, Zulema sentirá un frío vacío en su espíritu, solo guarnecido por la ternura de ese leve soplo posado para siempre en su mejilla.

ALBA
BURGOS

Mientras Artemio conducía de Bilbao a Burgos, mi pensamiento navegaba en el mar de la melancólica voz de Amaral, que brotaba de la radio del coche. La música se interrumpió para dar paso a las noticias. La Audiencia de Sevilla absolvía al hombre para el que la fiscalía pedía setenta y cuatro años de cárcel por maltratar a su esposa. Los jueces hacían hincapié en las *incoherencias y contradicciones* en las que incurrió la mujer en su declaración. Intenté apagar la radio, pero él me apartó la mano antes de que pudiera rozar el interruptor. Una mueca sarcástica cruzó su rostro mientras subía el volumen. Me giré hacia el asiento trasero y suspiré aliviada al ver que Sam seguía dormido. Miré abstraída a través de la ventanilla. Los árboles y el asfalto, machacados por el sol, corrían lúgubres a nuestro lado. Sentía que mi vida iba a la deriva. En un acto reflejo, estrujé contra mi pecho el bolso que tenía en el regazo. Dentro llevaba la vieja edición del libro que me regaló Gerardo.

Él seguía enamorado de mí, me lo dijo el día que fuimos a comer a Zierbana. Cuando me dieron el alta y regresé a casa, tenía más de treinta llamadas perdidas y otros tantos mensajes suyos. Le debía, al menos, una explicación. Hice acopio de fuerzas para superar la vergüenza y marcar su teléfono; pero apenas oí su voz, la confesión me salió espontánea, a borbotones, como si el relato ya no me perteneciera. «La tarde que pasamos juntos no fui sincera contigo. Hace tiempo que nuestro matrimonio es un infierno». Agucé el oído, esperaba una palabra de consuelo, pero al otro lado solo había una respiración comprimida. Un silencio doliente en el que me vacié: «Cuando volvía a casa después de estar juntos, Artemio estaba loco de celos. Discutimos, estuvo a punto de pegarme, perdí el equilibrio, y me di un golpe en la cabeza. Pero lo peor fue que les dijo a los médicos y a mis padres que había vuelto a casa borracha tras comer con un *amigo*. Me dibujó como una alcohólica infiel e incapaz de cuidar de su hijo». Imaginé su estupor. Comparada con mi historia, sus problemas matrimoniales derivados de la rutina parecían banales. «Alba, tienes que abandonarlo», articuló al fin. No podía. Había muchas cosas que él no sabía. Le había prometido a Sam que nunca volvería a dejarlo solo con su padre.

Antes de colgar, le dije que aquella sería la última vez que hablábamos, no podía arriesgarme a que Artemio se enterara de que seguíamos en contacto. Era lo mejor para todos: para Sam, para mí y para él... Tenía que buscar otra mujer a la que amar y que le correspondiera. Necesitaba alejar cualquier tentación de huir de mi jaula.

Sin embargo, ahora, cuando ya estábamos llegando a Burgos, me aferraba al libro que me había regalado como si sus páginas encerrasen nuestro amor, un amor con el que fantasearía para soportar el paso mortecino de los años hasta que Sam tuviera voz ante un juez para decidir con quién quería vivir. Entonces sería libre.

Artemio había organizado nuestra nueva vida: la casa, el colegio de Sam. A pesar de estar a mitad de curso, lo admitieron en el mejor centro privado de la ciudad. «Nos hacemos cargo de la difícil situación que han vivido en el País Vasco. Tenemos un deber moral con ustedes», nos dijo el fraile director. También consiguió un puesto de profesor de Derecho Penal en la universidad. Llevaba meses planeándolo a mis espaldas.

Al principio, mis padres nos visitaban los fines de semana, pero él enseguida les hizo ver que nos incomodaban: «Aquí estamos más tranquilos que en Bilbao. Alba se basta sola para cuidar de Sam. Necesitamos tiempo e intimidad para adaptarnos a la nueva situación».

Me fui despidiendo, una a una, de todas las vidas que había imaginado de adolescente y que ya no tendría. Dedicaba el día a las labores de la casa, a llevar y traer a Sam del colegio, y a tener la cena puntual para cuando Artemio llegara. Por las mañanas, sin que él lo supiera, acudía a la biblioteca para seguir escribiendo la tesis doctoral, el único resquicio por el que escapaba de mi cárcel de madre y esposa. Enviaba mis avances por *e-mail* a Ayestarán insistiendo en que debía mantener el secreto para sorprender a mi marido.

Durante las noches, cuando Artemio demandaba relaciones sexuales, cada vez de forma más brusca, le dejaba hacer sobre mi cuerpo ausente de espíritu. Al principio sentía una mezcla de temor y asco de mí misma por el placer que obtenía de sus caricias; luego, ya ni eso. Sus orgasmos eran una violenta revolución que él reprimía en la garganta. Apretaba los labios con fuerza para no exclamar cualquier cosa. Yo alcanzaba a oír algo, siempre desagradable, pero lo ignoraba. Después, nos dábamos la vuelta y dormíamos con las espaldas enfrentadas.

Aprendí a no replicar, a bajar la mirada, a apartarme de su camino. Dejé de maquillarme para evitar las marcas en las toallas que tanto lo molestaban.

Aquellos sacrificios me concedieron cierta tranquilidad durante el primer año, a cambio de un tedio letal, un cansancio infinito. Caminaba arrastrando los pies, dormía a ratos y me despertaba en mitad de la noche sobresaltada por pesadillas, con la respiración acelerada y la musculatura rígida.

El laberíntico paso de los días se convirtió en un profundo aislamiento que solo aliviaba cuando pasaba tiempo con Sam, al que cada vez me unía una atracción más instintiva. Me admiraba su curiosidad, su facilidad para aprender, su hambre de conocimientos. Por las tardes, después de hacer los deberes, seguíamos leyendo pasajes de *La verdadera historia del rey Rodrigo*. Hablábamos con entusiasmo de la familia medieval. Estábamos convencidos de que existía un lazo mágico entre ellos y nosotros. Sam creía que la familia me chivaba lo que escribía en mi tesis. «Ya te queda muy poco para acabar, ¿verdad?». Él me preguntaba como si mi trabajo fuera una especie de logro común, algo que nos haría más felices. «Poco, hijo, pero recuerda que es un secreto, papá no debe enterarse».

En algún momento, tuve la tentación de llamar a Gerardo y quedar con él para visitar la necrópolis de Cuyacabra, pero temía que Artemio lo descubriera y nuestra relativa paz se hiciera añicos. Creía tenerlo todo controlado o, al menos, contenido. No se me ocurrió que Burgos es una ciudad pequeña y que, tarde o temprano, acabarían coincidiendo.

Ocurrió el invierno siguiente. Solo eran las seis de la tarde, la nieve caía con fuerza. Sam y yo acabábamos de terminar los deberes. Nos sorprendió que Artemio llegara tan pronto. Abrió la puerta del cuarto de un golpe y entró hecho una furia:

—¡Lo sabías, zorra, lo sabías! Por eso aceptaste tan fácilmente venir a Burgos. ¿Cuántas veces te lo has tirado ya? ¿Te lo traes aquí?, ¿te lo follas en nuestra cama?

Sam se pegó a mí. Lo rodeé con los brazos intentando disimular el temblor de mi cuerpo.

—¿De qué estás hablado, Artemio? Cálmate, por favor, nos estás asustando.

Se acercó de dos zancadas. Me sentí minúscula, allí, en el suelo, junto a Sam. Me lo arrancó de los brazos y lo empujó lejos de mí. Vi cómo mi hijo se estampaba contra su escritorio justo antes de recibir un fuerte puñetazo en la cara. Sentí que mi cerebro se desplazaba de lado a lado como un flan, no podía pensar.

Sam lloraba. Me levanté, aturdida, y corrí hacia él aterrorizada, pues temía que se hubiera golpeado la cabeza. Lo palpé y comprobé que no había sangre, pero estaba muy asustado. Alcé la vista y me topé con la mirada colérica de Artemio posada en el libro de la vieja edición.

—¡Te crees muy lista! Pero solo es eres una puta. ¿Pensabas que me habías engañado? ¿Ya le has contado a Sam que tu novio está en Burgos? ¿Crees que puedes abandonarnos? Mira lo que hago con su maldito libro.

Intentó romperlo por la mitad, pero las cubierta era demasiado dura. Así que empezó a arrancar las páginas, que salían volando por el cuarto. Sam le suplicaba que parara, yo intentaba calmar a mi hijo. Deseaba que descargara su furia en el libro para que nos dejara en paz.

Recordé que tenía el móvil en el bolso, colgado tras la puerta. Lo alcancé y grité:

—¡Vete, vete o llamo a la policía! ¡Te juro que lo hago!

Frenó en seco y se recompuso. A continuación, de un modo pausado añadió:

—No lo harás. No eres nada. Una idiota, una histérica inútil que no sirve ni para cuidar de su hijo. Mira en lo que te has convertido, mírate al espejo, un adefesio. Se reirán de ti. Sabes que puedes divorciarte cuando quieras, pero Sam se queda conmigo. ¡Jamás! ¿Me oyes? Jamás te lo llevarás. No sabes lo fácil que me resultaría demostrar lo mala madre que eres.

Dio un portazo y se largó.

Sam temblaba con las lágrimas suspendidas en las pestañas. «No me dejes, mamá», me susurró.

Aquella noche me tomé mi primer *whisky*. Lo bebí de un trago. Sentí el sabor de la madera en el paladar, el alcohol deslizándose por mi garganta acorchada, la mente aletargada. Me serví otro y otro... Quería dejar de pensar, sentir un poco de calma, la modorra que precede al sueño, olvidar. Me acosté y caí rendida casi en el acto, con el vaso en la mano.

Tuve una pesadilla. Corría y corría. Imaginaba que mi familia y mis antiguos amigos me buscaban, se preguntaban dónde estaba Alba. Después, me escondía en una cueva y no podía parar de reír, histérica; la covacha de san Andrés me protegía. Y allí habría seguido si no me hubiera despertado el timbre del teléfono fijo. No llegué a tiempo de descolgar.

La luz que entraba por la ventana me deslumbró. Eran más de las doce. No había oído el despertador. Tenía la boca de estropajo, la cabeza embotada, me costaba moverme. Sobre la colcha, restos amarillentos de licor. Llamé a Sam, no contestó. Me levanté con movimientos torpes, mareada, y me acerqué a su dormitorio. La cama estaba vacía, las sábanas revueltas y los armarios abiertos con la ropa desordenada y tirada por el suelo. Los zapatos del uniforme abandonados en una esquina. Sobre la mesita, los deberes asomaban de la mochila abierta. Me alarmé y acudieron a mi mente las imágenes del día anterior, las palabras encolerizadas de Artemio: «No te creerán. Demostraré que eres una mala madre».

Volvió a sonar el teléfono. Corrí y di un traspié, pero descolgué el auricular. Era el tutor de Sam, el fraile que dirigía la congregación. Artemio había llevado a Sam al colegio a primera hora.

—Buenos días, señora. La llamaba para comprobar que está usted bien y para saber si había hablado con su marido. La he llamado varias veces, pero nadie atendía el teléfono.

—Sí, claro que estoy bien, perfectamente. —Traté de sonar lo más entera que pude—. ¿Le ocurre algo a mi hijo?

—No, no, su hijo está bien, pero su marido estaba muy preocupado por usted cuando ha dejado a Sam en el colegio. Nos ha dicho que usted salió anoche con un amigo y que esta mañana aún no había regresado. Al parecer la estuvo llamando insistentemente a su móvil, pero no le contestaba. Nos ha pedido que Sam comiera en el colegio si no venía usted a recogerlo a la una, pero que por favor la llamáramos por si finalmente podía venir a por él. Así que, en fin... me alegro de haber dado con usted, entiendo que vendrá al mediodía, como siempre. ¿Se encuentra en condiciones de hacerlo? ¿Podemos ayudarla de algún modo? En esta institución estamos muy pendientes del bienestar de nuestros alumnos, tanto dentro como fuera del colegio, si tiene usted algún problema que quiera comentarnos...

«Un problema», pronunció las palabras con tanta condescendencia que me dio una arcada, pero me tragué la angustia y las ganas de gritar.

—Insisto en que estoy perfectamente. No sé a qué problema se refiere...

—Su esposo estaba muy preocupado. Creía que quizá había tenido otro accidente, algo parecido a lo que le ocurrió cuando perdió a su hija durante el embarazo.

—Mire, no sé qué le ha contado Artemio, pero yo, yo... no necesito ayuda de ningún tipo. He pasado... la noche en mi casa... algo indispuesta y por eso él ha llevado a Sam al colegio. —Mi voz sonaba pastosa, titubeaba.

—Ya... comprendo... Puede estar tranquila. Su hijo está bien; si le parece, creo que lo mejor es que hoy se quede en el comedor. La esperamos a las cinco. Le diré a su esposo que todo está en orden. Quede con Dios.

—Padre, yo... ¿Oiga?

El religioso colgó sin darme tiempo a decirle que Dios no tenía nada que ver con aquello, que todo era un plan de Artemio para desacreditarme como madre, para que yo pareciese una adúltera irresponsable y él, un esposo y padre ejemplar, que se veía obligado a lidiar solo con su duro trabajo y con Sam.

Sentí tanta rabia... ¿Cómo había podido ser tan tonta? Me había dejado arrastrar a una ciudad extraña, sin familia, sin amigos ni trabajo, a cambio de una paz que no llegaba nunca. Me dolía la cabeza. Pensé en Sam, en el miedo que habría sentido al verme dormida, sin su mochila, sin deberes que presentar al profesor... Tenía que arreglarme, recomponerme para ir a por él. Me di una larga ducha con la esperanza de que el agua templada arrastrase los gritos, los golpes, la angustia; que lo hiciera desaparecer todo, igual que la lluvia borra las huellas de los caminos y despeja el aire contaminado.

Me cobijé en el abrazo del albornoz blanco al salir de la bañera, solo entonces tuve el valor de mirarme en el espejo. Reconocí las huellas del dolor: los cercos oscuros alrededor de los ojos rojizos, el pómulo derecho inflamado, el corte en el labio superior. Me sequé el pelo y lo recogí en una coleta alta; después, me maquillé para camuflar las marcas. Liberé un mechón para ocultar la parte de la cara más lesionada. Un poco de colirio y un café bien cargado. Tenía que hablar con el tutor de Sam, llevarle los cuadernos con los deberes. Pasé las horas ensayando la conversación con su tutor, esbozando argumentos para convencerlo de que era una buena madre. Necesitaba deshacer la imagen que Artemio les había trasladado de mí. Apenas comí.

Nada más salir a la calle, el aire frío y cortante me despejó la mente. Cuando llegué al colegio, la puerta aún estaba cerrada. Esperé impaciente a que dieran las cinco. Saqué un cigarrillo. Noté que el pulso me temblaba cuando traté de encenderlo. Le di tres caladas ansiosas y en cuanto oí el bullicio de los niños arremolinándose en la entrada, lo aplasté con furia contra la pared. Al tirarlo a la papelera, me topé con la mirada de una mujer. Esperaba a su hijo como cualquier otro día, con la confortable rutina de madre amorosa y diligente instalada en sus ojos, en sus ademanes pausados y armoniosos, en los músculos relajados de su rostro. Sentí un encogimiento de envidia a la altura del estómago.

Se abrió la puerta y los niños salieron en tropel. Sam charlaba con un compañero. Nada más verme, se abalanzó sobre mí.

—¡Mamá, has venido!

—¿Cómo no iba a venir?

—Papá le ha dicho al hermano Isaías que te habías ido —dijo muy bajito, como si me confiara un secreto.

—Pero eso no es cierto, cariño. He pasado muy mala noche, al final dormí en el cuarto de invitados. Mira, te he traído la mochila. Os la habéis dejado en casa. Vamos a enseñarle a tu profesor los deberes que hicimos ayer.

—Es igual, mamá, me han puesto falta justificada. No quita puntos. Vámonos a casa.

Se le ensombreció el rostro. La mujer que esperaba tranquila y su hijo, el niño con el que Sam había salido charlando, se acercaron a saludarnos. Sam bajó la cabeza e hizo un leve movimiento con la mano a modo de despedida. Después comenzó a caminar deprisa tirando de mí como si se avergonzara de algo, quizás de mi aspecto. Durante el trayecto a casa, no conseguí sacarlo de su silencio.

Su actitud me devolvió un recuerdo algo brumoso. Sam había entrado sigiloso en la habitación a primera hora de la mañana: «Despierta, mamá, despierta. Tengo que ir al colegio», me había susurrado al oído, pero yo estaba escondida en la cueva de mi pesadilla, huyendo de todos.

Ese día merendó e hizo las tareas muy rápido. Después, encendió el televisor para ver dibujos animados. Estaba taciturno, callado, alejado de mí. Cogí el libro viejo y recompuse como pude las páginas que Artemio había arrancado. Aún se podía leer gran parte del texto.

—¿Qué te parece si jugamos a la batalla de Guadalete? Tú serás el rey Rodrigo y yo, Tariq.

Sam me miró con tristeza.

—No me apetece. Ya no me gusta ese libro. Es de tu novio. Lo ha dicho papá. Por eso se enfada cuando lo leemos.

Entonces lo comprendí todo: su silencio, su distanciamiento... Sentí que caía en un pozo sin fondo por el que me iba diluyendo hasta desaparecer. Lo único que no podría soportar era perder a Sam. Creía que su amor era como el que yo sentía por él, un jardín siempre frondoso, pero las pisotadas de Artemio lo estaban convirtiendo en un campo yermo.

Gerardo me llamó ese mismo día. Llevaba meses tratando de comunicarse conmigo, pero yo me mantenía firme en mi decisión de no contactar con él. No le respondía a las llamadas ni a los mensajes, porque sabía que enfrentarme a él sería enfrentarme a la persona en la que me había convertido. Sin embargo, aquel día me sentía vulnerable, necesitaba una palabra amable, sentirme querida... y contesté.

—Alba, ¿estás ahí?

El torrente de emociones que se agolpaban en mi garganta me impedía hablar.

—¿Cómo estás? Un año sin responder mis llamadas... No puedo creer que estés en Burgos. Si no es porque me encontré ayer con Artemio, no me entero...

—Sí, sé que os visteis, me lo dijo.

—Por fin oigo tu voz. Estaba muy preocupado por ti. Me asusté, Alba. Se me acercó y me sujetó muy fuerte del brazo y me acusó de estar follándome a su mujer. De nada me sirvió decirle que ni siquiera sabía que vivíais en Burgos. Y no fue que me hiciera daño lo que me heló la sangre, fue su actitud: fría, calculada, estaba extrañamente calmado. Por un momento me pareció que estaba incluso satisfecho, como si por fin hubiera capturado a su presa. ¿Estás bien? ¿Te ha hecho algo?

—Sí, no... Estoy bien, por ahora. Pero... pero ayer se puso violento. Me acusó delante de Sam de querer abandonarlos para irme contigo. Rompió el libro que me regalaste y me dio un puñetazo.

—Joder, Alba, tienes que largarte de ahí ahora mismo.

—No puedo... ya te lo dije en Bilbao.

—Como nunca me contestabas, llamé a tu madre hace unos meses. Me dijo que habías perdido a la niña que esperabas, pero no que os habíais mudado a Burgos. Créeme, quería dejarte en paz, pero no puedo, Alba. Sigo enamorado de ti, pero respeto la distancia que tú me has impuesto. Aunque ahora no se trata de eso, Artemio es peligroso, tienes que abandonarlo.

—No, no... solo me ha pegado una vez y porque tiene celos de ti. Yo no le había dicho que estabas en Burgos. Pero ya se le ha pasado. Estoy bien. Ya estoy mejor.

—¿Pero tú te estás oyendo? Esta no eres tú, Alba. Tú no eres así. Necesito verte, por favor, solo para saber que estás bien, aunque sea la última vez.

Quedamos al día siguiente en la biblioteca, a la hora en la que habitualmente iba a investigar para mi tesis. No estuvimos juntos ni diez minutos. Le dije que no podríamos volver a vernos; pues si Artemio nos descubría estallaría de nuevo y empeoraría la situación. En su expresión había algo parecido a la compasión. Pensé que quizás no había disimulado bien los golpes con el maquillaje, pero era algo más. Creo que se esforzaba en reconocer a la Alba de la universidad y apenas encontraba rastros de ella en mis ademanes torpes. Le dije que no sentía nada por él. Y era verdad, el miedo a perder a Sam lo ocupaba todo. Me quedaría en el infierno con mi hijo, no iba a abandonarlo. Al despedirnos, Gerardo me dio un beso en la mejilla, era el vivo retrato de la desesperanza.

Al volver a casa, me miré en el espejo y comprendí por qué me había mirado así: la ropa colgaba de mi cuerpo, los ojos se hundían en dos pozos oscuros... Yo ya no era más que un esperpento.

A partir de ese día, se me instaló un profundo dolor en medio del pecho. Estaba agotada, me paseaba por la casa como un fantasma, y cada vez me costaba más levantarme de la cama. Siempre acababa manchando algo, rompiendo algo, olvidando algo... Y bebía, bebía para apagar el ardor insoportable que me consumía, para aturdirme.

Artemio empezó a llevar a Sam al colegio todas las mañanas. Muchas tardes también aparecía para recogerlo sin avisarme. A menudo, cuando iba a por él a mediodía, el hermano Isaías me decía que ya estaba en el comedor; su padre les había informado de que yo estaba enferma de nuevo. Luego empezó a ocuparse de los asuntos domésticos. Contrató una chica que limpiaba, cocinaba, hacía la compra... y jamás se olvidaba de mi botella de *whisky*. Por las noches, Artemio regresaba antes a casa y él mismo hacía la cena, bañaba a Sam y le contaba un cuento antes de dormir. Cuanto más presente se hacía él, más desaparecía yo.

El 11 de marzo de 2004, Artemio volvió a casa a media mañana y me encontró en la cama. El mundo entero llevaba horas conmocionado. Se habían producido varias explosiones casi simultáneas en cuatro trenes de la red de cercanías de Madrid. Puso la televisión y subió el volumen al máximo. Un presentador hablaba de cientos de muertos, cuerpos mutilados, personas desesperadas buscando a sus familiares entre los escombros o en las listas de los hospitales. Durante las primeras horas, todos señalaron a ETA. Hubo que esperar días para conocer que había sido un atentado islámico.

«El resto de las madres han ido a por a sus hijos al colegio. Han suspendido las clases». No dijo nada más, no gritó ni me reprochó nada, pero sentí una vergüenza terrible. Él había cambiado y yo no era capaz de valorar su esfuerzo por mantener la familia unida. La culpa me estaba devorando. Aquella fue la primera vez en mi vida pensé en quitarme de en medio. Si no podía cuidar a mi hijo, si ya no me necesitaba, si había dejado de quererme y su padre se ocupaba de él, mi existencia carecía de sentido. Solo la promesa que me había hecho a mí misma de terminar la tesis me impedía desaparecer para siempre.

Gerardo acudía a la biblioteca prácticamente a diario con la esperanza de verme. Un día que yo me armé de fuerzas para volver, me encontré con él. Insistió en que tenía que dejar a mi marido.

—Alba, puedes confiar en mí. Dices que ha cambiado, pero yo te sigo viendo asustada, ni siquiera puedo llamarte. Estoy muy preocupado.

Le dije que Artemio era un buen padre, que ya no era violento y que se ocupaba de Sam. Supongo que me vio tan cerrada en banda que cambió de estrategia, si quería estar cerca de mí, sabía cuál era el camino.

—Está bien, no volveré a mencionar a Artemio ni a meterme en tu vida, pero tienes que prometerme una cosa: que vendrás cada día a la biblioteca. Tienes tu tesis, no puedes dejarla, yo te ayudaré. Sé lo importante que es para ti. Solo hablaremos de tu trabajo, ¿de acuerdo? —Asentí, aliviada y agradecida, y él me abrazó. En aquella muestra de afecto recuperé una pequeña parte de lo que yo había sido—. Ponme al día, venga.

—Pues, verás... —empecé titubeante—. He llegado a la conclusión de que la necrópolis de Cuyacabra y el eremitorio de san Andrés son asentamientos que se formaron durante la invasión de la península por los musulmanes. Un puñado de cristianos visigodos se instalaron en Villa Godomar huyendo de los bereberes. Estoy segura de que la aldea que el profesor Castillo dató en el siglo X es, en realidad, de principios del siglo VIII. Pero estoy estancada en la investigación...

—Vamos, continúa... ¿Por qué estás estancada?

—Las pruebas... las pruebas no son arqueológicas. Me baso

en mis sueños, en la visión que tuve en la necrópolis aquella vez. Y hay algo más, Sam tiene los mismos sueños. Puede parecerte absurdo, pero varios historiadores de la Universidad de Barcelona afirman que existieron fluctuaciones regionales que impiden fijar una cronología precisa de la necrópolis; plantean como la fecha más lejana de su origen en torno a los siglos VI y VII. La pretendida ruptura, que para algunos parecía representar el siglo VIII con la invasión, ha dado paso a la constatación de la continuidad y perduración de las antiguas formas de enterramiento.

»En cambio, el eremitorio lo sitúan en el siglo X como arte de la repoblación, basándose en el arco de herradura cerrado y la huella de la cruz patada. Afirman que la cruz esculpida era una cruz griega apoyada sobre un asta, como las que se llevan en procesión, que por eso el brazo inferior parece alargado como el de una cruz latina. Pero es que, en realidad, es una cruz latina, y que la forjó el herrero del poblado con la espada de un niño, Isenhard. Su madre, Zulema, utilizó esa estratagema para protegerlo de la ira de su padre. Tienes que creerme, es así. Lo sé.

Por unos momentos, volví a sentirme viva, pero temí que Gerardo interpretara mi elocuencia como una muestra de locura. Una vez más, comprobé que me conocía bien.

—Te creo, Alba. No es una teoría descabellada. Existe la probabilidad de que el eremitorio se construyera tal y como dices. Ningún arqueólogo ha podido datar con métodos absolutos la necrópolis ni la cueva.

—Entonces, ¿me ayudarás? Necesito fotografías con medidas del eremitorio para enviárselas a los discípulos del profesor Castillo a Barcelona. Ellos han continuado con su investigación. Y estoy segura de que en alguna biblioteca, en algún museo de Egipto, habrá referencias a un pergamino del siglo VIII con ese arco de herradura dibujado por un árabe al que llamaban Almalah Alhakim.

Gerardo asintió, me besó en la frente y acordamos vernos en Semana Santa. Iríamos a la necrópolis y haríamos esas fotografías.

Unos días antes de las vacaciones, el hermano Isaías me llamó de nuevo. Sam tosía y tenía fiebre. Me vestí deprisa, cogí el bolso y fui a buscarlo. Cuando llegué al colegio, mi hijo ya estaba en la portería con su tutor.

—Me alegro de verla —dijo como si se sorprendiera de que hubiera acudido a su llamada.

—Has venido tú. —Sam parecía contrariado.

—Hemos llamado a su marido, pero no ha contestado al móvil. Supongo que estará trabajando. Sam tiene fiebre. Debería acostarse y tomar algo para que le baje. ¿Lo hará?

El hermano Isaías dudaba de que pudiera ocuparme de algo tan banal como un simple catarro de mi hijo.

—Soy muy capaz de cuidar de Sam, llevo haciéndolo desde que nació. No es necesario que moleste a mi marido.

El tutor enarcó las cejas de forma evidente y añadió con un tono paternalista:

—De acuerdo, confío en usted.

Besé a mi hijo, tenía la frente muy caliente. Pedí un taxi para regresar cuanto antes a casa. Al llegar, metí la mano en el bolso para sacar las llaves y no estaban en el bolsillo lateral donde solía ponerlas. Palpé el contenido del compartimento central. La cartera, los pañuelos de papel, el monedero, un par de pastillas... Estaba cada vez más nerviosa. Hacía mucho frío, Sam tiritaba. No podía ser. Siempre guardaba las llaves en el bolso. Lo vacié en el peldaño de acceso al portal. Nada. Ni rastro de las llaves.

—Mamá, tengo frío. Llama a papá.

—Espera, Sam, tienen que estar aquí.

—Pero es que tengo mucho frío...

Incapaz de encontrar las malditas llaves, sentía que fallaba a Sam una vez más. Llamé a Artemio varias veces, pero su móvil estaba apagado o fuera de cobertura. Así que le envié un mensaje: «Ven cuanto antes. No encuentro llaves, estamos en la calle y Sam está enfermo». Cuando estaba a punto de empezar a llamar a todos los timbres para poder, al menos, acceder al portal, vi que se aproximaba por la calle nuestra vecina de rellano. Debía de tener la edad de mi madre.

—¡Gracias a Dios! No sabe la alegría que me da verla...

Hasta ese momento casi no habíamos hablado, tan solo nos saludábamos con cortesía. Yo no recordaba su nombre, pero al parecer ella sí el mío.

—¿Qué ocurre, Alba? Hace mucho frío para estar aquí fuera.

—He tenido que ir a buscar a Sam al colegio. Está acatarrado y con fiebre. He salido corriendo de casa y, y... con las prisas, pues... me he debido de dejar las llaves dentro. No... no sé cómo he podido olvidarlas. Mi marido no contesta al móvil...

Mi voz sonaba culpable, agobiada, desesperada en exceso.

—Vamos, entrad, os vais a congelar.

Ya en el portal, abracé a Sam y lo recosté en un asiento del vestíbulo dispuesta a esperar a Artemio. La vecina subió los tres peldaños que conducían al ascensor y dio al botón de llamada, luego se giró y nos miró con conmiseración:

—Subid, no podéis quedaros ahí. El niño tiene fiebre. Podéis esperar en mi casa.

Yo me sentía terriblemente abochornada.

—No sabe cuánto se lo agradezco...

—Teresa, me llamo Teresa. Y no tienes nada que agradecerme, hija. Tutéame, por favor. Menos mal que al final he venido; he estado a punto de quedarme en casa de mi hija, me daba pereza venirme. Soy viuda, ¿sabes?, y tengo un nieto de la edad de Sam.

Cuando llegamos al rellano, Teresa abrió la puerta de su piso y nos animó a entrar. Se desembarazó del abrigo y nos condujo a una habitación con una cama pequeña.

—Aquí duerme mi nieto cuando se queda conmigo. Acuesta a Sam. Voy a prepararle un vaso de leche caliente. Creo que tengo aspirina infantil.

Al rato vino con todo en una bandeja. Sam lo agradeció y se la tomó a sorbitos, parecía reconfortado. Creo que la mujer le recordaba a mi madre. Al rato se quedó dormido. Le puse la mano en la frente, la fiebre estaba bajando.

—Tranquila, mañana estará jugando y brincando por todas partes. Los niños son así, se recuperan mucho antes que los adultos. Dejémoslo dormir. Vamos a la sala, ¿te apetece un café?, ¿un té?

—No, muchas gracias, estoy bien.

—Tu marido me dijo que es fiscal, que habéis venido de Bilbao huyendo de las amenazas de ETA. Debe de haber sido duro para ti. Dejar tu tierra, tu familia...

Al hablarme así, de esa manera tan familiar, tuve una sensación extraña, fue como si hubiera reconocido en mí a la Alba que ya no era. Me sonrió y me apretó la mano con cariño, y quise interpretar aquel gesto como una invitación a confiar en ella.

—Estás helada. Te prestaré una de mis batas para que entres en calor, no vaya a ser que también tú caigas enferma.

—No... no hace falta, de verdad, seguro que Artemio no tarda en llegar. —La realidad era que temía que si me hacía cualquier pregunta, me desmoronaría.

Ella me miró con intensidad, dudó un rato y siguió hablando.

—Verás, querida, quizás pienses que me inmiscuyo en tu vida privada, si es así dímelo y me callaré. Pero llevo observándote desde que llegasteis. No pareces muy contenta. Al principio sí, o, al menos, se te veía mejor. Pero desde hace unos meses te oigo llorar casi a diario. Las paredes son gruesas, pero no tanto. Puedo ayudarte, creo que lo necesitas.

Me negaba a aceptar su compasión. Me sentía avergonzada, molesta y muy cansada, pero no podía confiar en ella. Yo aún era capaz de controlar la situación, de conseguir que Artemio no se enfadara. Solo tenía que hacer las cosas mejor. Madrugar, no beber, estar más atenta, ser más amable con él... Pero los sentimientos me desbordaron y rompí a llorar, o quizá ya hacía rato que lloraba... no sé, en aquel momento me convertí en una niña pequeña atrapada en un oscuro pozo.

Se acercó a mí e intentó acariciarme, apartarme el pelo para verme la cara, pero me retiré sobresaltada. Ella se alejó un poco y me dejó llorar. No me preguntó más.

—Lo siento. Yo también... hace muchos años. Nadie lo supo jamás. Él era tan amable con todos... Menos conmigo. Cuesta creerlo, hasta una misma duda. Hace ya muchos años que enfermó y murió. Tuve suerte, al fin y al cabo. En fin, querida... Estoy aquí al lado, no dudes en pedirme ayuda cuando la necesites.

Artemio regresó a casa casi a la hora de cenar. Cuando oí que el ascensor se detenía en nuestra planta, salí a su encuentro. Alegó que no tenía batería en el móvil y me reprochó en un tono afable ante Teresa: «No entiendo cómo has podido perder las llaves, cariño». Agradeció a nuestra vecina sus atenciones y cargó en brazos con Sam, que aún estaba dormido.

Ya en casa, me puse a buscar las llaves. Iba de un lado a otro rebuscando en los sitios más inverosímiles. Estaba segura de que no las había perdido por la calle. Había mucha niebla en mi cabeza últimamente, pero las llaves... Las llaves las dejaba siempre en el mismo sitio. Él me observaba apoyado en el marco de la puerta con una sonrisa. Entonces lo supe.

—Las tienes tú, ¿verdad?

Artemio las sacó del bolsillo del pantalón y las alzó, como un triunfo.

—Te lo dije. Eres una histérica a la que nadie cree. No vales nada. Menos que una mierda. Puedes irte cuando quieras con el chuloputas de Gerardo. Puta asesina, ¿acaso te crees que no sé que tú te causaste el aborto?, ¿que mataste a mi hija? Menos mal que Sam por fin puede ver la clase de madre que tiene.

Ni siquiera pude replicar y rompí a llorar. Me imaginé a Teresa con el oído pegado a la pared, pero quien escuchaba atento y desconcertado era Sam. Se había despertado y estaba detrás de su padre, observándonos, lloroso y confundido. Al verlo así, agazapado como un animalillo asustado, recuperé el instinto que había ido perdiendo poco a poco durante los últimos meses: el de luchar.

—¡Hijo de puta! ¡Dame las llaves! Claro que me iré, pero no con Gerardo, y me llevaré a Sam. Mis padres me ayudarán. Hemos venido aquí huyendo de la ira de ETA, pero tú llevas la violencia dentro, eres igual o peor que ellos.

Sabía que aquello lo provocaría y perdería el control. Sam tenía que verlo, reconocer la verdad, solo así podríamos salvarnos.

Se acercó a mí, me cogió como si fuera una pluma y me tiró contra la pared. Volé por la habitación. No tengo ni idea de cómo caí, ni de contra qué choqué. Tampoco sabía dónde estaba el techo ni el suelo, pero sí podía ver el rostro espantado de mi hijo, su pijama mojado y un charco de pis a su alrededor. Me tapé la cabeza con las manos y, justo en ese momento, cuando iba a patearme, paró en seco.

—¡Lo mato! Te juro que como vuelvas a decir algo así mato a tu mocoso, es muy fácil que una madre borracha tenga un accidente y acabe con la vida de su hijo, muy fácil, Alba.

Se guardó de nuevo mis llaves en el bolsillo del pantalón y se dio la vuelta para marcharse. Entonces tropezó con Sam y se dio cuenta de que se le había caído la máscara. Le dio tanta rabia que lo empujó y Sam cayó al suelo. Después, salió y cerró desde fuera con llave.

Me dolían todos los huesos, me palpé, y no me pareció que tuviera nada roto. Me levanté como pude. Sabía lo que tenía que hacer. Me acerqué a Sam, estaba paralizado, tiritaba aterrorizado. Lo llevé a su cuarto y le cambié el pijama.

—Escúchame bien, hijo, nunca te abandonaré, jamás, te lo juro. Vamos a escapar. Pero tienes que ayudarme, ¿vale? Eres un chico muy valiente, pero que muy valiente. Y muy inteligente. Vas a tener que contar lo que acabas de ver, la verdad de cómo es papá en casa, cómo se enfada con nosotros y nos pega. Tendrás que contárselo a la policía y a un juez. ¿Entiendes? Papá miente a todo el mundo. ¿Lo has visto? Él tenía las llaves, las mías, las había escondido para que creyeras que yo las había perdido.

Sam me abrazó y comenzó a gemir:

—Mamá, vámonos con los abuelos, por favor. —Una gota de sangre cayó en su pijama limpio. Procedía de mi nariz.

Me estaba lavando la cara cuando sonó el teléfono fijo.

—Hola, Alba, hija. ¿Cómo estáis? Te he llamado un par de veces al móvil, pero no contestabas.

De repente rompí a llorar y solo podía decir «mamá», una y otra vez. Quería decirle «sálvame», pero era incapaz de pronunciarlo.

—Hija, ¿qué te pasa? ¿Dónde está Sam? Me estoy asustando. Gerardo me ha llamado. Está muy preocupado por ti. Dice que tienes problemas muy graves con Artemio.

Cuando por fin conseguí contenerme le dije que Gerardo era un exagerado y que no tenía ningún derecho a llamarla, que estábamos bien, que Artemio estaba fuera y Sam durmiendo, que me sentía deprimida y la echaba de menos, a ella y a mi padre. Tan solo eso.

Imaginé sus ojos azules muy abiertos, sus labios fruncidos en un mohín contrariado, la expresión con la que me interrogaba de pequeña cuando mentía. Sin embargo, hizo como que se tragaba mi embuste.

—Nosotros también os echamos de menos. Pensábamos ir en unos días, pero mañana mismo vamos para allá. Sam ya estará de vacaciones, ¿no? Tu padre y yo estamos deseando veros. Además, tiene ganas de volver a Quintanar de la Sierra, siempre tiene nostalgia de su pueblo. Así aprovechamos para ir contigo a esa necrópolis que tanto te fascina.

De pronto, todo cobró sentido en mi cabeza. Creí que, por una vez, el curso de la naturaleza conspiraba a mi favor, cuando en realidad, era el amor de mi madre el que remaba hacia el rumbo correcto. Todo lo que me había pasado había sido culpa mía: había hecho sufrir a mi madre, a Gerardo y, sobre todo, a Sam. Ellos no tenían culpa de nada. Yo sola había tomado mis decisiones. Merecía lo que me pasaba, pero Sam no. Tenía la solución delante. Ahora lo veía todo claro... La vieja edición del libro, los sueños, la familia medieval...

—Es perfecto, mamá, pero quería pedirte algo. Verás, Sam quiere pasar la Semana Santa con vosotros, en Bilbao. ¿Podríais llevároslo? Te quiere mucho, ¿sabes? Lo has cuidado mejor que yo. Y siempre lo harás. Me lo prometes, ¿verdad? Mañana mismo, por favor, tenéis que volver mañana a Bilbao.

—Pero ¿por qué? ¿A qué viene tanta prisa? Y, por favor, no digas tonterías, eres una buena madre. Claro que siempre cuidaré de él, siempre, igual que tú.

—Me queda muy poquito para rematar la tesis. Necesito solo un par de días de calma y con Sam es difícil. En cuanto acabe, me reuniré con vosotros. Ya hablaremos allí, mamá, tengo tantas cosas que contarte...

—Está bien, cariño, como quieras. ¿Y Artemio?

—Él se queda en Burgos. Tiene trabajo.

—Ya, comprendo... ¡Me has alegrado el día, hija! Mañana al mediodía estaremos allí, aunque si lo prefieres, vamos hoy mismo.

—No, no hace falta. Mañana es perfecto. Tengo que hacer unas gestiones por la mañana, así que Sam se quedará en casa de la vecina, Teresa. Recogedlo allí, por favor. Es encantadora, ya lo verás. Le dejaré su maleta preparada.

—De acuerdo, mi vida. Te esperamos en su casa y así te doy un abrazo al menos.

—No, no, iros cuanto antes, no vayáis a pillar tráfico.

—Está bien, cariño. Te aviso al móvil cuando salgamos de regreso. Te quiero mucho.

—Y yo a ti, mamá. Y gracias... por todo.

Colgué mientras observaba el rostro desconcertado de Sam. Había escuchado la conversación con atención.

—¡Los abuelos vienen mañana, Sam! Y te vas con ellos a Bilbao. ¿Lo ves? Todo se va a arreglar. ¿Estás contento?

Respiró hondo, el color volvía a sus mejillas y por fin hablaba.

—¿Y tú, mamá? Papá no nos dejará marcharnos.

—Shhh... Secreto. Papá no se tiene que enterar. Mañana, cuando se vaya a trabajar, haremos tu maleta. Cuando lleguen los abuelos, te recogerán en casa de Teresa y os iréis a Bilbao. Yo tengo que ir a ver el pueblo del libro viejo para hacer unas fotografías para la tesis. Ya queda muy poco, casi está terminada. En dos días como mucho me reuniré con vosotros.

En ese instante sonó el timbre. Me acerqué a la puerta con recelo.

—Soy yo, Teresa. Os habéis dejado la mochila de Sam en mi casa. Abre y te la doy.

—No... no puedo.

—¿Qué ocurre, Alba? He oído golpes. ¿Estáis bien? Abre, por favor.

—No puedo. Artemio se ha ido y ha cerrado desde fuera. No tengo llaves.

—Voy a llamar a la policía.

—¡No, por favor! No me creerán y él se enfadará más. Escucha, Teresa, mañana vienen mis padres para llevarse a Sam a Bilbao. Ellos nos ayudarán. No te preocupes. Artemio volverá por la noche, más calmado, seguro. Lo conozco, siempre hace lo mismo. Pero necesito tu ayuda, voy a abandonarlo. Mañana, cuando se vaya a trabajar, ¿puedo dejar a Sam en tu casa hasta que lleguen mis padres? Yo tengo que hacer unas gestiones.

—Por supuesto, cuenta con ello.

Esa noche Sam y yo dormimos juntos en el cuarto de invitados. Mientras lo arropaba, las lágrimas vacilaban en el borde de sus párpados acentuando el azul de sus ojos. Al abrazarlo, sentí un escalofrío en su pequeño cuerpo:

—Mamá, ven con nosotros.

—No puedo, tengo que hacer algo de mayores, pero enseguida estaremos juntos de nuevo. No tengas miedo, Sam. Mamá es fuerte. Vamos a escapar, te lo juro. Recuerda, eres valiente, muy valiente, como Isenhard, el niño de la familia medieval.

Le conté el cuento de Zulema, de Adulfo, Isenhard y Akar. Le dije que soñara con ellos... Cuando acabé, había caído rendido por las emociones. Un reguero de sal marcaba el camino hacia sus labios. Lo recorrí con los dedos. En mi cabeza ya había trazado el plan para escapar. Una gran paz me invadió.

ZULEMA
ALEJANDRÍA

Después de abandonar la aldea de Godomar como fugitivos, recorrieron a caballo, apenas sin descanso, la península de Hispania de norte a sur hasta llegar al mar, cruzaron el estrecho de Alzazac y navegaron hasta Ifriquiya. Allí abandonaron la bagala que les había prestado Tariq para el viaje. El temor de ser capturados ha ocupado el pensamiento de Zulema durante largos días y sus noches, solo eso ha amortiguado el dolor por la separación de Akar. Ahora que avanzan por el desierto con calma, seguros de que sus pasos los llevarán hasta Alejandría, el penoso recuerdo de la ausencia de su pequeño la asalta de nuevo.

Cuando llega la noche, acampan. Al abrigo de una duna, forman un círculo con los camellos tumbados; en el centro encienden una hoguera y se acuestan alrededor. Los hombres se turnan para hacer guardia, incluido Isenhard. Yussuf le ha dicho que ya es un joven fuerte con destino propio y le honra defenderlo. Zulema, acostada sobre la duna, intenta conciliar el sueño mientras contempla el milagro de las estrellas del desierto, que le parecen gigantes. En ellas presiente el brillo y la alegría de Akar; es un brillo que le fluye de dentro y la hace llorar con notas desesperadas: «Dios mío, déjame comunicarme con ellas, haz realidad mi deseo de besarlas, de besar en ellas a mi niño. De sentir en los labios su luz, sentirle fulgurar dentro de mi cuerpo, fresco y húmedo». Arrullada por el tono monocorde de su plegaria, por fin se duerme.

Antes de la madrugada, alza la cabeza de flor soñolienta y contempla el campamento. Isenhard, a su lado, todavía sueña.

Yussuf, los otros hombres y los camellos se desperezan. Al salir el sol, la comitiva está preparada para partir. Yussuf va en cabeza; ella, en medio, con Isenhard a su lado; y un poco más atrás, cuatro hombres custodian la retaguardia. Son cuatro maestros de rivera que también anhelan volver a Alejandría.

Zulema tira de las riendas, pasa la mano por el pescuezo palpitante y cálido de su camello, y comienza a cabalgar a paso lento. El paisaje la ayuda a no pensar. A no pensar en el dolor, en el pequeño Akar, en su padre, el sabio navegante, muerto de amargura, en el dulce Samir asesinado, en Adulfo resentido, en la soledad de Sara. La nada del desierto se asienta en su interior y la deja vacía.

El balanceo continuo del camello la mece y embriaga sus sentidos. Su vista y su corazón se pierden en las dunas, esas oscilaciones permanentes que se repiten hasta el infinito, en un horizonte que no termina. También ella es una duna en un eterno vaivén. El aire cálido le susurra las palabras de su madre: «Soy yo, Zulema, estás en mí y yo en ti. Se nace para vivir, hija, nada más. Vive, es tu principal tarea. Tu vida solo a ti te pertenece». Su madre y Sara, su otra madre: «Tus hijos no te pertenecen, son hijos de la vida». Y así, mientras atraviesa el desierto, siente que no es nadie y que es a la vez todas las mujeres que la precedieron y las que la seguirán. Es aquella que ha sido en otra vida.

El sol, como un cuchillo, abre la calima y la luz le vomita la visión de una mujer, aquella que le habla en sueños, aquella que llegará a ser... en otra vida. La ve caminando por un desierto de rocas horadadas entre pinos que tocan el cielo. Hace muchos días y noches que abandonó ese lugar que Zulema reconoce, el cementerio de Villa Godomar. Teme ser engullida por la visión, caer en una espiral que la haga retroceder en el tiempo. El cementerio está diferente. No hay losas cubriendo los cuerpos ungidos de los muertos. Las tumbas son ahora pétreos vientres preñados de miedos oscuros.

Una mujer con los ojos del alba, la mujer madre que Zulema siente en sus entrañas y le habla en sueños, es ahora tan real que siente que puede rozarla con los dedos. Está esperando junto a un hueco vacío; una tumba yerma con la dulce forma de su niño. Tiembla, no puede ser. Escucha a Sara: «Tu corazón sabe que Akar es feliz en la tierra en que nació. Yo cuidaré de él». No, no es la tumba de su niño. Se fija bien en la forma sinuosa de la roca. A su lado distingue la figura labrada de un joven desnudo que galopa hacia la eternidad en un caballo sin riendas ni ronzal. Es la tumba vacía del hijo del herrero. La mujer que ve junto a ella está asustada, muy quieta, inmóvil, como si el miedo a resbalar se condensara en el frío de la planta de sus pies.

Zulema tiene miedo, algo terrible se acerca, siente la furia de un animal cerca, no puede, no quiere seguir viendo. La luz del sol le hiere en el rostro. El aire no entra en su pecho, el desierto se ha evaporado de su interior, el dolor penetra en su vientre. Y no puede evitar encogerse en el camello.

«Respira. Respira. Respira».

—¿Te ocurre algo, madre?

La voz preocupada de Isenhard la saca del ensimismamiento. Lo mira y no ve ante sí un niño de rizos color de fuego, sino un hombre fuerte de mirada clara y noble, que cubre su cabeza y su rostro con la kufiya para protegerlos del viento y del sol.

—Nada, no pasa nada. Solo es cansancio, hijo.

Vuelve a fijar la vista en el movimiento perpetuo de la arena y toma del cielo una bocanada de aire. Ella es nómada de lugar y de tiempo, nómada incluso cuando aún no se había movido de Damasco. Solo así, sin raíces ni patria, una es libre de ir al lugar que desea.

A medida que avanza, le crece en el pecho una flor de esperanza. Es una esperanza pura, de ser, de estar, la esperanza de formar parte de un universo perfecto. Un universo con una inteligencia superior. Encuentra consuelo en la idea de que el destino está escrito. El futuro es tan inevitable y determinado como el pasado.

—Madre, ¡mira esos haces de luz! ¡El fuego del faro! Ya estamos llegando. Sí, allí, allí está...

... Alejandría.

ALBA
VILLA GODOMAR

Hasta el momento en que vi el terror reflejado en los ojos azules de Sam había vivido creyendo que mi sacrificio servía para protegerlo. Pero mi hijo soportaba un sufrimiento del que no podía escapar. Tenía que conseguir pruebas contra Artemio.

Aquel día, en cuanto Artemio se fue a trabajar, le envié un mensaje a Gerardo: «Voy a escapar, ya no puedo soportarlo más, mis padres vienen hoy a por Sam. Tengo un plan, pero necesito que me hagas un último favor. Ven a las doce a la necrópolis». Pensaba que me respondería al instante, pero no lo hizo. Supuse que estaría trabajando y recé para que viera mi mensaje. Podía enfrentarme a Artemio sola, pero temía hasta qué punto perdería el control. Desperté a Sam, que ya se había recuperado del catarro. Estaba feliz, contaba los minutos que quedaban para abrazar a sus abuelos. Desayunamos con calma, quería disfrutar de él, preparé su maleta y fuimos a casa de Teresa.

—Eres un ángel —le dije a mi vecina—. Gracias por cuidar de Sam hasta que lleguen mis padres.

—Pero, Alba, ¿y qué hay de ti?

—Yo tengo que hacer algo antes de regresar a Bilbao.

Me agaché hasta ponerme a la altura de los ojos de Sam. Lo abracé tan fuerte que creí que lo iba romper.

—Recuerda lo que me has prometido. Vas a ser muy valiente.

Le di a mi vecina un sobre con una nota para mis padres: «Mamá, voy dejar a Artemio, ahora debéis iros. Lo tengo todo pensado, no te preocupes. Nos vemos en dos días. Os quiero». Cogí la maltrecha edición de *La verdadera historia del rey Rodri-*

go y me la guardé en el bolso como si fuera un amuleto de la suerte.

Llamé a Artemio, no contestó, hacía tiempo que no lo hacía, era una de las formas que tenía de ponerme nerviosa. Le dejé un mensaje de voz, sabía que lo escucharía: «Se acabó, Artemio, me voy con Gerardo, me está esperando en la necrópolis». Creía que era un plan perfecto. Solo quedaba un último esfuerzo. Por primera vez en mucho tiempo, me sentía capaz de enfrentarme a él. Conseguiría las pruebas que necesitaba, lo desenmascararía. Estaba a punto de romper las cadenas.

Llegué a Cuyacabra antes de la doce. Subí caminando hasta las trazas rupestres de la iglesia, apretando el libro contra mi pecho. Desde la loma, podía ver el conjunto del despoblado.

Miré en todas las direcciones. Ni rastro de Gerardo. Tampoco había respondido a mi mensaje. Estaba sola. En realidad, siempre había estado sola. Quizás esa era la razón por la que buscaba en los rastros de la historia. Los rastros siempre me habían acompañado, los de Zulema, de Isenhard, de Akar, de Adulfo. «Nosotros éramos ellos. Siempre fuimos ellos». Pensaba en eso cuando me tropecé con el rebaje de una de las tumbas; estuve a punto de caer, pero conseguí mantener el equilibrio. Junto al hueco, había un labrado desgastado de un joven jinete desnudo galopando a caballo hacia la eternidad.

Me senté en un montículo y observé la belleza del despoblado, rodeado de un frondoso bosque de pinos, la ladera rocosa sembrada de huecos con forma humana. Aspiré el olor de la madera y la resina. Volví a comprobar mi móvil, nerviosa, Gerardo no me había respondido. Tampoco Artemio. Faltaban quince minutos para las doce y sentía el corazón desbocado. Quería vivir, ahora más que nunca era consciente de que hacía tiempo que simplemente existía, una existencia inútil sin sentido ni objetivo. Todo iba a cambiar, una suerte de pensamiento mágico me había guiado hasta ese momento, alguien había dirigido mis pasos hasta allí.

De repente, oí el sonido del motor de un coche, el golpe metálico de la puerta al cerrarse y las pisadas quebrando la hojarasca. Reconocí el paso furioso de Artemio. Llegaba antes de lo previsto. Empecé a dudar de mi plan. Sentí pánico. Las manos me hormigueaban. Aun de lejos, podía ver su cicatriz, la cicatriz que llevaba en el alma. Avanzaba ciego de ira. Un tropel de pensamientos se arrastraba por mi cuerpo asustado, pero esta vez no los domestiqué, estaba harta de hacerlo. Quería dejar de ser un animal disciplinado y aterrado. Le había entregado mi tiempo y mi cuerpo, me había convertido en un muro de carne para que no se acercara a Sam, pero se había terminado. Saqué el móvil y llamé a la Guardia Civil: «Mi marido viene a por mí, va a matarme, en Cuyacabra, la necrópolis».

—¿Dónde estás, puta?, ¿dónde estás?

Sonó el móvil. Me sobresalté al ver que era mi madre.

—Alba, acabamos de llegar a casa de Teresa, llamamos al interfono, pero no nos abre. Estoy muy nerviosa. ¿Qué está pasando? ¿Dónde estás?

— Está aquí, mamá, Artemio está aquí, en la necrópolis...

Puse en marcha la grabadora y metí el teléfono en el bolsillo. Artemio llegó hasta mí. Sus ojos vidriosos se clavaron en mi piel.

—¿Dónde está Sam? ¿Qué has hecho con él? ¿Y con Teresa?

—Sam está en el coche. ¿Creías que ibas a escapar con él, zorra? ¿Y que la inútil de la vecina iba a poder detenerme? Vaya, vaya... Y parece que tu novio te ha dejado plantada. Nadie te quiere, Alba, porque no vales una mierda. Nos vamos a casa.

—No. Esta vez no. Voy a dejarte y Sam vendrá conmigo. El juez me dará la custodia. Todo el mundo sabrá la clase de monstruo que eres. Creías que habías acabado conmigo, pero no, sigo aquí. Sigo siendo Alba. Vuelvo a Bilbao con mis padres. Recuperaré mi vida, he estado avanzando la tesis a tus espaldas, tan listo que te crees.

Comenzó a gritarme, a amenazarme de muerte, pero yo solo oía un eco. Ya no veía al hombre, solo al monstruo en que se había convertido. Me agarró por los brazos y empezó a zarandearme con violencia.

—He llamado a la Policía. Está a punto de llegar. ¡Suéltame de una vez! —Me revolví con fuerza para liberarme de él y, con el forcejeo, perdí el equilibrio y volví a tropezar en el reborde del sarcófago. Y caí, caí, caí en el vientre de la roca. Los huesos de mi cráneo crujieron contra el borde de la piedra, la sangre salió a borbotones de la parte de atrás de mi cuello y tiñó de rojo mi pelo. En mi rostro, los ojos se abrieron en asombro extasiado.

TODO E∫TÁ E∫CRITO

«El cielo y la tierra huyen sin dejar rastro. Veo un gran trono blanco, y al que estaba sentado sobre él. Y a los muertos de pie delante del trono; se abre el libro de la vida».

Apocalipsis 20,11-15

Veo a Sam corriendo hacia mí con el corazón acelerado y a Artemio cubrirse con su piel de serpiente. Me falta el aire. No llega a mis pulmones. Intento respirar. Tengo la sensación de estar en medio de un desierto, de ahogarme, de no poder salir... Todo se oscurece.

¿Quién soy? ¿Estoy viva o muerta? Un rectángulo de luz y de aire se han abierto en mi interior como el muro de una fortaleza. Me protege, comienza en el medio de la frente y termina en el centro de mi pubis. El pensamiento se esclarece. Mi voz es inteligente. La luz fluye libremente, se expande. Ya no sufro. El terrible dolor que encogía mi alma me ha abandonado. Hace unas horas, yo he imaginado este futuro posible en el que estoy muerta. Pero no es ningún futuro. No tiene realidad.

La realidad es la escena que contemplo. Mi cuerpo ciego de la experiencia del espíritu inerte en la roca. Artemio, piel de serpiente, simula que está agitado, perturbado. Le dice a Sam: «Mamá, un accidente». Mi hijo sale del coche, y cuando llega a mí tiene el rostro crispado. Un padre sin piedad le presenta mi cuerpo dislocado como si fuera una abstracción. Sam se acerca estremecido con un grito mudo en la garganta, se agacha, comprueba que estoy muerta. Siento su horror, lo veo romperse, la sangre bombea su cerebro, el espanto lo sacude y tiembla. Me acaricia con miedo y amor a la vez.

Intento decirle que no soy yo, que lo que acaricia es un sobre que ha contenido mi alma durante un tiempo, antes de iniciar mi travesía hacia el infinito, hacia la conciencia eterna, el conocimiento absoluto. Pero el ruidoso torbellino de sus emociones le impide escucharme.

—¡La has matado! Has sido tú —le grita a su padre. Llora, se gira, corre hacia él cegado por el dolor. Quiere golpearlo, pero solo lanza torpes manotazos de niño que se estrellan en su propio corazón.

Así no, Sam, así no. Ahora veo todo nítido: pasado, presente y futuro. No hay un río fluyente de años y de siglos, sino moléculas de espacio y de tiempo que son como adoquines superpuestos la una a la otra. El espacio y el tiempo son discontinuos. Hay rendijas, intersticios por los que yo me infiltré. Mi tejido espaciotemporal se desgarró en cuanto te engendré.

Desconocía el motivo de mi existencia hasta el momento en que la perdí. Eres tú, Sam, tú eres la piedra que guarda en el interior la gigantesca energía de la eternidad. Mi paso por la tierra fuiste tú. Ojalá lo hubiera sabido antes. Alumbrarte para iluminar mi oscuridad.

En esta dimensión de luz te veo convertido en hombre. Sigues teniendo una voz dulce que no te ha cambiado con los años. Como si te aferraras a la bondad a pesar de tener un padre asesino y una madre muerta. Te aferras a que te brillen los ojos a pesar de haber nacido destinado a ser una sombra: la sombra de tu madre, de tu padre. Estás en un laboratorio buscando descifrar el código de la ira. Lo conseguirás. Tienes a tu lado un artefacto construido con papel de plata. Es tu máquina del tiempo, la que construiste conmigo siendo un niño. Frente a ti una anacrónica biblioteca con libros. En el primer estante está nuestro libro viejo, la vieja edición remendada de *La verdadera historia del rey Rodrigo*. Ahora, mírame, Sam, sé que la sangre en mi rostro te repugna, pero si lo miras bien, te darás cuenta de que sonrío. Perdóname, Sam. Te quiero. Cálmate. Siente el fluir de mi pensamiento. ¿Recuerdas? Nosotros somos quimera. Tus células cobijadas en mi útero se escaparon de él y se desperdigaron por mi ser. Están ahora en mi espíritu. Y tú, Sam, llevas las mías. Si te quedas quieto y en silencio podrás oírme. Estoy en ti, contigo, dentro. Llevas mi semilla en tu mente. Escucha la historia que guardas en tu interior.

Tu abuela corre hacia nosotros. Está desencajada, la veo avanzar como una semidiosa, abriendo el aire con su amor tozudo, impulsada hacia delante, como si los recuerdos que le cuelgan del cerebro la empujaran o las tumbas abiertas en la roca la atrajeran con cables invisibles. El oxígeno que exhala este bosque apenas entra en su cuerpo menudo. Cuando al fin llega hasta nosotros, te abraza. Llora, temo que se derrumbe, pero al ver a tu padre aproximarse, te coge de la mano tan fuerte y lo mira de tal manera a los ojos que él siente la voluntad de acero de sus pupilas grises y retrocede, se aparta y calla.

Oigo las sirenas de la policía, el grito desgarrador de Gerardo, que accede a la loma en ese instante. Todo es ruido, los pinos se estiran hasta el infinito del cielo, yo trepo como una ardilla por ellos.

He escapado.

Mírame bien, hijo. Vivo en ti, no estoy muerta. No hay tiempo, el tiempo es una ilusión. Te espero Sam...

... en Alejandría.

AGRADECIMIENTOS

Tengo que echar la vista atrás veinte años para verme escribiendo las primeras líneas de *Hijos de la ira*. Pienso que los escritores no creamos nada: todo lo que ocurre está en una especie de subconsciente colectivo en el que no existen las dimensiones de tiempo y espacio. Somos como el médium que conjura con tinta y folios en blanco historias que flotan en un limbo de pasado y futuro.

La historia de Zulema me poseyó mientras paseaba con mis hijos y mis sobrinos por la necrópolis de Cuyacabra de Quintanar de la Sierra. Supe que iba a escribirla desde ese instante y que no me liberaría hasta terminarla. Escribí un borrador de unas cincuenta hojas que acabó en la papelera de mi ordenador, y después volvió al limbo, pero Zulema y su familia se habían instalado en mi cerebro. Sin embargo, tenía la impresión de que la suya era solo parte de la historia que flotaba en el ambiente. Y también sentía que la novela que tenía que escribir no era una novela histórica. Había algo que no acababa de encajar.

Tuve que esperar otros diez años más para encontrarme con Alba, la historiadora del siglo XX obsesionada con la invasión musulmana y la necrópolis de Cuyacabra. Los diez años que tardé en juntar las dos historias son doce siglos en el libro.

Retomé la escritura de *Hijos de la ira* en octubre de 2017. Me han pasado muchas cosas desde entonces, algunas dolorosas y otras afortunadas. Cuando le puse el punto final, en enero de 2023, sentí una gran ligereza, como si hubiera descargado un fardo enorme que llevaba en la espalda sin haber sido consciente del peso. Tengo una manía: no me gusta matar a mis personajes salvo que sean auténticamente malvados y pretenda un ajuste de cuentas con quienes representan. Soy vengativa, pero buena persona. He sufrido mucho con Alba y tuve muchas dudas a la hora de matarla. Temía que su sangre y su desgracia traspasasen las páginas del libro y contagiasen otras vidas, como en *La noche del oráculo,* de Paul Auster. Pero ahora que está acabada creo que, en realidad, escribirla ha sido una especie de sortilegio para que la historia no se repita. Ojalá funcione.

Comparto mi experiencia creativa con un grupo de escritores de la Asociación Literaria del Espíritu de la Alhóndiga. En este texto podrán reconocer sus aportaciones los ingobernables Pilar Quiroga, Beatriz Zorrilla, Karmele González Viñaspre, Josu Fuentes, Yera Cámara, Cristina Pascual, Miryam García Otero, Igor Campillo, Marta Múgica, Paki Manzanares, Chema Regalado y la maestra Elena Moreno, que nos reunió a todos. Habría escrito *Hijos de la ira* aunque no los hubiera conocido, pero sería otra novela y seguro que peor. Gracias a ellos y las lecturas que me recomendaron, las vidas de los personajes se volvieron más complejas, más emocionantes e inteligentes.

Tengo que agradecer a Iñaki Ateca una escena de su relato *Fermina,* que le robé para recrearla con Zulema y Asra, la guardiana del baño.

A Carlos Baquerín, siempre me inspiro en él para crear alguno de mis personajes y nunca protesta, gracias por ser lector cero y hacerme suprimir un párrafo del final en el que me vine arriba de forma desafortunada.

Gracias también a Andoni Abenojar por su informe literario tan completo.

A mis amigas, Esther, Espe, Elena; y a Begoña Carranza, por ser incondicional y quererme tanto. A Marta Barco por comprenderme tan bien y apoyarme siempre, aunque no lea novelas.

A mi amiga Viky Boado y el equipo de la UCI del hospital de

Cruces por espantar al murciélago del COVID. Gracias, teníais razón: me recuperé y conseguí finalizar esta historia, pero sin vosotros no lo habría conseguido.

A Laura Corral y Paloma Sánchez-Garnica por su apoyo en el premio Felipe Trigo. Gracias a Eva Olaya por confiar en esta novela y editarla tan bien.

A Pedro Garitano por su amor y esforzarse en comprenderme, y por ese mar que compartimos.

A mis hermanos.

A mis hijos.